GOLDMANN

Von Rex Stout ist außerdem
im Goldmann Verlag erschienen:

Zu viele Köche · 2262
Der rote Bulle · 2269
Orchideen für sechzehn Mädchen · 3002
P. H. antwortet nicht · 3024
Die goldenen Spinnen · 3031
Das Geheimnis der Bergkatze · 3052
Morde jetzt – zahle später · 3124
Zu viele Klienten · 3290
Der Schein trügt · 3300
Gambit · 4038
Vor Mitternacht · 4048
Das zweite Geständnis · 4056
Die Champagnerparty · 4062
Gift à la carte · 4349
Wenn Licht ins Dunkle fällt · 4358
Per Adresse Mörder X · 4389

REX

STOUT

Das Plagiat

PLOT IT YOURSELF

Kriminalroman

GOLDMANN VERLAG

Aus dem Amerikanischen übertragen
von Renate Steinbach

Die Hauptpersonen

Nero Wolfe	Privatdetektiv
Archie Goodwin	sein Assistent
Philip Harvey	Schriftsteller
Mortimer Oshin	
Amy Wynn	
Alice Porter	
Jane Ogilvy	
Kenneth Rennert	
Simon Jacobs	
Gerald Knapp	Verleger
Reuben Imhof	
Thomas Dexter	
Inspektor Cramer	Kriminalbeamter

Der Roman spielt in New York

Made in Germany · 11/86 · Sonderausgabe

Umschlagentwurf: Design Team München
Umschlagillustration: Design Team München
Satz: Presse-Druck, Augsburg
Druck: Elsnerdruck, Berlin
Krimi 3108
AB / Herstellung: Harry Heiß/Voi
ISBN 3-442-03108-7

I

Ich selbst bin eigentlich kein Freund vom Lesen, abgesehen vom täglichen Studium der *Times*. Natürlich stecke ich dann und wann meine Nase auch mal in ein Buch – man will ja schließlich wissen, wovon die anderen Leute reden. Aber stundenlang wie angenagelt auf einem Fleck hocken macht mich kribblig. Außerdem hat jeder der vier Bewohner des alten Backsteinhauses in der 35. Straße West sein bestimmtes Aufgabengebiet. Fritz kümmert sich um unser leibliches Wohl, und Theodore hätschelt die Orchideen. Ich fungiere als Sekretär, Spürhund, Laufbursche, Pförtner und Mädchen für alles, und Nero Wolfe, unser Brötchengeber, vertreibt sich die Zeit mit Essen, Schlafen, Lesen und mit täglichen Besuchen in seinen Orchideen-Plantagenräumen auf dem Dach. Manchmal arbeitet er auch, aber nur, wenn es wirklich unvermeidbar ist.

Die Bücher, mit denen Nero Wolfe sich beschäftigt, teile ich in die Gruppen A, B, C und D ein. Wenn er nachmittags Punkt sechs Uhr im Büro aufkreuzt und seine derzeitige Lektüre aufschlägt, bevor er nach Bier läutet, und wenn er als Lesezeichen ein zehn Zentimeter langes und zwei Zentimeter breites Goldband benutzt, das ihm ein dankbarer Klient vor Jahren geschenkt hat, dann handelt es sich um ein Buch der Gruppe A. Hat er zur Markierung nur einen gewöhnlichen Papierstreifen hineingelegt, dann gehört der Lesestoff zur Gruppe B. Klingelt er nach Bier, bevor er das Buch aufschlägt, und hat er die Seite, bei der er vorher aufgehört hatte, nur mit einem Eselsohr gekennzeichnet, dann gehört dieser Schmöker zur Gruppe C. Wartet er gar, bis Fritz das Bier gebracht hat, gießt er sich erst in aller Gemütsruhe ein Glas voll ein, bevor er das Buch aufschlägt, und hat er die Seite wiederum nur mit einem Eselsohr markiert, dann gehört es zur Gruppe D. Ich habe mir die genaue Anzahl nicht gemerkt, aber von den etwa zweihundert Büchern, die Wolfe im Laufe eines Jahres liest, haben höchstens fünf oder sechs Anspruch auf das goldene Lesezeichen und die Rangklasse A.

An jenem Montag nachmittag im Mai saß ich an meinem Schreibtisch und prüfte die einzelnen Posten einer Rechnung für die Spooner Corporation nach, für die wir gerade einen Auftrag erledigt hatten. Um sechs Uhr hielt der Lift mit einem Ruck im Erdgeschoß. Wolfe betrat das Büro, steuerte auf seinen Schreibtisch zu und deponierte sein Gewicht von schätzungsweise einer siebentel Tonne in seinem maßgearbeiteten Sessel. Er griff nach dem Buch *Warum die Götter lachen* von Philip Harvey, schlug die Seiten auf, zwischen denen der bewußte Goldstreifen lag, las einen Absatz und tastete nach dem Klingelknopf an der Ecke des Schreibtisches, ohne von seinem Buch aufzublicken. Bevor er den Knopf erwischt hatte, läutete das Telefon.

Ich nahm den Hörer ab. »Wohnung von Nero Wolfe. Archie Goodwin am Apparat.« Bis sechs Uhr melde ich mich mit ›Büro von Nero Wolfe‹, nach sechs schalte ich auf ›Wohnung‹ um.

Eine müde Baritonstimme sagte: »Ich möchte gern mit Mr. Wolfe sprechen. Hier ist Philip Harvey.«

»Worum handelt es sich, Mr. Harvey?«

»Das sage ich ihm selbst. Ich bin Schriftsteller und vertrete den Verband amerikanischer Autoren und Dramatiker.«

»Haben Sie das Buch *Warum die Götter lachen* geschrieben?«

»Ja.«

»Moment mal.« Ich legte die Hand über die Sprechmuschel und drehte mich zu Wolfe um. »Falls das Buch, das Sie gerade lesen, schwache Stellen hat, haben Sie jetzt die Chance, dem Autor eins auszuwischen. Der Bursche, der's geschrieben hat, möchte Sie sprechen.«

Er sah auf. »Philip Harvey?«

»Stimmt.«

»Was will er denn?«

»Keine Ahnung. Er will's nur Ihnen selbst sagen. Vielleicht möchte er Sie fragen, auf welcher Seite Sie gerade sind.«

Wolfe klemmte seinen dicken Zeigefinger zwischen die Seiten, klappte das Buch zu und griff nach seinem Hörer. »Ja, Mr. Harvey?«

»Ist dort Nero Wolfe?«

»Ja.«

»Sie haben meinen Namen wahrscheinlich schon gehört?«

»Ja.«

»Ich möchte Sie in einer bestimmten Angelegenheit zu Rate ziehen. Ich bin Vorsitzender des Komitees amerikanischer Autoren und Verleger. Das Komitee wurde gegründet, um mehrere Plagiatsfälle zu untersuchen. Können wir morgen früh bei Ihnen vorbeikommen?«

»Literarischer Diebstahl gehört nicht in mein Ressort, Mr. Harvey. Ich verstehe gar nichts davon.«

»Das macht nichts. Wir werden es Ihnen erklären. Das Komitee besteht aus sechs Personen. Der Beschluß, Ihren Rat einzuholen, wurde einstimmig gefaßt. Paßt es Ihnen morgen vormittag?«

»Ich bin kein Anwalt, Mr. Harvey. Ich bin Detektiv.«

»Das weiß ich. Also, wie wär's mit morgen früh um zehn?«

Daran war natürlich auf keinen Fall zu denken. Die Zeit von neun bis elf Uhr ist an jedem Vormittag den Tausenden von Orchideen gewidmet und deshalb tabu. Wolfe fiel es nicht im Traume ein, Philip Harvey zu Ehren eine Ausnahme zu machen, auch wenn er ihn als Schriftsteller schätzte. Sie einigten sich schließlich auf elf Uhr fünfzehn.

Als wir aufgelegt hatten, fragte ich Wolfe, ob ich über unseren zukünftigen Klienten ein paar Auskünfte einholen sollte. Er nickte und steckte die Nase wieder in sein Buch. Ich rief Lon Cohen von der *Gazette* an und quetschte ihn aus. Anscheinend handelte es sich bei dem Verband amerikanischer Autoren und Dramatiker um einen angesehenen Verein. So ziemlich alles, was Rang und Namen hatte, gehörte dazu, bis auf einige wenige Außenseiter. Auch die amerikanischen Verleger hatten sich angeschlossen, jedenfalls alle, die Bedeutung hatten, und dazu noch ein paar der weniger bekannten. Ich gab die Information an Wolfe weiter. Er schien sie jedoch nicht sehr aufregend zu finden. Vermutlich hörte er gar nicht zu. Er knurrte nur, ohne die Augen vom Buch zu heben.

Am Abend ging ich mit einem Freund ins Theater. Wir sahen uns ein Stück von Mortimer Oshin an, *Eine Welt von Liebe*, das seit über einem Jahr am Broadway lief und noch immer ausverkauft war. Als ich nach Hause kam, war Wolfe mit seinem Schmöker gerade fertig geworden und deponierte ihn in dem

Bücherregal hinter dem großen Globus. Während ich an der Tür des Safes zerrte, um festzustellen, ob er ordnungsgemäß abgeschlossen war, erkundigte ich mich: »Warum lassen Sie das Buch nicht auf Ihrem Schreibtisch liegen? So was macht immer einen guten Eindruck.«

Er grunzte. »Mr. Harvey gehört nicht zu den Leuten, die ihr Licht unter den Scheffel stellen. Er wäre unerträglich, wenn er nicht soviel Talent hätte. Es ist nicht meine Absicht, ihn zu beweihräuchern.«

Bevor ich mich zwei Treppen höher in mein Schlafzimmer verzog, sah ich im Lexikon unter ›beweihräuchern‹ nach. Eins zu null für Wolfe. Ich werde es bestimmt nie erleben, daß Wolfe jemanden beweihräuchert, mich eingeschlossen.

2

Am nächsten Morgen, Dienstag, um elf Uhr zwanzig thronte Wolfe hinter seinem Schreibtisch und ließ seine Augen von links nach rechts über seine Gäste schweifen. Bei Philip Harvey machte er halt und fragte: »Sie sind vermutlich der Sprecher, Mr. Harvey. Worum handelt es sich?«

Da Harvey die Verabredung getroffen hatte und Vorsitzender des Komitees war, hatte ich ihn auf dem roten Ledersessel vor Wolfes Schreibtisch untergebracht. Er war stämmig, Anfang der Vierzig und hatte ein rundes Gesicht, kräftige Schultern und einen nicht zu übersehenden Bauch. Die übrigen fünf saßen im Halbkreis auf einfachen gelben Stühlen. Harvey hatte sie einzeln vorgestellt, und ihre Namen prangten schwarz auf weiß in meinem Notizbuch. Der dicke blonde Bursche im braunen Anzug mit dunkelbraunen Streifen war Gerald Knapp, Mitinhaber des Verlages Knapp & Bowen. Der geschniegelte Schwerenöter neben ihm mit den großen Ohren und dem glatten schwarzen Haar hieß Reuben Imhof und war Mitinhaber der Victory Press. Dann kam ein weibliches Wesen, etwa in meinem Alter, namens Amy Wynn. Sie wäre gar nicht so übel gewesen, wenn sie nicht fortwährend mit der Nase gezuckt hätte. Sie hatte ein Buch geschrieben mit dem Titel *Klopf an meine Tür.* Soviel ich wußte, war es ein Bestseller, in Wolfes Bücherregal stand es jedoch nicht. Der schlanke, grauhaarige Mann mit dem traurigen Gesicht war Thomas Dexter vom Title-House-Verlag. Am äußersten Ende des Halbkreises saß Mortimer Oshin, ein schlaksiger Bursche mit wulstigen Lippen und tiefliegenden dunklen Augen. Er hatte die Beine lässig übereinandergelegt, sein linker Knöchel ruhte auf seinem rechten Knie. In den ersten acht Minuten hatte er bereits drei Zigaretten angezündet und den Teppich zu seinen Füßen mit abgebrannten Streichhölzern dekoriert, obwohl der Aschenbecher direkt neben seinem Ellenbogen stand. Er war der Autor des Stücks *Eine Welt von Liebe,* das ich mir am Abend zuvor angesehen hatte.

Philip Harvey räusperte sich. »Ich will unser Problem zunächst kurz umreißen. Auf die Einzelheiten können wir später eingehen. Sie sagten gestern, Mr. Wolfe, Sie verstünden nichts von Plagiaten. Aber Sie wissen natürlich, was hierunter zu verstehen ist. Eine Plagiatsklage wird im allgemeinen intern geregelt, das heißt von dem beschuldigten Autor, seinem Verleger und dessen Anwalt und dem Anwalt des Klägers. Die Lage hat sich jedoch in letzter Zeit derart zugespitzt, daß einer allein ihr nicht mehr gewachsen ist. Nur eine gemeinsame große Anstrengung kann hier noch helfen. Deshalb wurde vom Verband amerikanischer Autoren und Dramatiker und vom amerikanischen Verlegerverband dieses Komitee gegründet. Bei einem Plagiatsprozeß sitzt normalerweise bloß der Autor in der Tinte, weil eine Klausel in seinem Vertrag den Verleger fast immer von jeder Haftung befreit ...«

»Moment mal.« Reuben Imhof sprang auf. »In der Theorie mag das zutreffen. Aber die Praxis sieht ganz anders aus. Tatsächlich erleidet der Verleger in den meisten Fällen ungeheure ...«

»Die armen Verleger!« rief Amy Wynn und zuckte dazu mit der Nase. Mortimer Oshin gab auch seinen Senf dazu, und dann redeten alle sechs zu gleicher Zeit. Ich versuchte erst gar nicht, mir Notizen zu machen. Gegen dieses Getöse war der Lärm an einem Großkampftag der Börse eine dezente Unterhaltung.

Schließlich wurde es Wolfe zu bunt. »Ich muß doch sehr bitten, meine Herrschaften. Wenn sich die Interessen der Autoren und die der Verleger nicht miteinander vertragen, warum gründen Sie dann überhaupt ein gemeinsames Komitee?«

»Oh, in vielen Punkten sind wir uns einig«, erwiderte Harvey lächelnd. »Manchmal ziehen Sklaven und Sklaventreiber am gleichen Strang, und um einen solchen Fall handelt es sich hier. Im übrigen sind wir dem Verlegerverband sehr dankbar für sein Entgegenkommen. Es ist verdammt großzügig von ihm.«

Wolfe grunzte. »Mag sein. Aber ich weiß noch immer nicht, warum Sie eigentlich hier sind.«

»Also.« Harvey zog ein paar Bogen Papier aus der Tasche, faltete sie auseinander und warf einen Blick auf das oberste Blatt. »In den letzten vier Jahren wurden fünf Autoren des literarischen Diebstahls beschuldigt. Im Februar 1955 brachte McMurrey & Co. den Roman *Feuer der Leidenschaft* von Ellen Sturdevant heraus. Mitte April stand er bereits an der Spitze der Bestsellerliste. Im Juni flatterte dem Verleger ein Brief auf den Schreibtisch, in dem eine Frau namens Alice Porter behauptete, die Handlung und die Gestalten des Romans wären einer von ihr verfaßten, unveröffentlichen Novelle entnommen. Die Novelle trüge den Titel *Ewig währt die Liebe*, und es wären insgesamt vierundzwanzig maschinegeschriebene Seiten. Sie hätte sie im November 1952 an Ellen Sturdevant gesandt und um ein sachverständiges Urteil gebeten. Der Empfang wäre jedoch niemals bestätigt worden, noch hätte sie je das Manuskript zurückbekommen. Ellen Sturdevant erklärte dagegen, ein solches Manuskript hätte sie nie gesehen. Eines Tages im August, als sie sich in ihrem Sommerhaus in Vermont aufhielt, brachte ihr ihre Putzfrau ein Bündel maschinegeschriebener Blätter, das sie in einer Schreibtischschublade entdeckt hatte. Es umfaßte vierundzwanzig Seiten, und auf der ersten stand: ›*Ewig währt die Liebe*, von Alice Porter‹. Die Handlung stimmte in allen wesentlichen Punkten mit ihrem Roman überein, nur war sie in der Novelle von Mrs. Porter natürlich viel komprimierter. Die Putzfrau gab zu, daß Alice Porter sie gebeten habe, das Haus Ellen Sturdevants zu durchsuchen, und ihr hundert Dollar versprochen hätte, falls ihre Suche erfolgreich wäre. Aber als sie das Manuskript gefunden hatte, bekam die Frau Gewissensbisse und lieferte es deshalb ihrer Arbeitgeberin ab. Ellen Sturdevant hat mir erzählt, daß sie es im ersten Augenblick am liebsten verbrannt hätte. Dann wurde ihr jedoch klar, daß ihr damit nicht gedient wäre. Die Putzfrau war Augenzeuge, und man konnte nicht von ihr erwarten, daß sie einen Meineid auf sich nahm. Deshalb rief Ellen Sturdevant ihren Anwalt in New York an.«

Harvey machte eine abschließende Handbewegung. »Und das ist eigentlich schon alles. Ich persönlich bin davon überzeugt – wie übrigens alle, die Ellen Sturdevant kennen –, daß sie das Manuskript vorher nie gesehen hat. Es wurde von irgend jemandem ins Haus geschmuggelt. Übrigens kam es zu keinem Prozeß. Mrs. Sturdevant verglich sich außergerichtlich und zahlte Alice Porter 85 000 Dollar als Entschädigung.«

Wolfe grunzte. »Der Fall liegt zu weit zurück. Es wäre zwecklos, ihn von neuem aufzugreifen.«

»Das wissen wir. Darum dreht es sich auch nicht. Aber hören Sie weiter. Das ist nämlich erst der Anfang.« Harvey überflog das zweite Blatt. »Im Januar 1956 veröffentlichte der Title-House-Verlag den Roman *Alles Glück der Erde* von Richard Echols. Vielleicht erzählen Sie ganz kurz, Mr. Dexter, was sich daraufhin ereignete?«

Thomas Dexter fuhr sich mit der Hand über das graue Haar. »Ich will's versuchen, obwohl es eigentlich eine lange Geschichte ist. Der Roman kam am 19. Januar heraus. Im ersten Monat setzten wir fünftausend Exemplare in der Woche ab. Ende April waren es bereits neuntausend wöchentlich. Am 6. Mai erhielten wir von einem Mann namens Simon Jacobs einen Brief, in dem er behauptete, er hätte im Februar 1959 eine Kurzgeschichte mit dem Titel *Was du dir wünschst* an die Agentur Norris & Baum gesandt. Norris & Baum sind auch seit Jahren Richard Echols' Agenten. Jacobs fügte die Fotokopie eines Briefes von Norris & Baum bei, datiert vom 26. März 1959, in dem die Agentur ihm mitteilte, sie könnte leider keine neuen Autoren annehmen und müßte ihm deshalb sein Manuskript zurückschicken. Die Fotokopie war soweit in Ordnung. Der Titel der

Geschichte *Was du dir wünschst* war wörtlich angeführt. Außerdem fand man im Archiv der Agentur einen Durchschlag. Allerdings konnte sich bei Norris & Baum niemand an das fragliche Manuskript erinnern. Aber das besagt natürlich nicht viel. Die Agenturen werden ja mit zweitklassigem Geschreibsel überschüttet, und dann war die ganze Sache schon zwei Jahre her.«

Dexter machte eine Pause und schnappte nach Luft, bevor er weitersprach. »Jacobs erklärte, die Handlung von *Was du dir wünschst* wäre sein geistiges Eigentum, und Echols hätte sie widerrechtlich für seinen Roman *Alles Glück der Erde* verwendet. Er deutete an, daß Echols vermutlich im Büro von Norris & Baum seine, Jacobs', Kurzgeschichte gelesen oder wenigstens von dem Stoff Kenntnis erhalten hätte. Die Agentur und Richard Echols wiesen die Anschuldigung entschieden zurück, und ich brauche wohl nicht zu sagen, daß wir vom Title-House-Verlag ihnen vollsten Glauben schenkten. Aber ein Plagiatsprozeß ist immer eine heikle Angelegenheit. Die Vorstellung, daß ein erfolgreicher Autor einen minder erfolgreichen bestohlen haben könnte, scheint Laien förmlich zu hypnotisieren; und in einer Verhandlung, bei der es um rein literarische Probleme geht, sind die Geschworenen letzten Endes nur Laien. Kurz, die Sache zog sich über ein Jahr hin, bis Echols und sein Anwalt sich zu einem Vergleich entschlossen. Sie hielten einen Prozeß für zu riskant und zahlten Jacobs eine Abfindung von 90 000 Dollar. Damit war der Fall für uns erledigt. Der Title-House-Verlag billigte die Entscheidung und erlegte, obwohl er vertraglich nicht dazu verpflichtet war, ein Viertel der Summe, nämlich 22 500 Dollar.«

»Hat Jacobs Ihnen denn eine Kopie seines Manuskriptes überlassen, Mr. Dexter?« wollte Wolfe wissen.

Dexter nickte. »Ja, und das Manuskript unterstützte seine Behauptung. Handlung und Figuren waren praktisch identisch mit Echols' Roman.«

»Tatsächlich? Aber auch dieser Fall gehört bereits der Vergangenheit an, Mr. Harvey.«

»Richtig. Die Sache wird jedoch immer aktueller«, erwiderte Harvey. »Wir kommen jetzt zum nächsten Fall. Im November 1956 brachte der Verlag Nahm & Sohn ein Buch von Marjorie

Lippin, *Das Ende aller Dinge,* heraus. Wie alle ihre Bücher wurde es ein Verkaufsschlager. Die erste Auflage von vierzigtausend Exemplaren ging weg wie die warmen Semmeln.« Er machte eine Pause und blätterte in seinen Notizen. »Im folgenden Jahr, und zwar am 21. März 1957, starb Marjorie Lippin ganz plötzlich an Herzschlag. Knapp drei Wochen später, am 9. April, erhielt der Verlag Nahm & Sohn einen Brief von einer Frau namens Jane Ogilvy. Sie ging nach der gleichen Methode vor wie Alice Porter, indem sie behauptete, sie hätte bereits im Juni 1955 eine von ihr verfaßte Kurzgeschichte mit dem Titel *Der Himmel sagt nein* an Marjorie Lippin gesandt und um einen freundschaftlichen Rat gebeten. Sie hätte jedoch nie wieder etwas von ihrem Manuskript gehört bis zu dem Tage, an dem ihr der Roman *Das Ende aller Dinge* in die Hände kam. Da wäre es ihr wie Schuppen von den Augen gefallen. Kurz, sie beschuldigte Marjorie Lippin des literarischen Diebstahls, und ihre Position war um so günstiger, als die Autorin tot war und sich zu dem Verdacht nicht mehr äußern konnte. Überdies fand Mrs. Lippins Sachwalter fünf Tage später, nachdem der Brief von Mrs. Ogilvy beim Verlag Nahm & Sohn eingegangen war, also am 14. April, auf dem Dachboden von Mrs. Lippins Haus in einem Koffer das bewußte Manuskript. Wie Mr. Dexter vorhin schon erwähnte, ist ein Plagiatsprozeß immer ein zweischneidiges Schwert. Aber Mrs. Lippins Erben, ein Sohn und eine Tochter, waren zu vernagelt, um das zu begreifen. Sie setzten alle Hebel in Bewegung, um den guten Namen ihrer Mutter rein zu waschen, und beantragten sogar eine Exhumierung der Leiche, um die Todesursache einwandfrei feststellen zu lassen. Aber die Diagnose lautete nach wie vor auf Herzschlag. Der Prozeß ging im vergangenen Oktober über die Bühne und endete mit einem Fiasko für die Erben. Die Geschworenen sprachen Jane Ogilvy einen Schadenersatz von 135 000 Dollar zu. Die Summe wurde aus dem Nachlaß gezahlt. Der Verlag Nahm & Sohn fühlte sich nicht verpflichtet, einen Teil dazu beizutragen.«

»Warum, zum Teufel, sollte er auch?« fuhr Gerald Knapp hitzig dazwischen. »Der Prozeß war doch von vornherein eine völlig aussichtslose Sache.«

Harvey lächelte ihm zu. »Ich wäre der letzte, das zu leugnen, Mr. Knapp. Ich mache ja auch niemandem einen Vorwurf, sondern halte mich strikt an die Tatsachen.«

»Laß gut sein, Gerald«, sagte Dexter beruhigend zu Knapp. »Mit Phil Harvey wirst du doch nicht fertig. Wir wissen alle, daß er das Gras wachsen hört. Da kann man eben nichts machen.«

»Schönen Dank, Mr. Dexter.« Harvey bedachte auch den Vertreter von Title House mit einem Lächeln, wandte sich wieder Wolfe zu und zuckte leicht mit den Schultern. »Entschuldigen Sie diese Abschweifung. Sie lag nicht in meiner Absicht. Bei dem nun folgenden Fall dreht es sich nicht um einen Roman, sondern um ein Schauspiel, und zwar um das Stück *Eine Welt von Liebe* von Mortimer Oshin. Es ist wohl am besten, wenn Sie den Hergang selbst erzählen, Mr. Oshin.«

Der Dramatiker drückte mit einer heftigen Bewegung seine Zigarette aus. Es war die fünfte oder sechste; aber ich war zum Schluß nicht mehr ganz mitgekommen, weil ich mich zu sehr auf die Kontroverse zwischen Harvey und Knapp konzentriert hatte.

»Die Geschichte ist für mich sehr schmerzlich«, begann Oshin. »Sie ist einfach scheußlich. Wir brachten das Stück am 25. Februar vergangenen Jahres heraus. Am Broadway. Wenn ich sage, daß es der Knüller des Jahres wurde, dann wiederhole ich nur das, was seit Monaten in den Zeitungen steht. Mitte Mai bekam der Produzent Al Friend einen Brief von einem Mann namens Kenneth Rennert. Alles weitere wie gehabt. Die gleiche Masche. Er behauptete, er hätte mir im August 1956 das Exposé zu einem Stück übersandt, betitelt *Liebesüberschwang* und mich um meinen Rat gebeten. Er erklärte, ich hätte ihm seine Idee gestohlen, und verlangte schlankweg eine Million Dollar, was ich, nebenbei gesagt, als ein Kompliment betrachte. Friend gab mir den Brief, und ich übergab ihn meinem Anwalt, der ihn beantwortete. Er teilte Rennert postwendend mit, daß er ein unverschämter Lügner wäre – eine Tatsache, die Rennert sowieso schon wußte. Aber mein Anwalt kannte die drei Plagiatsklagen, die Ihnen eben geschildert worden sind, und veranlaßte mich deshalb zu bestimmten Vorsichtsmaßnahmen. Wir durchsuchten gemeinsam meine Wohnung in der 65. Straße und mein Landhaus in Silvermine, Connecticut. Außerdem sorgte ich dafür, daß es dem Schuft praktisch unmöglich war, mir sein verdammtes Manuskript heimlich unter die Weste zu schieben. Wenigstens tat ich alles, was in meiner Macht stand.«

Oshin zündete sich eine neue Zigarette an, zielte dann mit dem Streichholz nach dem Aschenbecher, traf aber daneben. »Ich hätte mir die Mühe sparen können. Der Vogel war schlauer als ich. Wie Sie vielleicht wissen, braucht ein Dramatiker einen Agenten. Ich hatte einen namens Jack Sandler, mit dem ich mich jedoch nicht vertrug. Etwa einen Monat nachdem mein Stück *Eine Welt von Liebe* angelaufen war, trennte ich mich von ihm und nahm einen anderen Agenten. An einem Wochenende im Juli rief mich Sandler in Silvermine an und sagte, er hätte in seinem Büro etwas gefunden, das er mir unbedingt zeigen müßte. Er würde von seinem Haus in Danbury auf einen Sprung zu mir herüberkommen. Na schön. Seine Entdeckung entpuppte sich als ein maschinegeschriebenes, sechs Seiten langes Exposé für einen Dreiakter mit dem Titel: *Liebesüberschwang;* Verfasser: Kenneth Rennert. Sandler behauptete, seine Sekretärin wäre darauf gestoßen, als sie einen Aktenschrank ausräumte.«

Er drückte die Zigarette aus. »Wie gesagt, die ganze Sache ist einfach widerwärtig. Sandler erbot sich, das Manuskript vor meinen Augen zu verbrennen, falls ich das wünschte. Aber ich traute dem Kerl nicht über den Weg. Als er merkte, daß ich nicht anbiß, versprach er mir, er und seine Sekretärin würden eine eidesstattliche Erklärung darüber abgeben, daß ihnen das Manuskript völlig unbekannt gewesen sei und daß es von einem Außenstehenden in das Büro eingeschmuggelt worden wäre. Aber, verdammt noch mal, hatte ich es nötig, mich mit diesem Schuft auf krumme Sachen einzulassen? Ich gab das Manuskript meinem Anwalt, und der nahm sich Sandler, den er ziemlich gut kannte, und die Sekretärin vor. Er kam zu der Ansicht, daß Sandler und das Mädchen in puncto Exposé vermutlich eine reine Weste hatten, daß Sandler aber ein windiger Kunde sei und den Mund bestimmt nicht halten würde. Darin war ich mit ihm einer Meinung, und bald zeigte sich, daß wir Sandler richtig eingeschätzt hatten. Er muß Rennert von dem Fund erzählt haben, denn im September verklagte Rennert mich auf Schadenersatz; das hätte er nicht getan, wenn er nicht in Sandler und der Sekretärin zwei Zeugen gehabt hätte, die das Vorhandensein und die Entdeckung des Exposés beschwören konnten. Er verlangte, wie gesagt, eine Million Dollar. Mein Anwalt hat eine Gegenklage eingereicht, und ich habe einer Privatdetektei in drei Monaten sechstausend Dollar gezahlt, um irgendwas gegen Rennert in die Hand zu bekommen. Aber ich hätte das Geld ebensogut zum Fenster 'rauswerfen können. Mein Anwalt glaubt, daß die Sache schließlich doch auf einen Vergleich hinauslaufen wird.«

»Ich befasse mich nicht gern mit Fällen, in denen andere bereits herumgepfuscht haben«, erklärte Wolfe. »Übrigens haben Sie ein Detail unterschlagen. War Rennerts Exposé Ihrem Stück ähnlich?«

»Ähnlich!? Es war mein Stück! Nur der Dialog fehlte.«

Wolfes Blick wanderte zu Harvey zurück. »Das sind insgesamt vier Fälle. Sagten Sie nicht, es wären fünf?«

Harvey nickte. »Ganz recht. Der letzte ist ganz neu, aber die Klägerin ist eine alte Bekannte, Alice Porter, die Dame, die Ellen Sturdevant um 85 000 Dollar erleichterte. Sie kann den Rachen anscheinend nicht voll genug bekommen.«

»Nicht möglich!«

»Ja. Vor drei Monaten brachte Victory Press den Roman *Klopf an meine Tür* von Amy Wynn heraus. Amy?«

Amy Wynn zuckte mit der Nase. »Ich verstehe mich nicht darauf – ich meine, ich bin nicht sehr geschickt ...« Sie blieb stekken und wandte sich hilfesuchend an Imhof, der links neben ihr saß. »Erzählen Sie's, Reuben.«

Imhof klopfte ihr beschwichtigend auf die Schulter. »Schon gut, Amy, Sie sind verdammt geschickt«, lobte er sie. Dann konzentrierte er sich auf Wolfe. »Phil Harvey hat recht. Der Fall ist so frisch, wie Sie es sich nur wünschen können. Der Roman kam am 4. Februar heraus und erlebte gestern seine sechste Auflage. 130 000 Exemplare, ein ganz hübscher Erfolg. Vor zehn Tagen, am 7. Mai, platzte die Bombe. Mit der Morgenpost erhielten wir den üblichen Wisch, in dem Amy des Plagiats beschuldigt wurde. Die Schreiberin behauptete, sie hätte Amy im Juni 1957 eine Kurzgeschichte mit dem Titel *Auch zu dir kommt das Glück* zugesandt, aber das Manuskript nie zurückbekommen. Die alte Leier. Wir legten Miss Wynn den Brief natürlich vor, und sie versicherte uns, sie hätte ein solches Manuskript niemals erhalten. Bei der Beschuldigung handele es sich entweder um einen Irrtum oder eine bewußte Lüge. Selbstverständlich glaubten wir ihr. Da sie weder einen Agenten noch einen Anwalt hatte, erkundigte sie sich bei uns, was sie tun sollte. Wir gaben ihr den Rat, in ihrer Wohnung und anderen Orten, zum Beispiel in den Häusern von Verwandten oder Freunden, nach dem Manuskript zu suchen und Vorsorge zu treffen, daß es nicht auf irgendeinem Schleichwege eingeschmuggelt werden konnte. Außerdem wies unser Anwalt in einem Schreiben den Verdacht und die Schadenersatzforderung zurück. Zugleich zog er unter der Hand Informationen ein, wobei sich herausstellte, daß es sich bei dieser Alice Porter um dieselbe Person handelte, die schon einmal, im Jahre 1955, den gleichen Dreh erfolgreich bei Ellen Sturdevant ausprobiert hatte. Ich rief den Vorsitzenden des Verbandes amerikanischer Autoren und Dramatiker an und schlug ihm vor, Miss Wynn als Mitglied in das vor einem Monat gegründete Komitee aufzunehmen. Das geschah dann auch bereits einen Tag später . So liegen die Dinge also bisher. Alice Porter hat sich in der Zwischenzeit nicht mehr gemeldet.«

Wolfes Blick heftete sich auf Amy Wynn. »Haben Sie Mr. Imhofs Rat befolgt, Miss Wynn?«

»Oh, natürlich.« Offenbar trat ihr Nasentick nur in Erscheinung, wenn sie nervös war. Wenn sie ruhig war, wie jetzt zum Beispiel, sah sie direkt hübsch aus. »Mr. Imhof stellte mir seine Sekretärin zur Verfügung, und wir durchsuchten alle Zimmer sehr gründlich. Aber wir haben nichts gefunden.«

»Wo wohnen Sie?«

»Ich habe ein kleines Apartment im Village – in der Arbor Street.«

»Leben Sie dort allein?«

»Ja.« Sie errötete. »Ich bin unverheiratet.«

»Wie lange wohnen Sie schon da?«

»Seit etwas über einem Jahr. Ich zog im März vergangenen Jahres ein – also vor vierzehn Monaten.«

»Wo wohnten Sie vorher?«

»In der Perry Street. Ich wohnte mit noch zwei Mädchen zusammen.«

»Wie lange?«

»Ungefähr drei Jahre.« Ihre Nase begann wieder zu zucken. »Aber ich begreife eigentlich nicht, warum das so wichtig ist.«

»Es könnte von Bedeutung sein. Sie wohnten dort im Juni 1957, zu dem Zeitpunkt also, an dem Ihnen Alice Porter das fragliche Manuskript übersandt haben will. Es wäre daher naheliegend, es gerade dort zu vermuten. Haben Sie denn auch Ihre ehemalige Wohnung in der Perry Street durchsucht?«

»Nein!« Amy Wynn riß erschrocken die Augen auf. »Du meine Güte, daran hab' ich nicht gedacht! Aber ich werde das sofort nachholen.«

»Schön. Gegen zukünftige Anschläge sind Sie damit natürlich nicht geschützt.« Wolfe fuchtelte mit erhobenem Zeigefinger in der Luft herum. »Hören Sie zu, ich mache Ihnen folgenden Vorschlag. Beschaffen Sie sich zwei zuverlässige Leute, am besten einen Mann und eine Frau, die weder zu Ihnen noch zur Victory Press in irgendeiner Beziehung stehen. Die zwei sollen die Wohnung in der Perry Street und Ihr Apartment in der Arbor Street durchkämmen, und zwar gründlich. Denn sie müssen später möglicherweise vor Gericht bezeugen, daß sich das Manuskript zum Zeitpunkt ihrer Nachforschungen nicht in den beiden Wohnungen befunden hat. Das heißt, natürlich nur, wenn sie es bei ihrer Suche nicht aufspüren. Falls Sie niemanden kennen, der diesen Auftrag übernehmen könnte, dann wird Mr. Imhof oder sein Anwalt oder auch ich dafür sorgen. Das können Sie halten, wie Sie wollen. Sind Sie mit meinem Vorschlag einverstanden?«

Sie warf Imhof einen fragenden Blick zu. Der Verleger nickte. »Selbstredend. Zu dumm, daß ich nicht schon eher daran gedacht habe. Könnten Sie die passenden Leute zur Verfügung stellen, Mr. Wolfe?«

»Gewiß, wenn Sie es wünschen. Und da wir schon einmal bei diesem Thema sind, wollen wir gleich gründlich vorgehen. Miss

Wynn, gibt es noch irgendeinen Ort, an dem das Manuskript vielleicht verborgen sein könnnte? Sie haben keinen Agenten?«

»Nein.«

»Hatten Sie jemals einen?«

»Nein.« Sie errötete von neuem. »Sehen Sie, *Klopf an meine Tür* ist der erste Roman von mir, der zur Veröffentlichung angenommen wurde. Davor sind nur ein paar von meinen Kurzgeschichten in Zeitschriften erschienen, und deshalb wollte mich kein Agent haben. Wenigstens keiner, der was taugte. Sie können sich sicher vorstellen, wie wundervoll das für mich war, als gleich mein erstes Buch so einen phantastischen Erfolg hatte. Ich war einfach verrückt vor Freude ... Und dann kam plötzlich diese scheußliche Verdächtigung – wie ein Blitz aus heiterem Himmel.«

Wolfe nickte. »Das war zweifellos ein Schock für Sie. Besitzen Sie einen Wagen?«

»Ja. Ich kaufte mir einen im vorigen Monat.«

»Er muß ebenfalls durchsucht werden. Was sonst? Haben Sie irgendwo ein Schließfach?«

»Nein. Nichts Derartiges.«

»Verbringen Sie die Nacht zuweilen außerhalb Ihrer Wohnung? Bei Freunden? Bekannten?«

Ich erwartete, daß diese Frage sie wieder zum Erröten bringen würde. Aber ihr Herz war anscheinend reiner als meines. Sie zuckte nicht mit der Wimper – mit der Nase übrigens auch nicht –, sondern schüttelte nur den Kopf. »Fast nie. Ich bin keine sehr gesellige Natur, Mr. Wolfe, und schließe mich nur schwer an jemanden an. Eigentlich habe ich überhaupt keine intimen Freunde. Meine einzigen noch lebenden Verwandten sind mein Vater und meine Mutter. Sie wohnen in Montana, und ich bin seit zehn Jahren nicht mehr dort gewesen. Außer den Wohnungen in der Arbor Street und der Perry Street und meinem Wagen wüßte ich keine Stelle, die als Versteck für das Manuskript in Frage käme.«

»Danke, Miss Wynn.« Wolfe konzentrierte sich der Abwechslung halber wieder einmal auf den Vorsitzenden des Komitees. »Wie ich Ihnen bereits am Telefon sagte, Mr. Harvey, verstehe ich mich auf das Problem des literarischen Diebstahls so gut wie gar nicht. Aber ich möchte annehmen, daß es sich dabei im wesentlichen um einen Verstoß gegen das Urheberrecht handelt. Alle fünf Schadenersatzforderungen stützen sich auf Manuskripte, die noch nicht veröffentlicht waren und folglich auch keinen Anspruch auf das Copyright erheben konnten. Warum hat man dann eigentlich die Forderungen nicht einfach ignoriert?«

»Das ging nicht«, antwortete Harvey. »Ganz so einfach ist die Sache auch wieder nicht. Ich bin kein Jurist und kann Ihnen mit dem genauen Wortlaut des betreffenden Gesetzes nicht dienen. Da müssen Sie sich schon an den Anwalt unseres Verbandes wenden. Aber es gibt so etwas wie geistiges Eigentum, das auch dann nicht verletzt werden darf, wenn es nicht eigens durch das Copyright geschützt ist. Sie haben ja gehört, wie das Gericht im Fall Jane Ogilvy reagiert hat. Die Erben von Marjorie Lippin wurden zu einer Schadenersatzzahlung von 135 000 Dollar verdonnert. Soll ich eben mal unseren Anwalt anrufen?«

»Das hat Zeit. Zunächst interessiert mich mehr, was ich eigentlich für Sie tun soll. Die ersten drei Fälle sind passé, und der vierte dürfte auch bald soweit sein. Wünschen Sie, daß ich mich auf den fünften, also auf Alice Porter, konzentriere?«

»Nein. Oder vielmehr, ja und nein. Das Komitee wurde ins Leben gerufen, bevor Alice Porter mit ihrer Klage gegen Miss Wynn auf den Plan trat. Wir haben bei allem, was wir unternehmen, volle Handlungsfreiheit, und unser Ziel ist nicht so sehr die Aufklärung der früheren Fälle als eine Verhütung ähnlicher Vorkommnisse für die Zukunft. Übrigens scheint uns das, was bisher passiert ist, nicht weiter geheimnisvoll zu sein. Alice Porter brachte mit ihrer erfolgreichen Klage gegen Ellen Sturdevant den Ball ins Rollen. Simon Jacobs imitierte ihre Methode, wobei ihm zugute kam, daß er tatsächlich zwei Jahre zuvor ein Manuskript an Norris & Baum geschickt hatte, das *Was du dir wünschst* betitelt war. Der Brief von der Agentur, den er dem Title-House-Verlag vorlegte, war in Ordnung, nur das Manuskript war nicht dasselbe. Das hatte er erst verfaßt, nachdem Echols' Roman herausgekommen war; er schmückte es lediglich mit dem alten Titel. Ein todsicherer Trick, und so einfach.«

Wolfe grunzte. »Sie vermuten also, daß in allen fünf Fällen dasselbe Schema angewandt wurde. Das Manuskript, auf das sich die Klage stützte, wurde grundsätzlich erst dann verfaßt, wenn der Roman oder das Theaterstück des Opfers ein Bestseller zu werden versprach. Literarischer Diebstahl zum Zwecke der Erpressung.«

»Richtig«, pflichtete Harvey bei. »Darauf läuft die ganze Sache hinaus. Jane Ogilvy betrieb dasselbe Spielchen, und sie hatte dazu noch das unerhörte Glück, daß Marjorie Lippin genau im richtigen Moment starb. Und Kenneth Rennert dürfte sein Ziel auch erreichen, denn er hat, da ihm sein Betrugsmanöver nicht nachzuweisen ist, die öffentliche Meinung für sich.«

Er verstummte, hielt die Hand vor den Mund und gab einen Laut von sich, den ich bei einem weniger prominenten Autor schlicht einen Rülpser genannt hätte. »Also, das waren die Erwägungen, die zur Gründung des Komitees führten. Bei unserer letzten Verbandstagung sagte ein bekannter Schriftsteller, im Herbst käme sein neues Buch heraus, und er könnte nur hoffen, daß es eine Verkaufsniete würde. Kein Mensch fand das komisch, denn er hatte lediglich laut ausgesprochen, was viele von uns im stillen dachten. Und bei unserer letzten Komiteesitzung meinte Gerald Knapp ... Wie haben Sie sich ausgedrückt, Mr. Knapp?«

Knapp fuhr sich mit der Zunge langsam über die Lippen. »Ich sagte, unsere Firma wäre zwar bisher mit einem blauen Auge davongekommen. Aber wir haben drei Bücher auf der Bestsellerliste, und deshalb packte uns jedesmal ein Grausen, wenn wir unsere Post öffnen.«

»So geht es uns allen«, bestätigte Harvey. »Keiner fühlt sich mehr sicher, vor allem jetzt, wo Alice Porter wieder aus der Versenkung aufgetaucht ist. Anscheinend soll der ganze Schwindel von vorn losgehen. Das aber wollen wir verhindern. Wir haben ein Dutzend Anwälte konsultiert, aber keinem fiel ein vernünftiger Ausweg ein. Immerhin machte uns einer wenigstens den Vorschlag, Sie, Mr. Wolfe, zu Rate zu ziehen. Können Sie uns von diesem Alpdruck befreien, Mr. Wolfe?«

Wolfe schüttelte den Kopf. »Diese Frage ist doch nicht Ihr Ernst, Mr. Harvey?«

»Wieso nicht?«

»Weil sie ein Unding ist. Wenn ich sie mit einem Ja beantworte, müßten Sie mich für einen Aufschneider halten. Ich könnte mich niemals dazu verpflichten, derartige Vorkommnisse wie die eben geschilderten für immer zu unterbinden. Aber das erwarten Sie ja auch gar nicht von mir.«

»Nein.«

»Was also soll ich für Sie tun?«

»Das, was in Ihren Kräften steht. Das Wie und Was ist uns egal, solange wir davon überzeugt sind, daß wir den vollen Gegenwert für unser Geld erhalten.«

Wolfe nickte. »Das klingt schon besser. Eine solche Wendung verrät den Autor von *Warum die Götter lachen*. Sind Sie alle bereit, mich unter diesen Bedingungen mit den Ermittlungen zu beauftragen?«

Harvey sah Gerald Knapp und Dexter forschend an. Die zwei hüllten sich in gedankenvolles Schweigen. Statt ihrer platzte Reuben Imhof mit der Frage heraus: »Können Sie uns nicht wenigstens ungefähr sagen, was Sie tun werden und wieviel der Spaß kosten wird?«

»Nein, Sir«, antwortete Wolfe entschieden.

»Zum Teufel«, murmelte Mortimer Oshin und drückte seine soundsovielte Zigarette aus, »woher soll er das denn jetzt schon wissen. Er hat doch noch nicht mal angefangen.«

»Ich bin mit den Bedingungen einverstanden«, sagte Gerald Knapp. »Allerdings unter der Voraussetzung, daß wir den Auftrag jederzeit zurückziehen können.«

»Das hört sich wie die Klausel in einem Verlagsvertrag an«, stellte Harvey fest. »Wäre Ihnen das recht, Mr. Wolfe?«

»Gewiß.«

»Schön. Sie sind also dafür, Mr. Knapp?«

»Ja.«

»Und Sie, Miss Wynn?«

»Ich schließe mich der Mehrheit an.«

»Mr. Oshin?«

»Natürlich bin ich dafür.«

»Mr. Dexter?«

»Vorausgesetzt, wir können die Sache jederzeit abblasen, ja.«

»Mr. Imhof?«

Imhof wiegte bedächtig den Kopf. »An sich bin ich dafür, möchte jedoch gern noch einen oder zwei Punkte erwähnen. Mir ist natürlich klar, daß Mr. Wolfe die Lösung des Rätsels nicht aus dem Ärmel schütteln kann. Immerhin sind, wie er selbst sagt, die ersten drei Fälle passé, und der vierte ist auch nicht mehr aktuell. Aber der fünfte ist praktisch taufrisch und außerdem Alice Porters zweiter Vorstoß. Deshalb sollte er sich meiner Meinung nach auf ihn konzentrieren. Gelingt es Mr. Wolfe, Alice Porter festzunageln und zur Rücknahme ihrer Schadenersatzforderung zu veranlassen, dann müßte Miss Wynn sich fairerweise an den Kosten der Untersuchung beteiligen. Finden Sie nicht auch, Amy?«

»Wieso? Ja, selbstverständlich.« Ihre Nase zuckte.

»Dasselbe könnte man dann fairerweise auch von der Victory Press erwarten, oder nicht?« warf Harvey ein.

»Aber sicher.« Imhof grinste ihn an. »Die Victory Press wird sich nicht lumpen lassen, darauf können Sie Gift nehmen, alter Freund.« Er wandte sich an Wolfe. »Was halten Sie von meinem Vorschlag? Werden Sie sich auf Alice Porter konzentrieren?«

»Vielleicht, Sir. Nach gründlicher Überlegung.« Wolfe sah den Wortführer an. »Wer ist eigentlich mein Klient, Mr. Harvey? Doch wohl nicht dieses Komitee?«

»Also . . .« Harvey warf Gerald Knapp einen auffordernden Blick zu. Knapp lächelte und sagte: »Wir haben uns dahin geeinigt, Mr. Wolfe, daß der amerikanische Verlegerverband und der Verband amerikanischer Autoren und Dramatiker jeweils die Hälfte der Gesamtkosten übernehmen. Folglich sind diese beiden Verbände die Klienten. Mr. Harvey fungiert als ihr Vertreter. Ihm werden Sie Bericht erstatten. Ich hoffe, Sie haben nichts gegen diese Regelung einzuwenden?«

»Nein. Da es sich allem Anschein nach um einen zeitraubenden und kostspieligen Auftrag handelt, muß ich Sie um eine Spesenvorauszahlung bitten. Sagen wir – fünftausend Dollar?«

Knapp nickte, und Harvey antwortete: »In Ordnung. Sie werden die fünftausend bekommen.«

»Nun denn.« Wolfe holte tief Luft und blähte sich dabei auf wie ein überdimensionaler Ochsenfrosch. Ich grinste still vor mich hin. Es sah ganz danach aus, als müßte er sich jetzt mit Nachdruck an die Arbeit machen, und das paßte ihm gar nicht. Als er die Luft wieder ausstieß, klang es fast wie ein Stöhnen. »Natürlich brauche ich sämtliche Unterlagen und Dokumente, die zu den vier genannten Fällen in irgendeiner Beziehung stehen. Dazu gehören zum Beispiel auch die Berichte der Detektei, die Mr. Oshin mit Ermittlungen beauftragt hatte. Ich kann mich auf keinen bestimmten Kurs festlegen, solange ich nicht über alle Einzelheiten informiert bin. Es dürfte unter diesen Umständen angezeigt sein, noch ein paar Fragen zu stellen. Mr. Harvey, wurde jemals der Versuch unternommen, zwischen Alice Porter, Simon Jacobs, Jane Ogilvy und Kenneth Rennert ein geheimes Einverständnis aufzuspüren?«

Harvey nickte. »Gewiß hat man's versucht. Der Anwalt, der Marjorie Lippins Erben vertrat, und Oshins Detektei haben sich dahintergeklemmt. Aber es kam nichts dabei heraus.«

»Wo befinden sich die vier Manuskripte, von denen die vier Schadenersatzansprüche abgeleitet wurden? Sind sie greifbar?«

»Wir haben leider nur zwei. Alice Porters *Ewig währt die Liebe* und *Was du dir wünschst* von Simon Jacobs. Die Kurzgeschichte von Jane Ogilvy gehörte bei dem Prozeß zum Beweismaterial und wurde ihr danach zurückgegeben. Wir haben aber eine Kopie. Das Exposé von Kenneth Rennert ist in den Händen von Oshins Anwalt, und der rückt es bestimmt nicht heraus. Er hat sich sogar geweigert, uns eine Abschrift zu überlassen. Wir kennen natürlich . . .«

Mortimer Oshin war gerade dabei, sich eine neue Zigarette anzuzünden. Er unterbrach sich aber bei dieser Handlung und murmelte verdrossen: »Der Bursche will ja nicht mal mir eine Abschrift geben.«

»Das Manuskript von Alice Porter, mit dem sie Miss Wynn unter Druck gesetzt hat«, fuhr Harvey fort, »ist bisher nicht zum Vorschein gekommen. Wir kennen davon bis jetzt nur den

Titel. Aber ich fürchte, Ihre Leute werden es in der Perry Street aufstöbern. Was wollen Sie unternehmen, wenn es gefunden wird?«

»Keine Ahnung.« Wolfe verzog unwillig das Gesicht. »Bisher haben Sie mir nur die Außenseite des Problems gezeigt, und ich bin schließlich kein Hellseher. Ich muß zunächst einmal herausfinden, was getan und was übersehen worden ist. Die Manuskripte wurden, wie Sie sagten, mit der Maschine geschrieben. Hat man das Papier und die Schrifttypen untersucht? Bestand da nicht eine Möglichkeit, die Klagen anzufechten? Ist das Vorleben der Kläger bekannt? Wurde Jane Ogilvy vor Gericht einem Kreuzverhör unterzogen? Was kam dabei heraus? Wie gelangte Alice Porters Kurzgeschichte in Ellen Sturdevants Schreibtischschublade? Hat man sich mit der Putzfrau beschäftigt? Auf welche Weise wurde Jane Ogilvys Manuskript in den Koffer auf Marjorie Lippins Dachboden geschmuggelt? Wie geriet Kenneth Rennerts Exposé in den Aktenschrank von Mr. Oshins ehemaligem Agenten? Hat sich irgend jemand mit diesen Fragen befaßt, und wenn ja, was wurde dabei entdeckt?«

Wolfe hob eine Hand und ließ sie wieder fallen. »Schließlich muß ich mich noch fragen, ob und wieweit Ihre Vermutung, daß es sich in allen Fällen um ein echtes Komplott handelte, überhaupt zutrifft. Ich kann diese Behauptung nicht einfach als gegeben hinnehmen, ohne sie vorher zu überprüfen. Als Arbeitshypothese will ich sie allenfalls gelten lassen. Aber wir dürfen nicht vergessen, daß Plagiatsbeschuldigungen manchmal auch berechtigt sind.«

»Bah!« Mortimer Oshin winkte verächtlich ab.

Wolfe zog die Brauen hoch. Seine Augen wanderten weiter. »Miss Wynn, wir wollen die Untersuchung Ihrer beiden ehemaligen Wohnungen nicht auf die lange Bank schieben. Soll ich zwei geeignete Leute damit beauftragen, oder wollen Sie das selbst besorgen?«

Amy Wynn warf ihrem linken Nachbarn einen fragenden Blick zu. Imhof reagierte prompt wie immer. »Überlassen Sie das lieber Mr. Wolfe, Amy.« Sie wandte sich Wolfe zu und sagte: »Bitte, sorgen Sie dafür.«

»Schön. Dann verschaffen Sie sich am besten noch heute die Erlaubnis Ihrer einstigen Mitmieterinnen zur Durchsuchung der Wohnung in der Perry Street. Alles weitere ist Sache des Suchtrupps. Archie, benachrichtigen Sie Saul Panzer und Miss Bonner.«

Ich wandte mich zum Telefon um und wählte.

3

Vierunddreißig Stunden später, am Mittwoch abend um elf Uhr, richtete sich Wolfe in seinem Sessel auf und rief: »Archie.«

Ich nahm die Finger von den Tasten der Schreibmaschine und war ganz Ohr. »Ja, Sir?«

»Eine Frage ist beantwortet.«

»Gut. Welche?«

»Ob die Opfer aufrichtig waren. Es stimmt tatsächlich. Sie wurden betrogen. Kommen Sie her.«

Ich stand auf und begab mich zu seinem Schreibtisch. Um dahin zu gelangen, mußte ich um einen Tisch herumkurven, der aus dem Vorderzimmer stammte und unter dem Gewicht von schätzungsweise einer Tonne Papier fast zusammenbrach. Briefe, Zeitungsausschnitte, Fotos, Durchschläge von Berichten, Protokolle über Telefongespräche, Listen von Namen und Adressen, eidesstattliche Erklärungen und noch ein Haufen Zeug, dessen Aufzählung ich mir erspare, türmten sich mitten im Büro zu einem Berg. Vierunddreißig Stunden lang hatten wir uns mit diesem Material herumgeschlagen. Allerdings hatten wir zwischendurch auch diverse Mahlzeiten zu uns genommen und geschlafen, von Wolfes täglichen zwei Sitzungen bei seinen Orchideen ganz zu schweigen. Immerhin hatten wir es trotz dieser Unterbrechungen geschafft, so ziemlich alles zu lesen, bis auf die vier Romane *Feuer der Leidenschaft* von Ellen Sturdevant, *Alles Glück der Erde* von Richard Echols, *Das Ende aller Dinge* von Marjorie Lippin und *Klopf an meine Tür* von Amy Wynn. Es wäre sinnlos gewesen, die vier Schmöker auch noch durchzuackern, da sie mit den vier Manuskripten im wesentlichen übereinstimmten – eine Tatsache, die ohnehin feststand und auch von niemandem bestritten wurde. Wir verzichteten gern auf die Lektüre: Wolfe, weil er sich aus Romanen ohnehin nicht viel machte, und ich, weil ich vom vielen Lesen schon ganz durchgedreht war.

Als Wolfe mich unterbrach, war ich gerade damit beschäftigt, eine Erklärung abzutippen, die Saul Panzer und Dol Bonner später unterschreiben sollten. Sie hatten am Dienstag sieben Stunden in der Wohnung in der Perry Street und am Mittwoch sechs Stunden in Amy Wynns Apartment in der Arbor Street verbracht. Beide waren bereit, auf einem Stapel von Bestsellern zu beschwören, daß sich in keiner der beiden Wohnungen eine Kurzgeschichte von Alice Porter mit dem Titel *Auch zu dir kommt das Glück* befand. In der Perry Street gab es überhaupt keine Manuskripte, weder von Alice Porter noch sonst jemandem. In der Arbor Street quollen sie aus sämtlichen Schubfächern – zwei Romane, achtundzwanzig Kurzgeschichten, sieben Novellen und neun Artikel – alle von Amy Wynn verfaßt und durch Gebrauch stark abgenutzt. Offenbar hatten sie einen langen Leidensweg durch zahllose Redaktionen und Verlagsbüros hinter sich. Gewissenhaft wie immer hatte Saul sogar eine Liste der Titel inklusive Seitenzahl angelegt, aber ich hielt das für übertrieben. Ich hatte zuerst Philip Harvey, den Bevollmächtigten unserer Auftraggeber, angerufen, ihn jedoch nicht erreicht. Daraufhin läutete ich Reuben Imhof von der Victory Press an und teilte ihm das angenehme Resultat der Suchaktion mit. Er war sehr erfreut und versprach, diese Neuigkeit sofort an Amy Wynn weiterzugeben.

Ich schlängelte mich also um den Papierberg herum und baute mich vor Wolfes Schreibtisch auf. Er hatte die drei Manuskripte – *Ewig währt die Liebe* von Alice Porter, *Was du dir wünschst* von Simon Jacobs und *Der Himmel sagt nein* von Jane Ogilvy – vor sich liegen. In der Hand schwenkte er ein paar Blätter aus seinem Notizblock. Sein Ellenbogen war aufgestützt, und der Unterarm ragte senkrecht in die Luft, eine außergewöhnlich anstrengende Haltung. Er tut das nur dann, wenn er ganz besonders zufrieden mit sich ist.

»Da bin ich«, sagte ich. »Was ist los? Fingerabdrücke?«

»Etwas viel Besseres als Fingerabdrücke. Diese drei Geschichten wurden von ein und derselben Person geschrieben.«

»Wirklich? Aber nicht auf ein und derselben Schreibmaschine. Ich hab' die Typen unter die Lupe genommen und verglichen.«

»Ich auch.« Er wedelte mit seinen Notizen vor meiner Nase herum. »Die Typen einer Schreibmaschine kann man auswechseln. Meine Entdeckung ist stichhaltiger.« Er warf einen Blick auf das oberste Blatt. »In der Geschichte von Alice Porter wird sechsmal etwas ›behauptet‹, bei Simon Jacobs achtmal und bei Jane Ogilvy siebenmal. Sie wissen natürlich, daß fast jeder Schriftsteller, um das ewige ›sagte er‹ und ›antwortete sie‹ zu vermeiden, zu Verben gleicher oder ähnlicher Bedeutung greift. Es gibt da mindestens ein Dutzend Möglichkeiten, wie erklären, feststellen, herausplatzen, rufen, verkünden, gestehen, knurren, flüstern, fauchen und dergleichen mehr. Nun neigt jedoch jeder Autor normalerweise dazu, einem bestimmten Ausdruck den Vorzug zu geben und ihn besonders oft zu wiederholen. In unserem Fall haben zwei Frauen und ein Mann die gleiche Lieblingsvokabel, nämlich ›behaupten‹. Diese merkwürdige geistige Verwandtschaft scheint mir mehr als ein Zufall zu sein. Was halten Sie davon?«

»Tja, offen gestanden, nicht viel. Fingerabdrücke wären mir lieber.«

»Pfui, Archie, Sie haben überhaupt kein Gefühl für literarische Feinheiten. Übrigens habe ich noch mehr dergleichen Übereinstimmungen gefunden. Zwei davon sind verbal.« Er las aus seinen Notizen vor. »Alice Porter schreibt: ›Nicht umsonst hatte er den einzigen Menschen verlassen, an dem ihm etwas lag.‹ Oder: ›Nicht umsonst hatte sie ihre Selbstachtung aufs Spiel gesetzt.‹ Bei Simon Jacobs steht folgender Satz: ›Erleichtert merkte er, daß er diese furchtbare Gefahr nicht umsonst auf sich genommen hatte.‹ Und: ›Nicht umsonst war sie sich plötzlich ihrer Schwäche bewußt geworden; nie wieder würde sie so dumm sein.‹ Und bei Jane Ogilvy antwortet ein Mann: ›Nein, Liebling, um keinen Preis. Ich will nicht umsonst so lange gewartet haben.‹«

Ich kratzte mich am Ohr. »Na schön, Sie haben das Zeug nicht umsonst so gründlich gelesen. Noch ein paar von diesen Beispielen, und ich gebe mich geschlagen.«

Wolfe griff nach dem dritten Blatt. »In allen drei Manuskripten kommt das Wort ›kaum‹ ungewöhnlich häufig vor. Bei Alice Porter heißt es: ›Kaum hatte sie ihn berührt, als ihn ein kalter Schauer überlief.‹ Und: ›Sie hatte kaum das Haus erreicht, da brach die Nacht vollends herein.‹ Und: ›Gab es für ihn überhaupt noch eine Chance? Kaum.‹ Simon Jacobs benutzt es viermal in ähnlichem Zusammenhang und Jane Ogilvy dreimal.«

»Okay. Sie haben gewonnen. Von Zufall kann dabei nicht mehr die Rede sein.«

»Es freut mich, daß Sie das einsehen, Archie. Aber die Gleichförmigkeit geht noch weiter. Da ist einmal die Zeichensetzung. Alle drei haben eine Vorliebe für das Semikolon und benutzen es immer da, wo die meisten Leute entweder ein Komma oder einen Gedankenstrich verwenden würden. Das andere Merkmal fällt vielleicht weniger in die Augen, ist aber meiner Meinung nach am überzeugendsten. Ein kluger Mensch ist imstande, seinen persönlichen Stil so geschickt zu fälschen, daß er die besten Köpfe hinters Licht führt. Aber Geschicklichkeit und Intelligenz müssen an einem bestimmten Punkt scheitern, und zwar an der Komposition. Diktion und Syntax sind bis zu einem gewissen Grade Sache der Überlegung und des Verstandes. Der innere Zusammenhang, die Unterteilung, die Entscheidung darüber, ob man einen Gedanken in der Mitte aufgreifen oder unvermittelt abbrechen oder überspringen soll, ist jedoch eine Frage des Instinkts und untrennbar von der Persönlichkeit des Schreibers. Ich will allenfalls die Möglichkeit gelten lassen, daß die Übereinstimmung in der Wortwahl und der Zeichensetzung ein Zufall ist, obwohl ich das für höchst unwahrscheinlich halte. Die Übereinstimmung in der Verarbeitung des Stoffs und dem Aufbau der Handlung ist aber vom Zufall unabhängig, und deshalb stammen alle drei Geschichten von ein und derselben Hand.«

»Das erinnert mich an einen Artikel, den ich neulich in der *Times* las. Irgendein Autor hatte offenbar die blödsinnige Idee, die Handlung seiner Bücher nur noch dem Zufall zu überlassen.

Auf diese Art wollte er einen möglichst naturgetreuen Abklatsch der menschlichen Verhältnisse produzieren. Aber der Rezensent war dagegen. Ordnung muß sein. Ich kann das gut begreifen. Es ist so ungemein beruhigend, wenn man am Anfang eines Buches schon weiß, wie es ausgeht. Ich wollte, im Leben wär's genauso. Ein Detektiv zum Beispiel muß von der einen Minute zur anderen umdisponieren. Also bitte, dieser Fall, den wir uns aufgehalst haben, ist wieder typisch dafür. Kaum befaßt man sich mit ihm, da ist er plötzlich grün statt blau. Übrigens, weshalb ist eigentlich nicht schon vorher jemand darauf gekommen, daß bloß einer von den vieren der Schreiber sein kann?«

Wolfe grunzte. »Vermutlich deshalb, weil niemand auf die Idee kam, die Manuskripte miteinander zu vergleichen.«

Ich begab mich wieder zu meinem Schreibtisch zurück und setzte mich. »Schöne Bescherung. Jetzt muß ich alle meine bisherigen Meinungen über den Fall über Bord werfen und mir neue zurechtlegen. Sie haben sich vermutlich schon umgestellt.«

»Nein. Ich hatte mir bisher überhaupt noch keine Meinung gebildet.«

Ich warf einen Blick auf die Uhr an der Wand. »Viertel nach elf. Harvey dürfte inzwischen nach Hause gekommen sein. Wollen Sie ihm die Neuigkeit jetzt gleich mitteilen?«

»Nein. Ich bin müde. Ich gehe schlafen. Die Sache eilt ja nicht.« Er schob seinen Sessel zurück und erhob sich.

Nero Wolfes Zimmer liegt eine Treppe höher, und manchmal geht er zu Fuß. Diesmal nahm er jedoch den Lift. Als er verschwunden war, schnappte ich mir die drei Manuskripte und brütete eine halbe Stunde lang darüber. Lily Rowan hat zwar mal von mir behauptet, ich wäre so feinfühlend wie ein Schmiedehammer, aber mit der Zeit begriff ich doch, was Wolfe mit seinem Vortrag über Komposition und Instinkt und untrennbare Persönlichkeit gemeint hatte. Ich deponierte die drei Geschichten im Safe und zerbrach mir danach den Kopf, was ich mit dem Papierberg auf dem Tisch anfangen sollte.

Jeder der vier Bewohner des alten Backsteinhauses in der 35. Straße West hat seinen bestimmten Aufgabenbereich. Wolfe ist der Eigentümer und Boß. Fritz Brenner waltet in der Küche seines Amtes. Daneben betätigt er sich als Hausmeister und führt das Regiment in allen Räumen des Hauses, ausgenommen im Büro, in meinem Schlafzimmer und im Dachgeschoß. Theodore Horstmann kümmert sich ausschließlich um die Orchideen und nimmt im übrigen seine Mahlzeiten mit Fritz in der Küche ein. Ich esse im Speisezimmer bei Wolfe, außer an jenen Tagen, wo wir miteinander verkracht sind. Wenn das der Fall ist, dann geselle ich mich zu Fritz und Theodore in die Küche oder lasse mich von einer mitleidigen Seele einladen oder verkrümele mich zu Berts Imbiß um die Ecke und nehme mit Bohnen und Speck vorlieb. Mein Status und mein Pflichtenkreis innerhalb der Hausgemeinschaft unterliegen häufigen Schwankungen und hängen praktisch von den Erfordernissen des Augenblicks ab. Da wir hierüber gelegentlich geteilter Meinung sind, führt das zwischen Wolfe und mir zu Mißstimmigkeiten und jener gespannten Atmosphäre, in der wir vorübergehend jede Beziehung zueinander abbrechen. Das Büro gehörte jedoch unwiderruflich zu meinen Obliegenheiten und damit leider auch der momentane Berg Papier.

Ärgerlich betrachtete ich den ganzen Haufen. Zwei Drittel davon waren vermutlich wertlos, aber das letzte Drittel enthielt immerhin einige wichtige Informationen über die vier literarischen Diebe. Angenommen, einer von ihnen hatte den lukrativen Schwindel aufgezogen und die vier Geschichten verfaßt, welcher war dann der aussichtsreichste Kandidat? Ich überflog in Gedanken alles, was wir über sie in Erfahrung gebracht hatten.

Zunächst Alice Porter: Mitte Dreißig und unverheiratet. Personenbeschreibung nicht vorhanden, dafür aber ein Foto. Füllige Figur, Gewicht schätzungsweise hundertfünfzig Pfund. Rundes Gesicht, kleine Nase, dicht nebeneinanderstehende Augen. Wohnte im Jahre 1955 im Collander-Haus in der 82. Straße West, einem Heim für unverheiratete Frauen, die sich nichts Besseres leisten können. Zog später nach Carmel, einem Ort sechzig Meilen nördlich von New York, und bewohnt dort ein Häuschen, das sie sich wahrscheinlich von dem erschwindelten Geld gekauft hat. Zwischen 1949 und 1955 setzte sie insgesamt vierzehn Kindergeschichten bei verschiedenen Zeitschriften ab. Außerdem veröffentlichte der Verlag Best & Green ein Kinderbuch von ihr, *Die Motte, die Erdnüsse aß;* aber die ›Motte‹ entpuppte sich als Pleite. Alice Porter wurde im Jahre 1951 Mitglied des Verbandes amerikanischer Autoren und Dramatiker, wurde 1954 wegen Nichtbezahlung der Beiträge ausgeschlossen und trat dem Verband im Jahre 1956 erneut bei.

Simon Jacobs: Personenbeschreibung und Foto. 62 Jahre alt, groß und hager, Frisur à la Mark Twain. (Dieses Detail hatte der Anwalt vom Title-House-Verlag geliefert.) Außerdem hatte er einen Sprachfehler: Er stotterte. Heiratete im Jahre 1948, also im Alter von 51 Jahren. Lebte mit Frau und drei Kindern in einer Mietwohnung in der 21. Straße West. Teilnehmer des ersten Weltkriegs, zweimal verwundet. Schrieb zwischen 1922 und 1940 am laufenden Band Kurzgeschichten für Zeitschriften und Tageszeitungen unter vier verschiedenen Pseudonymen. Arbeitete im zweiten Weltkrieg für eine Rundfunkgesellschaft und verfaßte Hörspiele in deutscher und polnischer Sprache. Nahm nach dem Kriege seine schriftstellerische Tätigkeit wieder auf, jedoch ohne nennenswerten Erfolg. Verkaufte höchstens acht bis zehn Geschichten im Jahr. 1947 verlegte die Owl Press ein Buch von ihm, *Sperrfeuer bei Morgengrauen,* und setzte 35 000 Exemplare davon ab. Mitglied des Verbandes seit 1931; Beiträge immer pünktlich gezahlt, sogar während des Krieges, wo es kein Mensch von ihm verlangt hätte.

Jane Ogilvy: Personenbeschreibung aus drei verschiedenen Quellen und Foto. Ende Zwanzig oder Anfang Dreißig. Die Angaben hierüber schwankten. Nette, zierliche Figur, hübsches Gesicht, verträumte Augen. Lebt bei ihren Eltern in deren Haus bei Riverdale. Nachdem sie die 135 000 Dollar Schadenersatz einkassiert hatte, reiste sie nach Europa, blieb jedoch nur einen Monat dort. Vater im Eisengroßhandel tätig; finanzielle Lage der Familie erstklassig. Vor Gericht hatte sie ausgesagt, daß siebzehn Gedichte von ihr in verschiedenen Zeitschriften erschienen wären. Auf Verlangen ihres Anwalts las sie drei davon im Zeugenstand vor. Mitglied des Verbandes seit 1955; mit ihren Beiträgen ein Jahr im Rückstand.

Schließlich Kenneth Rennert: Über ihn besaßen wir das meiste Material; es stammte im wesentlichen von der Detektei, die Mortimer Oshin ihm auf den Hals gehetzt hatte. 34 Jahre alt, unverheiratet. Wirkte jedoch viel jünger. Viril (dieser Ausdruck wäre mir nie eingefallen), muskulös, gut aussehend. Braune Augen, dunkles Haar. Bewohnte ein hübsches, geräumiges Apartment mit Bad und Kochnische in der 37. Straße Ost. Mutter und zwei Schwestern lebten in Ottumwa, Iowa; Vater tot. Promovierte 1950 in Princeton. Arbeitete anschließend in einem Maklerbüro, wo man ihn 1954 vor die Tür setzte. Entlassungsgrund nicht genau bekannt, vermutlich Unterschlagung von Kundengeldern. Anklage wurde nicht erhoben. Danach begann er für das Fernsehen zu schreiben. Nachweislich setzte er in vier Jahren neun Manuskripte ab; andere Einkommensquellen unbekannt. Anscheinend lebt er von Pump und ist bis über beide Ohren verschuldet. Niemals Mitglied des Verbandes; sein Aufnahmeantrag wurde zurückgewiesen. Bisher noch nie als Autor von Theaterstücken in Erscheinung getreten.

Das waren also die vier Pappenheimer. Ich tippte, rein zum Vergnügen, auf Alice Porter. Sie hatte den Dreh als erste ausprobiert und versuchte ihn nun schon zum zweitenmal. Außerdem hatte sie ein Buch mit dem blöden Titel *Die Motte, die Erdnüsse aß* geschrieben und damit klar bewiesen, daß sie buchstäblich vor nichts haltmachte. Drittens war sie für meinen Geschmack zu umfangreich, und viertens lagen ihre Augen zu eng nebeneinander. Falls Wolfe mich nach meiner Meinung fragen sollte – er tut das für gewöhnlich, aber nur aus Höflichkeit und nicht, weil ihn meine Ansicht tatsächlich interessiert –, dann würde ich ihm vorschlagen, sich auf die Beziehungen zwischen Alice Porter, Simon Jacobs, Jane Ogilvy und Kenneth Rennert zu konzentrieren. Wenn sie die treibende Kraft und die drei anderen nur ihre Helfershelfer gewesen waren, dann mußte sie irgendwann zu ihnen Verbindung aufgenommen haben. Oshins Detektei und der Anwalt von Marjorie Lippins Erben hatten zwar keine Anzeichen dafür aufgestöbert, aber das besagte nicht viel. Ob man etwas findet, hängt davon ab, wer danach sucht. Und zum Suchen braucht man Köpfchen. Ich machte ein paar

Fächer im Wandschrank frei und stopfte, so gut es ging, den Papierkram hinein. Ich mußte siebenmal hin- und hersausen, bis der Berg abgetragen war. Dann verschloß ich den Schrank, verfrachtete den Tisch wieder ins Vorderzimmer und begab mich selbst zwei Treppen höher ins Bett.

4

Über Nacht kam mir ein besserer Einfall. Ich beschloß, Wolfes Frage nach meinen Vorschlägen gar nicht erst abzuwarten, sondern gleich damit herauszuplatzen. Donnerstag morgen sauste ich gestiefelt und gespornt die zwei Treppen hinunter in die Küche, sagte Fritz guten Morgen, griff nach dem Glas mit Orangensaft, das schon für mich bereitstand, und nahm einen kräftigen Schluck. Das ist immer der Augenblick, in dem ich endgültig wach werde. Ich sah mich suchend um.

»Wo bleibt mein Omelett?«

Fritz machte die Tür des Kühlschranks zu und richtete sich auf. »Sie wissen doch, was los ist, wenn ich die Eier noch nicht aufgeschlagen habe, Archie.«

»Sicher. Aber ich habe einen Mordshunger.«

Hunger oder nicht, ich würde mein Frühstück erst bekommen, wenn ich oben bei Wolfe gewesen war. Wolfe pflegt in seinem Zimmer zu frühstücken von einem Tablett, das Fritz ihm hinaufträgt. Anscheinend hatte er Fritz bei dieser Gelegenheit mitgeteilt, daß er mich sofort sprechen wollte. Wer konnte wissen, wie lange die Befehlsausgabe dauern würde, und Fritz ist ein viel zu gewissenhafter Koch, um mir ein lauwarmes, ledernes Omelett vorzusetzen. Ich seufzte und trank noch einen Schluck Orangensaft. Es bekommt mir nicht, wenn ich ihn schnell hinunterschütte. Folglich trottete ich mit dem Glas in der Hand die Treppe wieder hinauf, schwenkte in der ersten Etage nach links und ging bis zu der offenstehenden Tür am Ende der Halle.

Nero Wolfe thronte in seinem gelbseidenen Pyjama wie eine riesige Butterkugel vor einem Tisch am Fenster und strich Himbeermarmelade auf einen Pfannkuchen. Ich erwiderte seinen Gutenmorgengruß und rasselte danach mein Sprüchlein herunter: »Exemplare von der *Motte, die Erdnüsse aß* und *Sperrfeuer bei Morgengrauen* können wir vermutlich ziemlich schnell über die jeweiligen Verleger erhalten, aber bei den Gedichten von Jane Ogilvy sehe ich schwarz. Es kann Tage dauern, bis wir die betreffenden Zeitschriften aufgestöbert haben. Glauben Sie, daß Ihnen die beiden Bücher genügen, oder brauchen Sie auch noch ein paar Geschichten von Alice Porter und Simon Jacobs?«

Er grunzte. »Sie sind ja reichlich scharfsinnig heute morgen.«

»Nein, Sir. Aber ich habe Hunger und möchte möglichst wenig Zeit verlieren.«

»Das sollen Sie auch nicht. Kümmern Sie sich zunächst um die beiden Bücher. Kurzgeschichten brauchen wir wahrscheinlich nicht. Und die Gedichte werden uns vermutlich kaum etwas nützen. Jane Ogilvys Verse sind ziemlich erbärmlich. Ich habe drei gelesen und halte sie für höchst unergiebig. Außerdem hängt die Wortwahl vom Versmaß und dem Reim ab. Ich glaube, auf die Gedichte können wir verzichten.«

Ich lehnte mich gegen den Türrahmen und schlürfte ein wenig Orangensaft. »Und wenn man wissen will, wozu wir die Bücher brauchen, soll ich dann eine wahrheitsgetreue Erklärung vom Stapel lassen?«

»Nein. Lassen Sie sich etwas anderes einfallen.« Er schaufelte eine Gabel voll Pfannkuchen und Marmelade in seinen Mund.

»Und falls Harvey anruft?«

»Sagen Sie ihm, es gäbe im Moment nichts Neues. Vielleicht später. Zunächst brauche ich die beiden Bücher.«

»Sonst noch was?«

»Nein.« Er hob die Kaffeetasse zum Zeichen, daß ich entlassen sei.

Als ich in der Küchentür auftauchte, begann Fritz die Eier aufzuschlagen. Ich setzte mich an den Küchentisch, trank meinen Orangensaft zu Ende und vertiefte mich in die Morgenausgabe der *Times*.

»Ein guter Fall?« erkundigte sich Fritz. Für ihn ist ein neuer Fall immer dann gut, wenn er die Mahlzeiten nicht durcheinanderbringt, sich nicht zu lange hinzieht, Wolfe nicht kribblig macht und am Ende auch noch ein anständiges Honorar dabei herausspringt.

»Es geht«, antwortete ich. »Vielleicht brauchen wir nur ein paar Bücher zu lesen. Aber man soll den Tag nicht vor dem Abend loben.«

Fritz setzte die Pfanne aufs Gas. »Diese Miss Bonner hilft Ihnen wohl dabei, wie?«

Ich grinste. Fritz betrachtet jedes weibliche Wesen, das seinen Fuß in unser Haus setzt, als potentielle Gefahr. Auf Dol Bonner ist er jedoch ganz besonders schlecht zu sprechen, seitdem Wolfe sie einmal zum Essen eingeladen hat. Dol ist die Abkürzung von Theodolinda, und Theodolinda Bonner hat ein eigenes Detektivbüro, übrigens das einzige in New York, das von einer Frau geleitet wird. Sie ist nicht nur ein kluges, sondern auch ausnehmend hübsches Persönchen, und diese Kombination scheint Fritz besonders unheimlich zu sein.

»Nein«, sagte ich. »Gestern kam sie in einer rein persönlichen Angelegenheit. Mr. Wolfe bombardiert sie nämlich am laufenden Band mit Anrufen und Einladungen zum Dinner, und sie möchte, daß ich diesen dauernden Belästigungen ein Ende mache.«

Fritz drohte mir mit dem Kochlöffel. »Archie, wenn ich so überzeugend schwindeln könnte wie Sie, wäre ich schon längst Gesandter. Sie kennen die Frauen. Eine mit solchen Augen und so langen Wimpern wie diese Miss Bonner ist gefährlich, das wissen Sie ganz genau.«

Um neun Uhr fühlte ich mich allem, was der Tag bringen würde, gewachsen, dank den Pfannkuchen mit Speck und Honig, der Aprikosenmarmelade und den zwei Tassen Kaffee. Ich verfügte mich ins Büro und wählte Philip Harveys Nummer. Es dauerte eine Ewigkeit, bis er sich meldete, und dann führte er sich auf, als wäre es noch finsterste Nacht. Nachdem ich ihn besänftigt und ihm versprochen hatte, ihn nie wieder vor zwölf Uhr mittags zu stören, erklärte ich ihm, was ich wollte – nämlich die Namen von einigen Leuten bei Best & Green und bei der Owl Press, die sich eventuell bereit finden würden, uns einen

Gefallen zu erweisen. Er antwortete, er kennte dort keine Menschenseele, und ich sollte doch Miss Ballard, die Sekretärin des Verbandes, anrufen. Nach diesem lichtvollen Hinweis legte er auf. Für irgendwelche Neuigkeiten schien er sich im Moment nicht zu interessieren. Ein schöner Vorsitzender.

Ich hängte mich von neuem an die Strippe. Als ich Miss Ballard erwischt hatte, wollte sie wissen, um was für einen Gefallen es sich handelte. Als ich ihr das auseinandergesetzt hatte, fragte sie, wozu Nero Wolfe die Bücher brauchte. Ich erwiderte, kein guter Detektiv verriete jemals, wozu er etwas Bestimmtes brauche, und wenn ich ihr einen Grund nennen würde, dann wäre es ganz sicher nicht der richtige. Schließlich hatte sie das zwecklose Frage-und-Antwort-Spiel satt und rückte mit ein paar Namen heraus.

Mr. Arnold Green, Mitinhaber von Best & Green, war äußerst mißtrauisch. Er platzte zwar nicht offen damit heraus, gab mir jedoch durch die Blume zu verstehen, daß er das Komitee zur Verhütung von Plagiaten für eine gegen ihn gerichtete Verschwörung hielte. Mißgünstige Konkurrenten hätten sie angezettelt, um einen seiner Autoren in Verruf zu bringen. Außerdem wäre *Die Motte, die Erdnüsse aß* eine absolute Pleite gewesen und schon vor Jahren zu Ramschpreisen verschleudert worden. Vier oder fünf Exemplare trieben sich zwar noch irgendwo im Verlag herum, aber er könnte nicht begreifen, wozu Wolfe das Buch überhaupt haben wollte.

Als er eine Atempause einlegte, sagte ich schnell, ich könnte seine Gefühle verstehen und würde Mr. Knapp, Mr. Dexter und Mr. Imhof mitteilen, daß er sich aus einem sicher sehr achtbaren Grunde geweigert hätte, Mr. Wolfe ein Exemplar des Buches zu überlassen. Daraufhin wurde er plötzlich sehr entgegenkommend und erklärte sich bereit, das Buch so prompt wie möglich herüberzuschicken.

Mr. W. R. Pratt von der Owl Press reagierte streng geschäftsmäßig. Meine einleitenden Worte schnitt er mir kurzerhand ab. Er erkundigte sich sachlich nach meinen Wünschen, und als ich erwiderte, Mr. Wolfe benötige ein Exemplar von *Sperrfeuer bei Morgengrauen* und ob er freundlicherweise . . ., unterbrach er mich wieder und sagte, ich sollte seiner Sekretärin unsere Adresse geben, sie würde alles Weitere in die Hand nehmen. Er stellte keine Fragen, aber seine Sekretärin holte das Versäumte nach. Ihre ersten Worte lauteten: »Wem sollen wir die Rechnung schicken? Ihnen?« Die Firma war auf Draht.

Sperrfeuer bei Morgengrauen traf zuerst ein, was mich nicht weiter überraschte. Die beigefügte Rechnung enthielt auch einen Betrag von einem Dollar fünfzig Cent für den Boten. Wolfe war inzwischen von seinen Orchideen herniedergestiegen und sah die Morgenpost durch. Als ich ihm das Buch überreichte, verzog er das Gesicht und ließ es auf die Schreibtischplatte plumpsen. Aber nach ein paar Minuten nahm er es wieder auf, musterte stirnrunzelnd den Einband und schlug es auf. Kaum hatte er sich hinein vertieft, als *Die Motte, die Erdnüsse aß* abgeliefert wurde. Da meine Pflichten sich nach den Erfordernissen des Augenblicks richten, nahm ich *Die Motte* in Angriff und untersuchte sie auf Ausdrücke wie ›behaupten‹ oder ›nicht umsonst‹ oder Sätze wie ›Kaum hatte die Motte die zehntausendste Erdnuß verputzt, als sie schreckliches Bauchweh bekam‹. Natürlich kümmerte ich mich auch um die Zeichensetzung und die Komposition. Ich war etwa bis zur Hälfte gekommen, als Wolfe das Buch haben wollte. Ich stand auf, gab es ihm und nahm mir dafür *Sperrfeuer bei Morgengrauen.*

Kurz nach eins, als es Zeit für den Lunch wurde, klappte Wolfe sein Buch zu, feuerte es auf den Schreibtisch und knurrte: »Pfui! Es war keiner von beiden. Hol' sie der Teufel!«

Ich schlug meinen Schmöker auch zu. »Stimmt. Simon Jacobs können wir streichen, aber bei Alice Porter leuchtet mir das noch nicht ganz ein. Ihr Machwerk ist ein Kinderbuch, und man kann von einer Motte schließlich nicht erwarten, daß sie was behauptet, selbst wenn sie mit Hingabe Erdnüsse futtert. Ich verzichte ungern auf Alice Porter. Sie hat mit dem Schwindel angefangen und versucht ihr Glück jetzt zum zweitenmal.«

Wolfe funkelte mich grimmig an. »Nein. Sie hat die Geschichten nicht geschrieben.«

»Mir schon recht. Sie müssen's ja wissen. Warum sehen Sie mich so wütend an? Ich hab' die Geschichten auch nicht geschrieben. Ist das nun Ihre endgültige Stellungnahme, oder sind Sie nur böse, weil der Schreiber seinen Stil so geschickt getarnt hat?«

»Es ist endgültig. Niemand ist so geschickt. Die beiden können wir ausscheiden.«

»Dann bleiben nur Jane Ogilvy und Kenneth Rennert.«

»Jane Ogilvy kommt höchstwahrscheinlich auch nicht in Frage. Ihre Zeugenaussage vor Gericht und die drei Gedichte sprechen dagegen. Als einziger von dem Quartett käme vielleicht Kenneth Rennert als Täter in Betracht. Aber seine Schadenersatzforderung stützt sich auf ein Exposé für ein Schauspiel und nicht auf eine Kurzgeschichte, und das Exposé haben wir nicht. Außerdem gehört er möglicherweise gar nicht zu dem Komplott. Wenigstens haben wir bisher keinen Beweis dafür. Glauben Sie, daß wir uns ein paar von seinen Fernsehmanuskripten verschaffen könnten?«

»Keine Ahnung. Soll ich mich dahinterklemmen?«

»Ja, aber es ist nicht dringend. Anscheinend handelt es sich dabei um reine Dialoge, die uns ohnehin so gut wie gar nichts über den Verfasser verraten. Ich möchte Ihre Meinung über folgenden Punkt hören: Allem Anschein nach besteht unsere Aufgabe darin, eine Person männlichen oder weiblichen Geschlechts ausfindig zu machen, die im Jahre 1955 den Roman *Feuer der Leidenschaft* von Ellen Sturdevant las, den Stoff zu einer Kurzgeschichte mit dem Titel *Ewig währt die Liebe* verarbeitete und daraufhin Alice Porter dazu überredete, in ihrem Namen eine Klage wegen Plagiats loszulassen. Alice Porter wurde vermutlich ein Teil des ergaunerten Geldes versprochen. Diese Person versteckte nicht nur das gefälschte Manuskript in Miss Sturdevants Haus, sondern wiederholte ein Jahr später dasselbe Manöver mit einem zweiten Komplicen, nämlich Simon Jacobs. Das Opfer war diesmal Richard Echols mit seinem Buch *Alles Glück der Erde*. 1957 wurde der dritte erfolgreiche Versuch nach dem gleichen Schema gestartet, aber mit einer anderen Besetzung: Jane Ogilvy und Marjorie Lippin. Halten Sie es für möglich, daß Kenneth Rennert in allen drei Fällen der Anstifter war?«

Ich schüttelte den Kopf. »Das kann ich nicht sagen. Dazu kenne ich ihn zuwenig.«

»Aber Sie haben doch die Berichte über ihn gelesen.«

»Tja ...« Ich dachte nach. »Also, aus dem Stegreif würde ich eher nein sagen als ja. Meiner Meinung nach steht die Chance zehn zu eins, daß er nicht der Drahtzieher ist. Jedenfalls ist das mein Eindruck von ihm. Vor allem bezweifle ich, daß er sich mit Komplicen abgeben würde. Außerdem existiert nicht der geringste Beweis dafür, daß er vor 1955, solange er in dem Maklerbüro arbeitete, überhaupt Beziehungen zu Schriftstellern unterhielt. Er war auch nie Mitglied des Verbandes. Wie soll er also an Alice Porter, Simon Jacobs und Jane Ogilvy geraten sein? Und noch ein Einwand: Falls er wirklich in den ersten drei Fällen Komplicen hatte und die Beute mit ihnen teilte, warum versuchte er's dann beim viertenmal allein, und warum griff er beim fünftenmal wieder auf Alice Porter zurück?«

Wolfe nickte. »Sie haben recht. Wir stecken in einer Sackgasse. Die Entdeckung, daß die drei Manuskripte von einer Hand stammen, hat den Fall nicht vereinfacht, sondern im Gegenteil erheblich kompliziert. Wenn jene vier Leute tatsächlich nur Strohmänner waren, dann fragt sich nun, wer der Drahtzieher gewesen ist! Vermutlich ist er ein Bürger der Vereinigten Staaten, aber davon gibt es fast zweihundert Millionen.«

»Sachte. Ganz so schlimm wird's nicht sein«, sagte ich beruhigend. »Unser großer Unbekannter lebt bestimmt in New York. Damit ist er nur noch einer von rund fünfzehn Millionen, abzüglich aller Kinder, Analphabeten, Gefängnisinsassen ...«

Fritz war lautlos in der Tür aufgetaucht. »Der Lunch ist bereit, Sir.«

»Mir ist der Appetit vergangen«, knurrte Wolfe.

Der Chef war tatsächlich nicht ganz auf der Höhe. Er verdrückte nur vier Schnitten à la creole mit Käsesauce anstatt der üblichen fünf.

5

In jenem Augenblick begann Wolfe zu meutern. Es war die erste ernstzunehmende Revolte seit drei Jahren, und deshalb dauerte es eine Weile, bis bei mir der Groschen gefallen war. Andere Leute meutern gegen die Marine oder gegen die Armee oder gegen die hohen Lebenshaltungskosten; Wolfe meutert grundsätzlich gegen sich selbst, und die Auswirkungen sind jedesmal verheerend. Schon bei Tisch merkte ich ihm an, daß er innerlich kochte. Als wir nach dem Lunch ins Büro zurückkehrten, erkundigte ich mich höflich, ob er irgendwelche Instruktionen für mich hätte.

»Ja«, knurrte er. »Setzen Sie sich mit Miss Porter, Miss Ogilvy, Mr. Jacobs und Mr. Rennert in Verbindung. Wann, wo und in welcher Reihenfolge Sie sie aufsuchen, ist mir egal. Unterhalten Sie sich mit ihnen.«

Ich blieb weiterhin höflich. »Es wird mir ein Vergnügen sein. Worüber soll ich mit ihnen sprechen?«

»Es wird Ihnen schon was einfallen. Ich hab' es bisher noch nicht erlebt, daß Ihnen der Gesprächsstoff ausgegangen wäre.«

»Soll ich die vier nicht lieber hierherbringen, damit Sie sich mit ihnen unterhalten?«

»Nein.«

»Ach so, ich verstehe.« Jetzt ging mir endlich ein Licht auf. Ich hatte mich vor seinem Schreibtisch aufgebaut und blickte auf ihn hinunter. Er kann das nicht leiden, weil er dann seinen Kopf zurücklegen muß, wenn er mir ins Gesicht sehen will. »Es muß wunderbar sein, wenn man ein Genie ist. Wie neulich diese Sängerin. Sie hieß Dora Riccio oder so ähnlich. Immer, wenn ihr auf der Probe etwas nicht paßte, schmiß sie einfach alles hin und veranstaltete eine Pressekonferenz. Soll ich das Komitee für sechs Uhr herbestellen? Die Leute können schließlich nicht erwarten, daß ein Meisterhirn wie Sie eine Schlappe einsteckt, die jeder Feld-, Wald- und Wiesendetektiv mit . . .«

»Behalten Sie Ihre vorlauten Bemerkungen gefälligst für sich!«

Es war ihm also ernst; er hatte die Nase voll. Hätte er mir nur ein wütendes ›Schweigen Sie!‹ zugebrüllt, wie er das zwei-

oder dreimal in der Woche zu tun pflegt, dann hätte ich gewußt, daß er in ungefähr einer Stunde wieder auf dem Damm sein und sich an die Arbeit machen würde. Das konnte ja heiter werden. Wenn er sich erst einmal in diese Stimmung verbohrte, dann dauerte es für gewöhnlich Tage, bis er wieder zur Vernunft kam. Ich betrachtete ihn mit gemischten Gefühlen. Er starrte an mir vorbei zum Bücherregal hinüber, stand plötzlich auf, holte sich einen Band Shakespeare, kehrte zu seinem Sessel zurück, machte es sich bequem und schlug das Buch auf. Das war deutlich genug. Er kehrte nicht nur dem Auftrag den Rücken zu, sondern flüchtete sich sogar in ein anderes Land und in die Vergangenheit. Mir langte es. Ich verdrückte mich ebenfalls, winkte auf der Neunten Avenue ein Taxi heran und gondelte zur 21. Straße West.

Die Nummer 632 war eine Mietskaserne, wie sie im Buche steht. Die Klingelleiste hörte überhaupt nicht auf, und es dauerte eine geraume Weile, bis ich den Namen Simon Jacobs entdeckte. Ich drückte auf den Knopf, und als das Schloß klickte, stieß ich die Tür auf. Ein Fahrstuhl war natürlich nicht vorhanden, und im Treppenhaus roch es nach Kohl. Weißkraut in spanischer Sauce, wie Fritz es zubereitet, ist ein Genuß und duftet köstlich. Aber Kohlgeruch, der seit einem Menschenalter in den Mauern eines Hauses hängt und von ihnen förmlich ausgeschwitzt wird, zwingt selbst den stärksten Mann in die Knie. Ich atmete eine Nase voll ein und fügte mich dann ins Unvermeidliche.

Im dritten Stockwerk stand eine Frau am Ende des Flurs in einer halboffenen Tür. Ein neun- oder zehnjähriger Steppke streckte den Kopf unter ihrem Ellenbogen hervor. Als ich näher kam, sagte er: »Och, das ist ja gar nicht Tommy«, und verschwand. Ich fragte die Frau: »Sind Sie Mrs. Jacobs?«

Sie nickte. Ich war angenehm überrascht. Simon Jacobs war jetzt 62 und hatte im Alter von 51 Jahren geheiratet. Aber seine Frau wirkte noch immer jung und sehr attraktiv. Sie hatte weiches braunes Haar und ein völlig faltenloses Gesicht. Nur ihre großen dunkelgrauen Augen blickten leicht vergrämt drein. Ich nannte ihr meinen Namen und sagte, ich würde gern mit ihrem Gatten sprechen. Sie antwortete, bei der Arbeit dürfte sie ihn nicht stören und ob sie ihm nicht etwas ausrichten könnte. Ich erwiderte, nein, das ginge leider nicht, denn es handelte sich um ein Angebot, das für ihren Mann möglicherweise von Vorteil sein würde. Daraufhin drehte sie sich schweigend um, ließ die Tür jedoch offen. Nach einer Weile tauchte Jacobs auf. Ich hätte ihn nach dem Foto sofort erkannt. Er war groß und dünn, hatte Runzeln für zwei und eine eindrucksvolle weiße Haarmähne à la Mark Twain.

»Sie wünschen, Sir?« Eine dünne, hohe Stimme hätte besser zu ihm gepaßt, aber die seine war tief und volltönend.

»Ich heiße Goodwin, Mr. Jacobs.«

»Das hat mir meine Frau bereits gesagt.«

»Ich komme im Auftrag einer bekannten Zeitschrift, möchte ihren Namen jedoch erst nennen, wenn wir uns einig geworden sind. Darf ich nähertreten?«

»Also, ich weiß nicht recht – ich stecke mitten in der Arbeit für eine Kurzgeschichte. Ich möchte nicht unhöflich sein, Mr. Goodwin, aber worum handelt es sich eigentlich?«

»Nun, wir dachten daran, daß Sie vielleicht einen Artikel für uns schreiben könnten. Das Thema ist nicht unbedingt neu, aber immer aktuell. Sie sollen unseren Lesern schildern, wie man sich fühlt, wenn einem ein anderer Autor den Stoff zu einem Roman klaut und zu einem Bestseller verarbeitet. Ich würde Ihnen unsere Idee gern ausführlicher erklären. Tatsache ist, daß Laien den literarischen Diebstahl nicht . . .«

Er knallte die Tür zu, und ich stand wie der Ochs vorm Tor. Natürlich hätte ich die Tür mit dem Fuß blockieren können, aber erstens hatte ich mit einer solch plötzlichen Verabschiedung nicht gerechnet, und zweitens blockiert man eine Tür nur, wenn man sich auf dem Kriegspfad befindet. Ich kratzte mich hinterm Ohr, machte kehrt und steuerte auf die Treppe zu. Sobald ich wieder auf der Straße angelangt war, holte ich tief Luft, um erst einmal die Kohldünste loszuwerden. Dann ging ich bis zur Zehnten Avenue, hielt ein Taxi an und sagte dem Fahrer, er sollte mich Ecke 37. Straße und Lexington Avenue absetzen.

Das Gebäude zwischen Lexington und Dritter Avenue machte einen wesentlich anheimelnderen Eindruck als die Arche Noah in der 21. Straße. Möglicherweise war es ebenso bejahrt, aber es verbarg sein Alter unter einer dicken Schicht Farbe und hinter einer gepflegten Aufmachung. Seine Backsteinfront war silbergrau gestrichen; die Fensterrahmen prangten in Hellblau, und die Haustür war mit Aluminiumblech eingefaßt. Vor dem Eingang standen zwei Kübel mit immergrünen Sträuchern. Im Vestibül befand sich die obligatorische Klingelleiste mit nur acht Namen, zwei Mieter pro Etage, sowie einer Sprechanlage. Ich drückte auf den Knopf neben ›Rennert‹. Nach einem Moment meldete sich eine männliche Stimme. »Wer ist da?«

»Sie kennen mich nicht. Ich heiße Goodwin und will Ihnen keinen Staubsauger andrehen. Aber vielleicht können wir ein Geschäft miteinander machen.«

»Bill Goodwin?«

»Nein. Archie Goodwin.«

»Archie? Doch nicht Nero Wolfes Archie Goodwin?«

»Stimmt haargenau.«

»Nein, so was! Kommen Sie 'rauf! Oberste Etage.«

Als der Summer ertönte, stieß ich die Tür auf. Noch mehr Aluminium, gedämpftes Licht, kein Kohlgeruch. Ich betrat den Lift mit Selbstbedienung, drückte auf den Knopf mit der Nummer vier und gondelte nach oben. Als ich ausstieg, erwartete mich Rennert bereits in der kleinen Halle. Er hatte die Hemdsärmel hochgerollt, trug keine Krawatte und wirkte viril, muskulös und jünger als 34 Jahre. So weit stimmte die Beschreibung also, die wir von ihm hatten. Jetzt kam es bloß noch darauf an, ob ich ihn richtig eingeschätzt hatte. Er schüttelte mir kräftig die Hand und führte mich durch die Tür in ein geräumiges, behagliches Zimmer. Mit einladender Geste lotste er mich zu einem bequemen, tiefen Sessel und fragte: »Was wollen Sie trinken? Scotch, Rum, Bourbon oder Gin?«

Ich lehnte alles mit Dank ab, und er ließ sich auf einer breiten Couch nieder, die man vermutlich in ein Bett verwandeln konnte. »Das ist wirklich ein unerwartetes Vergnügen«, sagte er. »Es sei denn, Sie haben es auf meine Fingerabdrücke abgesehen, weil Sie sie mit den Fingerabdrücken auf dem Dolch vergleichen wollen, den Sie im Rücken der Leiche entdeckt haben.

Ich hatte nichts damit zu tun, das kann ich beschwören, denn ich ersteche meine Gegner grundsätzlich von vorn. Apropos. Ihr Anzug gefällt mir. Matthew Jonas?«

»Nein, Peter Darrell«, verriet ich ihm. »Und nun zu Ihrem anderen Thema: Fingerabdrücke würden in diesem Fall nichts nützen. Auf dem Dolch waren nämlich keine. Es handelte sich um so ein altes arabisches Ding mit verschnörkeltem Griff. Aber, um auf unser Geschäft zu kommen: Ich möchte Ihnen was abkaufen, oder vielmehr ein Klient von Nero Wolfe möchte es. Der Kerl hat zwar Geld wie Heu, aber er kann den Rachen offenbar nicht voll genug bekommen. Deshalb hat er sich's in den Kopf gesetzt, Ihnen Ihren Schadenersatzanspruch gegen Mortimer Oshin abzuknöpfen, gegen einen hübschen Batzen Geld, versteht sich. Er wäre bereit, Ihnen zehntausend Dollar sofort auszuzahlen und weitere zehntausend, sobald Oshin und Friend die Entschädigung ausgespuckt haben. Natürlich erwartet er dafür von Ihnen, daß Sie sich freiwillig als Zeuge stellen, falls es zu einem Prozeß kommt.«

»Sieh mal an.« Er lehnte sich zurück und zog ein Bein auf die Couch. »Und wie heißt dieser reiche Wohltäter?«

»Der Name spielt keine Rolle. Wir haben schon mal einen Auftrag für ihn erledigt, und deshalb hat er uns wieder eingespannt. Wenn wir zwei uns einigen, sollen Sie ihn kennenlernen. Die zehntausend liegen bereit. Bar.«

»Und was passiert, wenn Oshin und Friend nicht blechen?«

»Das ist sein Risiko. Dann sind die zehntausend eben futsch.«

»Blödsinn. Sie werden zahlen, darauf können Sie Gift nehmen. Sie werden sogar zehnmal zehntausend Dollar zahlen.«

»Schon möglich«, gab ich zu. »Aber wer weiß, wann. Und falls es zu einem Prozeß kommt, verteuert sich die Sache erheblich. Anwaltskosten und so weiter. Das ist kein Spaß.«

»Also« – er zog auch das andere Bein hoch – »sagen Sie ihm, ich wäre unter Umständen nicht abgeneigt. Ich bin bereit, mich mit ihm zu treffen und die Angelegenheit mit ihm zu besprechen.«

Ich schüttelte den Kopf. »Tut mir leid, aber das müssen Sie schon mit mir besprechen. Er hat Mr. Wolfe eigens deshalb mit den Unterhandlungen betraut, damit die Sache glatt geht. Zum Beispiel würde er gern einen Beweis dafür haben, daß das nicht das einzige Stück ist, das Sie geschrieben haben. Ich glaube, das ist weiter kein Problem. Sie haben vermutlich noch die Durchschläge von Ihren Fernsehmanuskripten?«

»Sicher. Von allen.«

»Gut. Zweitens würden wir Ihre Zeugenaussage ganz gern mit einem handgreiflichen Beweisstück untermauern, vorausgesetzt, daß es zu einem Prozeß kommt. Wir dachten an die Schreibmaschine, auf der das Exposé getippt wurde – ich meine, das Exposé, das im Büro von Jack Sandler auftauchte. Unser Klient würde sie Ihnen selbstverständlich bezahlen.«

»Wie nett von ihm.«

»Na, also nett ist er eigentlich nicht. Wenn Sie's genau wissen wollen, ich kann ihn nicht ausstehen.«

»Ich auch nicht. Er hat mir mein Stück geklaut.« Er schwang seine Beine von der Couch und stand auf. »Schluß mit dem Gewäsch jetzt. Verschwinden Sie!«

Ich rührte mich nicht. »Hören Sie zu, Mr. Rennert. Ich begreife ja, daß Sie ...«

»Halten Sie die Klappe, und hauen Sie ab.« Er trat einen Schritt auf mich zu. »Oder soll ich Ihnen vielleicht Beine machen?«

Ich erhob mich gemächlich und ging auf ihn zu. »Versuchen Sie's doch.«

Ich hoffte insgeheim, er würde sich hinreißen lassen. Wolfes Bockbeinigkeit und der ganze verkorkste Fall hatten mich in die richtige Stimmung für eine ordentliche Keilerei versetzt. Ich gierte förmlich danach, ein paar rechte Haken loszuwerden, und der Bursche hatte genau das Format, das ich mir bei einem ernst zu nehmenden Gegner wünschte. Leider tat er mir den Gefallen nicht. Er warf mir einen forschenden Blick zu und trat dann den Rückzug an. »Ich möchte mir meinen Teppich nicht verschandeln«, sagte er.

Ärgerlich machte ich kehrt und ging. Bevor ich die Tür hinter mir schloß, rief er mir noch nach: »Richten Sie Mortimer Oshin aus, er könnte mich gern haben!«

Der Lift war noch oben. Ich fuhr nach unten. Auf dem Bürgersteig sah ich auf meine Armbanduhr und überlegte. Es war jetzt fünf Minuten nach vier. Für die Fahrt nach Carmel mußte ich mit etwa neunzig Minuten rechnen, also ein Katzensprung. Außerdem würde mir ein bißchen frische Luft nach all den Aufregungen nicht schaden. Immerhin wollte ich den Weg nicht umsonst machen. Wie war noch Alice Porters Nummer? Ich stand auf dem Randstein, schloß die Augen und konzentrierte mich. Endlich erwischte ich sie in dem Gehirnkämmerchen, wo ich sie verstaut hatte. Um die Ecke, in der Lexington Avenue, fand ich eine Telefonzelle, wählte, wartete neunzehn Freizeichen ab und hängte ein. Da Alice Porter offenbar nicht zu Hause war, entschied ich mich für die Fahrt nach Riverdale. Ich ging die Zehnte Avenue entlang und noch einen Block in südlicher Richtung bis zu unserer Garage, holte den Heron Sedan heraus, der zwar Wolfes Eigentum war, aber grundsätzlich von mir gefahren wurde, und steuerte auf den West Side Highway zu.

Es stand jetzt zwanzig zu eins, oder vielleicht auch dreißig zu eins, daß ich Kenneth Rennert richtig eingeschätzt hatte. Er war ganz sicher nicht der große Unbekannte, der den lukrativen Plagiatschwindel eingefädelt hatte. Wer immer auch dahinterstecken mochte, der Bursche hatte Köpfchen, Schneid und eine gute Nase. Er war bestimmt kein Idiot, aber Rennert war einer. Sobald er begriffen hatte, daß Mortimer Oshin Wolfes Klient war und daß ich ihn 'reinzulegen versuchte, hätte er gute Miene zum bösen Spiel machen müssen. Er hätte mich nach allen Regeln der Kunst hochnehmen müssen, anstatt mich vor die Tür zu setzen. Aber dazu reichte es bei ihm nicht aus. Folglich war er bloß ein kleiner Statist und nicht der Hauptdarsteller und daher für uns nicht weiter interessant. Als ich in den Henry Hudson Parkway einbog, dachte ich nicht mehr an ihn.

Der Ort Riverdale hat viel Ähnlichkeit mit einem Labyrinth und treibt jeden Fremden an den Rand der Verzweiflung. Der verantwortliche Städteplaner war offenbar ein Gegner gerader Linien. Ich kannte mich von früher her einigermaßen aus und landete nach kurzer Stadtfahrt sicher auf dem Haddon Place vor der Nummer 78. Ich parkte und betrachtete das Haus. Es war eigentlich eine Villa. Im Vorgarten gab es so viel Büsche, Blumenrabatten und Bäume, daß für Rasen kaum noch Platz war. Aber die paar samtiggrünen Streifen, die hier und da zum Vorschein kamen, hätten sich für Golfübungen glänzend geeignet. Das Haus bestand zu zwei Dritteln aus Stein und einem Drittel aus dunkelbraunem Holz, und die Balken verliefen im Zickzack statt waagerecht. Der Eindruck war direkt klassisch. Ich stieg aus und ging die Einfahrt hinauf.

Als ich mich der Vordertür näherte, hörte ich Musik. Ich blieb stehen und spitzte die Ohren. Sie kam nicht aus dem Inneren, sondern von links. Ich schritt über den Rasen, bog um eine Ecke, ging unter einer Reihe von Fenstern vorbei, bog um eine zweite Ecke und befand mich am Rande einer weiten, fliesengedeckten Terrasse. Die Musik tönte aus einem Kofferradio, und das Auditorium beschränkte sich auf eine einzige Person: Jane Ogilvy. Sie sonnte sich auf einer Matte und hatte nichts auf dem Leibe außer einem winzigen Bikini. Ihre Augen waren geschlossen. Daß sie eine nette, zierliche Figur hatte, stimmte genau. Sie hatte sogar hübsche Knie.

Ich überlegte noch, ob ich mich hinter die Ecke zurückziehen und einen zweiten geräuschvollen Vorstoß unternehmen oder ob ich, wo ich war, bleiben und husten sollte, als sie plötzlich die Augen aufschlug und den Kopf zu mir herumdrehte. Sie blinzelte fünf Sekunden lang und sagte dann: »Ich wußte, daß jemand gekommen war. Ich fühlte Ihre Gegenwart, bevor ich Sie sah. Sie sind doch wirklich, oder etwa nicht?«

Merkwürdig! Sie hatte meine Frage bereits beantwortet, obwohl ich noch kein Wort gesprochen hatte. Ich war mir bisher noch nicht hundertprozentig sicher gewesen, wenn Wolfe sie auch aufgrund ihrer Zeugenaussage und der drei Gedichte von der Liste gestrichen hatte. Aber jetzt gab es überhaupt keinen Zweifel mehr. Wenn ich bei Rennert auf dreißig zu eins tippte, dann konnte man bei ihr wenigstens auf tausend zu eins tippen.

»Sprechen Sie nicht!« flüsterte sie. »Auch wenn Sie ein Wesen aus Fleisch und Blut sind. Keins Ihrer Worte käme dem Gefühl gleich, das mir Ihre Anwesenheit verriet. Sie glauben vielleicht, daß ich Sie kommen hörte. Aber das stimmt nicht. Meine Ohren waren voller Musik. Ich war ganz in Musik getaucht, als ich Sie spürte. Wäre es möglich, daß Sie Porphyro heißen? Nein, schweigen Sie! Zerstören Sie diesen schönen Zauber nicht!«

Ich war ganz ihrer Meinung. Nichts, was ich hätte sagen können, wäre der Gelegenheit würdig gewesen. Außerdem hieß ich nicht Porphyro. Aber ich hatte das Bedürfnis, wenigstens mit einer Geste anzudeuten, daß ich der Situation gewachsen war. Deshalb pflückte ich von dem Spalier neben mir eine rote Rose, drückte sie an die Lippen und warf sie ihr zu. Dann machte ich mich aus dem Staub.

In der Telefonzelle eines Drugstores rief ich noch einmal bei Alice Porter an und bekam wieder keine Antwort. Folglich blieb mir nichts anderes zu tun übrig, als auf dem schnellsten Wege heimwärts zu gondeln. Andererseits war Wolfe das Resultat meiner Ermittlungen vermutlich völlig schnuppe. Er hatte mich nur deshalb weggeschickt, weil ihm mein Herumsitzen im Büro auf die Nerven ging. Aus alter Erfahrung wußte er, daß ich ihn schweigend anstarren und auf Schritt und Tritt mit meinen Blikken verfolgen würde. Deshalb wählte ich noch eine Nummer, machte ein, zwei Vorschläge über die beste Art, einen angenehmen Abend zu verbringen, und fand ein williges Ohr. Schließlich rief ich Fritz an und teilte ihm mit, daß ich zum Dinner nicht zu Hause sein würde.

Es war weit nach Mitternacht, als ich die Stufen vor dem alten Backsteinhaus in der 35. Straße West hinaufstieg und die Haustür aufschloß. Auf meinem Schreibtisch lag keine Nachricht. Ich deponierte eine auf dem Küchentisch für Fritz, in der ich ihm mitteilte, er sollte mich nicht vor zehn Uhr zum Frühstück erwarten. Ich brauche unbedingt meine acht Stunden Schlaf, sonst bin ich am anderen Tage kein Mensch, und falls Wolfe in der Nacht etwas von mir wollte, wußte er ja, wo ich zu finden war.

Als ich am Freitag morgen in der Küche aufkreuzte, schwenkte ich eine liebevoll gepackte Reisetasche in der Hand. Um Viertel vor elf verzog ich mich mit meiner zweiten Tasse Kaffee ins Büro an meinen Schreibtisch und rief über den Hausanschluß im Dachgeschoß an. »Ja?« fragte Wolfe mürrisch.

»Guten Morgen.« Ich gab mich betont heiter. »Sie erinnern sich vielleicht daran, daß ich über das Wochenende eingeladen bin?«

»Ja.«

»Soll ich die Einladung abblasen?«

»Nein.«

»Gut, dann mache ich Ihnen einen Vorschlag. Ich habe gestern mit Simon Jacobs, Rennert und Miss Ogilvy gesprochen. Alice Porter steht noch aus. Miss Rowans Sommerhaus in Katonah liegt kaum eine halbe Stunde von Carmel entfernt, und Miss Rowan erwartet mich erst um sechs Uhr. Wenn ich sofort starte, könnte ich zuerst nach Carmel fahren und Alice Porter unter die Lupe nehmen.«

»Ist bei der Post irgend etwas Wichtiges?«

»Nein. Das hat Zeit bis Montag.«

»Dann fahren Sie.«

»Schön. Ich bin am späten Sonntag abend wieder zurück. Wollen Sie einen Zwischenbericht über die drei, mit denen ich gesprochen habe?«

»Nein. Das eilt nicht. Es ist vermutlich ohnehin nichts von Bedeutung dabei, sonst hätten Sie nicht gefragt.«

»Miss Rowans Fernsprechnummer liegt auf Ihrem Schreibtisch. Ich werde die Dame von Ihnen grüßen. Überarbeiten Sie sich nicht.«

Wolfe legte auf. Ich kritzelte die Telefonnummer auf seinen Notizblock, verabschiedete mich von Fritz, klemmte mir die Reisetasche unter den Arm und verduftete.

Auf dem West Side Highway ist immer ein Mordsverkehr, vierundzwanzig Stunden täglich die ganze Woche über. Aber jenseits der Stadtgrenzen wurde es beträchtlich ruhiger, und nördlich vom Hawthorn Circle hatte ich die Straße streckenweise ganz für mich allein. Nach Croton Falls bog ich von der Bundesstraße 22 ab und fuhr durch kleine Wälder und am Stausee entlang bis nach Green Fence, wo ich Rast machte. Dort gibt es nämlich ein Lokal, dessen Inhaberin, eine gemütliche Person mit einem mächtigen Doppelkinn, Brathähnchen nach demselben Rezept zubereitet wie früher meine Tante Margie in Ohio. Fritz serviert keine Brathähnchen; sie sind ihm zu simpel. Eine Stunde später kutschierte ich weiter, und nach ein paar Meilen hatte ich es geschafft.

Ich bildete mir wenigstens ein, ich hätte es geschafft, weil ich in Carmel war. Aber die Schwierigkeiten nahmen jetzt erst ihren Anfang. Es gelang mir einfach nicht, die Adresse ausfindig zu machen. Der Schutzmann auf der Hauptstraße hatte noch nie von Alice Porter gehört. Der Verkäufer im Drugstore kannte sie zwar, wußte jedoch nicht, wo sie wohnte. Der Tankstellenwart glaubte, ihr Haus läge in der Richtung auf Kent Cliffs zu, aber beschwören konnte er es nicht. Er wies mich an Jimmy Murphy, der ein Taxi fuhr. Jimmy war meine Rettung. Er rasselte die Ortsangaben nur so herunter: anderthalb Meilen auf der Bundesstraße 301, nach rechts einbiegen in eine Asphaltstraße, nach einer Meile rechts in einen Feldweg einschwenken und vorfahren bis zu einem Briefkasten.

Es stimmte haargenau. Der Feldweg war schmal, von Steinen übersät, und führte bergauf. Der Briefkasten hing an einer Mauer, und daneben war eine Lücke in der Einzäunung. Dahinter lag das Grundstück. Ich manövrierte den Wagen durch die Öffnung, holperte über ein paar ausgefahrene Furchen bis zum Rand der Grasnarbe – Rasen konnte man es wahrhaftig nicht nennen – und hielt vor einem kleinen, blaugetünchten, einstökkigen Haus. Ein anderes Auto war nicht zu sehen. Als ich ausstieg und die Wagentür zuknallte, tauchte von irgendwoher ein struppiger schwarz-weißer Köter auf und begann zu knurren. Aber seine Neugier war stärker als seine Bereitschaft zur Wachsamkeit. Er ließ das Knurren sein, kam näher und beschnüffelte mich. Ich bückte mich und kraulte ihm den Hals, und schon waren wir die besten Freunde. Er wich nicht mehr von meiner Seite, begleitete mich zur Haustür und beobachtete mich beim Klopfen. Als sich niemand meldete und ich die Klinke erfolglos herunterdrückte, war er ebenso enttäuscht darüber, daß die Tür abgeschlossen war, wie ich.

Meine langjährigen Erfahrungen als Detektiv kamen mir bei diesem Dilemma zu Hilfe. Hunde müssen gefüttert werden. Ein Nachbarhaus war nicht vorhanden, folglich auch kein Nachbar, der Alice Porter die Versorgung des Hundes abnahm. Also würde sie in absehbarer Zeit, das heißt im Laufe des Tages, zurückkehren. Ein Genie wie Nero Wolfe hätte vermutlich ihre Ankunftszeit auf die Minute genau angeben können, indem er sich die Zähne des Hundes besehen und seinen Bauch abgetastet hätte, aber so weit reichten meine Fähigkeiten nicht. Dafür warf ich einen Blick auf den Garten – vier junge Obstbäume und ein halbes Dutzend Büsche, unregelmäßig verteilt, stellte ich fest – und ging dann um das Haus herum. Dahinter befand sich ein musterhafter kleiner Gemüsegarten mit schnurgeraden Beeten und nicht einem Hälmchen Unkraut. Ich stibitzte einige Radieschen, ging zum Wagen zurück und holte mir etwas zum Lesen. Wie das Buch hieß, weiß ich nicht mehr, aber *Die Motte, die Erdnüsse aß* war es ganz bestimmt nicht. Ich setzte mich im Schatten in einen der beiden Liegestühle und schmökerte. Der Hund rollte sich zusammen und döste vor sich hin.

Um siebzehn Uhr achtundzwanzig holperte ein Ford, Baujahr 1958, über den Grasplatz und machte hinter meinem Heron halt. Eine Frau stieg aus, und das Hundchen rannte schwanzwedelnd auf sie zu. Sie blieb stehen, gab ihm einen leichten Klaps und kam dann auf mich zu. Ich schlug mein Buch zu und erhob mich.

»Warten Sie auf mich?« fragte sie.

»Ja, sofern Sie Miss Alice Porter sind.«

Sie wußte, wer ich war. In diesem Punkt kann man sich leicht täuschen, und ich habe in der Hinsicht schon mehr als einen Bock geschossen. Aber diesmal war ein Irrtum ausgeschlossen. Ich las es von ihren Augen ab, daß sie mich erkannt hatte. Übrigens war daran weiter nichts Verwunderliches. Es passiert mir immer wieder mal; die Zeitungen bringen mein Foto nicht ganz so häufig wie das von Elizabeth Taylor, aber vor kurzem hatte es die erste Seite der *Gazette* geziert.

»Ja, so heiße ich«, antwortete sie.

Ich hatte ihr Gewicht auf 150 Pfund geschätzt, aber sie hatte seitdem mindestens zehn Pfündchen zugenommen. Ihr Gesicht war runder, als ich erwartet hatte, ihre Nase noch kleiner, und ihre Augen lagen noch dichter beieinander. Auf ihrer Stirn standen Schweißtropfen.

»Mein Name ist Archie Goodwin«, stellte ich mich vor. »Ich arbeite für Nero Wolfe, den Privatdetektiv. Haben Sie vielleicht zehn Minuten Zeit für mich?«

»Ja, wenn es Ihnen nichts ausmacht, daß ich das Eingekaufte vorher in den Kühlschrank stelle. Inzwischen könnten Sie Ihren Wagen hinter meinen bugsieren, aber geben Sie dabei auf den Rasen acht.«

An dem Rasen war nicht viel zu verderben, aber der kam vermutlich an die Reihe, sobald sie die Entschädigung von Amy Wynn eingesackt hatte. Ich rangierte den Heron vorsichtig vor und zurück und parkte ihn hinter dem Ford. Sie hatte indessen einen Haufen Päckchen und Tüten aus ihrem Wagen zusammengesucht und war damit im Haus verschwunden. Da sie mein Angebot, ihr beim Tragen zu helfen, zurückgewiesen hatte, schlenderte ich wieder zu dem Liegestuhl hinüber und setzte mich. Nach einer Weile kam sie zum Vorschein und ließ sich auf dem zweiten Sitzmöbel nieder.

»Ich hab' mir die Sache inzwischen durch den Kopf gehen lassen«, sagte sie. »Es dürfte wohl ziemlich klar sein, warum Nero Wolfe Sie hergeschickt hat, oder vielmehr, in wessen Auftrag. Ich tippe auf die Victory Press oder Amy Wynn. Falls Sie mir ein Angebot machen wollen, bin ich bereit, es mir anzuhören. Wenn es sich aber nur darum dreht, mich auszuhorchen, dann hätten Sie sich den Weg sparen können. So blöd bin ich nämlich nicht, wissen Sie. Außerdem kann ich meinen Schadenersatzanspruch beweisen.«

Ich schüttelte den Kopf. »Ihre Vermutung stimmt nur zum Teil, Miss Porter. Es handelt sich zwar um Ihre Schadenersatzforderung gegen Amy Wynn, aber weder sie noch die Victory Press hat Mr. Wolfe mit Ermittlungen beauftragt. Ich komme als Abgesandter einer großen New Yorker Zeitung, die sich das Vorabdrucksrecht für Ihre Geschichte *Auch zu dir kommt das Glück* sichern möchte. Woher die Zeitung von der Sache Wind bekam, weiß ich nicht, aber geklatscht wird ja immer. Ihre Plagiatsklage wird natürlich viel Staub aufwirbeln, und die Zeitung, die zuerst damit herausrückt, macht das Rennen. Deshalb können Sie auch einen anständigen Preis für Ihr Manuskript verlangen. Die Leute sind nicht knauserig. Allerdings müßten vorher noch ein, zwei Punkte geklärt werden, und das ist auch der Grund, warum die Zeitung Mr. Wolfe mit den Verhandlungen betraut hat. Die ganze Angelegenheit ist ein bißchen heikel.«

»Ich wüßte nicht, wieso. Mein Schadenersatzanspruch ist in Ordnung.«

»Mag sein. Aber die Gefahr einer Verleumdungsklage besteht dabei immer, und dieses Risiko will mein Auftraggeber vermeiden. Bevor die Zeitung endgültig mit Ihnen abschließt, möchte sie deshalb das Manuskript einsehen. Mr. Wolfe meinte, Sie hätten vielleicht einen Durchschlag zur Hand und würden ihn mir überlassen. Haben Sie einen?«

Während ich meinen Sermon von Stapel ließ, hatte sie mich nicht ein einziges Mal angeblickt. Nachdem ich meine Frage abgefeuert hatte, sah sie auf, starrte mich eine Minute lang schweigend an und sagte schließlich: »Sie sind verdammt geschickt.«

»Danke.« Ich grinste sie an. »Der Meinung bin ich auch, aber meine Bescheidenheit verbietet mir, darüber zu sprechen. Übrigens – geschickt worin?«

»Mit Ihrem Mundwerk. Ich werde über Ihren Vorschlag nachdenken. Mehr kann ich Ihnen im Moment nicht sagen. Sie müssen mich jetzt entschuldigen, ich habe zu tun.« Sie stand auf.

»Aber es handelt sich um eine einmalige Chance, Miss Porter, und mein Auftraggeber . . .«

»Das ist mir egal.« Sie machte kehrt und wandte sich der Haustür zu. Der Hund sprang auf, sah mich an, schien einen Moment lang zu überlegen und trottete dann hinter ihr her. Beide verschwanden im Haus.

Ich ging zum Wagen, stieg ein und fuhr los. Auf der Asphaltstraße begegnete mir eine Herde Kühe, die anscheinend alle miteinander fest entschlossen waren, von einem Heron Sedan überfahren zu werden. Der Hirt schwenkte einen Strauß Akeleien in der Hand, grinste dämlich und wartete seelenruhig, wie das Duell zwischen mir und den Kühen ausgehen würde. Es dauerte fünf Minuten, bis ich mich durchgeschlängelt hatte. Zum Glück blieb keiner von uns auf der Strecke.

Am Sonntag nachmittag, als ich und noch ein paar von Lily

Rowans Gästen neben dem Schwimmbassin in der Sonne schmorten, gab ich mein Erlebnis mit Jane Ogilvy in Riverdale zum besten. Allerdings unterschlug ich den Namen, die Adresse und den Grund für meinen Besuch, aber alles andere schilderte ich wahrheitsgetreu. Meine Frage, ob die betreffende Person nun eigentlich übergeschnappt sei oder nicht, beantworteten die anwesenden Frauen mit Nein, die Männer mit Ja. Vermutlich ist das Ergebnis der Umfrage sehr aufschlußreich, ich bin nur noch nicht dahintergekommen, in welcher Beziehung.

Am Sonntag um Mitternacht landete ich mit sonnenverbrannter Nase und merklich erholt vor dem alten Backsteinhaus in der 35. Straße West. Ich deponierte meine Reisetasche in der Halle, warf vorsichtshalber einen Blick ins Büro und fand auf meinem Schreibtisch einen Zettel mit folgender Notiz:

AG:
Mr. Harvey rief am Samstag morgen an. Er und das Komitee kommen am Montag um elf Uhr fünfzehn.

NW

6

Diesmal waren es sieben Gäste. Außer den drei Verlegern – Gerald Knapp, Thomas Dexter und Reuben Imhof – und den drei Autoren – Amy Wynn, Mortimer Oshin und Philip Harvey – hatte sich auch die Sekretärin des Verbandes, eine Frau mittleren Alters namens Cora Ballard, eingefunden, die mir von der telefonischen Unterredung her bereits bekannt war. Sie hielt sich so gerade, als hätte sie ein Lineal verschluckt, und saß neben Harvey. Aus den Blicken, die Dexter und Knapp ihr insgeheim zuwarfen, schloß ich, daß die verlegerische Seite des Komitees auf ihre Anwesenheit liebend gern verzichtet hätte. Aber Miss Ballard blieb den beiden keinen Blick schuldig, und es war noch sehr die Frage, welche von den beiden Parteien mehr Gift verspritzte. Miss Ballard sollte wohl als Schriftführerin fungieren. Sie hatte Stenogrammblock und Bleistift in der Hand.

Philip Harvey, der wieder auf dem roten Ledersessel thronte, gähnte, vermutlich, weil er schon zum zweitenmal in einer Woche vor zwölf Uhr aus den Federn gejagt worden war. Gerald Knapp erklärte, er hätte sogar zwei wichtige Verabredungen sausen lassen, um an der Beratung teilnehmen zu können. Wie Mr. Imhof wäre er der Ansicht, daß in der Schadenersatzklage Porter gegen Wynn schleunigst etwas getan werden müßte. Das Komitee hätte Mr. Wolfe aufgesucht, um zu erfahren, ob inzwischen irgendwelche Fortschritte gemacht worden wären.

Wolfe hockte indessen regungslos hinter seinem Schreibtisch, preßte die Lippen fest aufeinander und funkelte die Gäste grimmig an. Knapps Tirade war nicht dazu angetan, ihn zu besänftigen.

»Das heißt«, fügte Knapp hinzu, »falls man dabei überhaupt von Fortschritten sprechen kann. Kann man das?«

»Nein«, erwiderte Wolfe mürrisch. »Im Gegenteil. Wenn überhaupt, muß man von einem Rückschritt sprechen.«

Alle starrten ihn verblüfft an. Cora Ballard fragte: »Wirklich?«, und Mortimer Oshin erkundigte sich: »Wie, zum Teufel, ist so was möglich?«

Wolfe holte tief Luft. »Ich werde Ihnen die Situation in aller Kürze auseinandersetzen. Sollten Sie danach den Wunsch äußern, unsere geschäftliche Verbindung abzubrechen, so steht dem nichts im Wege. Ich habe Sie bereits am letzten Dienstag darauf aufmerksam gemacht, daß es sich vermutlich um eine kostspielige und langwierige Untersuchung handeln wird. Inzwischen bin ich zu der Ansicht gekommen, daß meine geäußerte Meinung voll und ganz zutreffen dürfte. Sie nahmen an, daß Alice Porters erster erfolgreicher Schachzug die anderen drei dazu anregte, ihre Methode nachzuahmen. Sie haben sich geirrt. Alice Porter war nur ein Werkzeug, desgleichen Simon Jacobs, Jane Ogilvy und Kenneth Rennert.«

Cora Ballard blickte von ihrem Stenogrammblock auf. »Sagten Sie ›Werkzeug‹?«

»Ja. Ich gelangte zu diesem Schluß, nachdem ich die drei Manuskripte, auf die sich die Schadenersatzforderungen stützten, miteinander verglichen hatte. Alle drei stammen von demselben Autor. Diktion, Syntax und Aufbau beweisen das eindeutig. Sie sind Experten in dieser Materie. Prüfen Sie die drei Manuskripte. Ich bin überzeugt davon, daß Sie mir beipflichten.«

»Das ist hoch interessant«, meinte Harvey. »Vorausgesetzt, daß es stimmt. Ich möchte die Manuskripte einsehen.«

»Für meinen Begriff ist es nicht nur hoch interessant«, ergriff Knapp das Wort. »Es ist sogar von ausschlaggebender Bedeutung. Mir scheint, Sie haben doch Fortschritte gemacht.«

»Das glaubte ich zuerst auch«, erwiderte Wolfe trocken. »Ich bildete mir ein, ich brauchte unter den vier in Frage kommenden Personen lediglich den tatsächlichen Verfasser zu ermitteln, und damit wäre die Sache ausgestanden. Ich verschaffte mir je einen Roman von Simon Jacobs und Alice Porter und prüfte beide auf Herz und Nieren. Ich las noch einmal die Zeugenaussage sowie drei Gedichte von Jane Ogilvy und mußte schließlich feststellen, daß mit an Sicherheit grenzender Wahrscheinlichkeit keiner von den dreien als Autor der drei Geschichten in Frage kommt.«

»Aber irgend jemand muß sie doch geschrieben haben«, wandte Imhof ein. »So was schreibt sich doch nicht von selbst, verdammt noch mal!«

»Na, das ist doch klar!« rief Oshin und drückte seine Zigarette aus. »Rennert! Kenneth Rennert!«

Wolfe schüttelte den Kopf. »Das bezweifle ich. Meine Schlüsse sind vielleicht nicht in allen Punkten beweiskräftig, aber sie sind zwingend.« Er drehte seinen Handteller nach oben. »Nun wissen Sie, wie die Dinge liegen. Nach Ihrem ersten Besuch bei mir bildete ich mir ein, ich hätte vier Schuldige bloßzustellen. Nach dem Studium der Manuskripte nahm ich an, ich hätte es nur noch mit einem zu tun, und rechnete deshalb mit einer schnellen und schmerzlosen Lösung des Falles. Das war ein echter Fortschritt. Davon kann jetzt keine Rede mehr sein. Zwar handelt es sich noch immer um einen Täter. Aber wer ist es, und wo sollen wir ihn suchen? Es gibt nur eine Möglichkeit, ihm auf die Spur zu kommen, nämlich auf dem Umweg über seine Komplicen. Derartige Ermittlungen laufen ins Geld und erfordern einen Riesenapparat, über den ich nicht verfüge. Man müßte die Vergangenheit der drei Leute ganz genau unter die Lupe nehmen, ihre gesellschaftlichen und sonstigen Kontakte überprüfen, kurz, eine Unmenge Zeit und Mühe und Kosten aufwenden, um ans Ziel zu gelangen. So etwas nenne ich einen Rückschritt.«

»Soll das heißen, daß Sie die Sache aufgeben wollen?« fragte Dexter.

»Nicht unbedingt. Ich will damit nur sagen, daß mir solche rein routinemäßigen Ermittlungen nicht liegen. Um sie erfolgreich durchzuführen, brauchte ich wenigstens ein Dutzend kompetenter Leute. Kostenpunkt: zirka sechshundert Dollar täglich zuzüglich Spesen. Aber lassen Sie mich zunächst zu Ende berichten. Wie ich Mr. Harvey bereits am Samstag am Telefon mitteilte, schickte ich Mr. Goodwin zu den vier Verdächtigen. Er hat sie gesehen und gesprochen. Archie?«

Ich hatte mein Notizbuch schon längst nach hinten auf meinen Schreibtisch gefeuert. Allem Anschein nach würden wir unseren Klienten nicht einmal eine Spesenrechnung schicken, und mich wurmten die drei Dollar achtzig für das Brathähnchen in Green Fence. »Wollen Sie alles hören?« erkundigte ich mich bei Wolfe.

»Nicht ich. Das Komitee. Miss Ballard stenografiert mit. Oder ist der Bericht sehr lang?«

»I wo. Zwei Minuten mit Simon Jacobs, sieben mit Kenneth Rennert, eine mit Jane Ogilvy und acht mit Alice Porter.«

»Schön. Also dann bitte wörtlich.«

Ich erledigte das mit gewohnter Präzision. Da ich, wenn nötig, eine zweistündige Unterhaltung mit drei oder vier Gesprächspartnern wortwörtlich wiederholen kann, war diese kleine Gedächtnisprobe eine Lappalie. Mortimer Oshin war ganz Ohr, er vergaß sogar, sich eine neue Zigarette anzuzünden. Zuerst bezog ich dieses Kompliment auf mich, bis mir einfiel, daß für ihn als Dramatiker die Dialoge ganz besonders interessant sein mußten. Ich hatte ihn richtig eingeschätzt, denn als ich fertig war, platzte er heraus: »Also, dieser Monolog von der Ogilvy ist verdammt gut. Aber Sie haben ihn natürlich ein bißchen zurechtfrisiert, stimmt's?«

»Keine Spur. Wenn ich Bericht erstatte, halte ich mich strikt an die Wahrheit.«

»Sie glauben also nicht, daß Kenneth Rennert der – der Rädelsführer ist?« fragte Gerald Knapp.

»Nein. Die Gründe dafür kennen Sie.«

»Ich muß Mr. Wolfe recht geben«, warf Harvey ein. »Mr. Goodwins Erfahrungen scheinen seine Theorie eher zu unterstützen als zu entkräften.« Er sah alle der Reihe nach an. »Was wollen wir also tun? Ich bitte um Vorschläge.«

Hätte er geahnt, was er mit seinem Appell heraufbeschwören würde, dann hätte er ihn sich vermutlich verkniffen. Da sich alle angesprochen fühlten, beeilte sich jeder, seine Meinung möglichst schnell an den Mann zu bringen. Die Folge war, daß alle zugleich redeten und keiner dem anderen zuhörte. Ab und zu brüllte Harvey dazwischen, er könne sein eigenes Wort nicht verstehen, aber er drang mit seinen Protesten nicht durch. Nach ungefähr einer Viertelstunde kam so etwas wie eine Einigung zustande. Wenigstens wurde von mehreren Seiten der Hinweis geäußert, daß die Frage außerordentlich kompliziert wäre, und ob man sie nicht lieber vertagen sollte.

Thomas Dexter riß schließlich die Führung an sich. Er erklärte mit lauter Stimme: »Ich möchte vierundzwanzig Stunden Bedenkzeit vorschlagen. Morgen können wir weiter darüber beraten. Vielleicht hat Mr. Wolfe dann ...«

»Moment mal!« rief Oshin erregt. Er rauchte wieder wie ein Schlot. »Ich hab' eine Idee.« Er streckte seinen Hals vor und linste an Gerald Knapp vorbei zu mir herüber. »Eine Frage, Mr. Goodwin. Wer, glauben Sie, braucht von diesen vier Leuten am dringendsten Geld?«

»Tja, das hängt davon ab, was Sie unter Geld verstehen«, erwiderte ich. »Ob Sie zehn Dollar meinen oder hundert oder eine halbe Million.«

»Sagen wir, einen beliebigen Betrag zwischen hundert Dollar und einer halben Million. Wie wär's zum Beispiel mit zehntausend? Das ist doch ein ganz hübsches Sümmchen. Also, mein Vorschlag lautet: Wir picken uns den 'raus, der am knappsten bei Kasse ist, und machen ihm ein wirklich lukratives Angebot, oder vielmehr, Mr. Wolfe besorgt das in unserem Auftrag. Zum Kukkuck, ich wäre sogar bereit, die erforderliche Summe allein aufzubringen, falls Sie meinem Plan zustimmen. Mein Anwalt glaubt, daß ich Rennert zwischen fünfzig- und hunderttausend Dollar in den Rachen stopfen muß, und das ist schließlich kein Pappenstiel. Wenn wir erreichen, daß der ganze Schwindel auffliegt, geht Rennert mit in die Luft, und das ist mir zehntausend Dollar wert. Miss Wynn, Sie sitzen in derselben Patsche wie ich. Sobald Alice Porter ...«

»Nicht in derselben«, wandte Reuben Imhof ein. »Alice Porter hat zwar einen Schadenersatzanspruch angemeldet, bisher jedoch keinen Beweis dafür geliefert.«

»Na und? Sie wird ihn liefern, verlassen Sie sich darauf. Das Manuskript wird in irgendeinem Winkel auftauchen, wo Sie es ganz bestimmt nicht vermutet haben. Den Zauber kennen wir allmählich. Also, Miss Wynn, was halten Sie davon? Würden Sie es sich zehntausend Dollar kosten lassen, wenn Sie Alice Porter damit ein für allemal loswerden?«

Amy Wynn sah Imhof fragend an. Er klopfte ihr auf die Schulter. »Sie legen sich ja mächtig ins Zeug«, sagte er zu Oshin. »Wie stellen Sie sich das Ganze eigentlich vor?«

»Ganz einfach. Wir suchen uns das geeignetste Opfer aus und bieten ihm zwanzigtausend Dollar dafür, daß er uns reinen Wein einschenkt. Er muß mit allem herausrücken: Wer die Manuskripte verfaßt hat, auf welche Weise sie untergeschoben wurden, und er muß die handgreiflichen Beweise liefern, um die Anklage zu erhärten. Als Gegenleistung bekommt er außer dem Geld von uns noch zusätzlich die Garantie, daß er erstens seinen Anteil an der Beute nicht zurückzahlen muß und zweitens von dem Geschädigten nicht gerichtlich belangt wird. Mr. Goodwin, Sie haben die vier Leute gesprochen. Für welchen würden Sie sich entscheiden?«

»Für Simon Jacobs.«

»Wieso gerade für ihn?«

»Ganz einfach. Rennert würde auf die zwanzigtausend vermutlich nicht anbeißen, weil er sich von seiner Schadenersatzklage das Vielfache dieser Summe erhofft. Das gleiche gilt wahrscheinlich auch für Alice Porter. Bei Jane Ogilvy weiß ich nicht. Sie ist völlig unberechenbar. Vor Gericht erklärte sie, sie hätte sich ›auf die Schriftstellerei geworfen, um der erstickenden Atmosphäre in ihrem Elternhaus seelisch zu entfliehen‹. Ich zitierte wörtlich. Auf gut deutsch sollte das vermutlich heißen, daß sie auf eigenes Geld versessen war, um tun und lassen zu können, was sie wollte. Und es störte sie offenbar gar nicht, daß sie es sich durch einen Betrug verschaffte. Kaum hatte sie ihr Ziel erreicht, da dampfte sie nach Europa ab. Aber schon nach einem Monat hatte sie das freie Leben satt und kehrte reumütig in ihr Elternhaus mit der erstickenden Atmosphäre zurück. Es ist durchaus möglich, daß sie mit beiden Händen zugreift. Aber ebensogut kann sie die zwanzigtausend Dollar zurückweisen.«

»Dann bliebe also nur Simon Jacobs.«

»Stimmt. Meiner Meinung nach sitzt er völlig auf dem trokkenen. Seinen Anteil an der Beute hat er bestimmt schon längst verbraucht, und es fällt ihm immer schwerer, seine Manuskripte an den Mann zu bringen. Er ist verheiratet, hat Kinder und wohnt in einer schauerlichen Mietskaserne. Vermutlich hat er auch noch Schulden, und wie ich ihn einschätze, gehört er nicht zu den Menschen, die so was leichtnehmen. Für zwanzigtausend Piepen wäre er vielleicht bereit, die Katze aus dem Sack zu lassen, wenn wir ihm absolute Straffreiheit garantieren. Am besten wäre es, wenn der Geschädigte, in diesem Falle also Mr. Echols, sich schriftlich dazu verpflichtete.«

Oshin wandte sich an Thomas Dexter. »Was meinen Sie, Mr. Dexter? Sie haben Echols' Roman verlegt und kennen ihn persönlich. Glauben Sie, daß er damit einverstanden sein würde?«

Dexter strich sich mit der Hand über sein graues Haar. »Das ist schwer zu sagen. Aber wenn Mr. Echols dem Plan beipflichtet, werden auch wir vom Title-House-Verlag uns daran beteiligen. Allerdings müßte Jacobs in aller Form erklären, daß seine damalige Plagiatsbeschuldigung falsch war. Wenn der Title-House-Verlag durch eine solche Erklärung von dem Stigma befreit wird, ein Buch veröffentlicht zu haben, das durch einen – äh – Betrug zustande kam, dann würde er auf eine Rückvergütung der Entschädigungssumme verzichten.«

»Fein. Und wie steht's mit Echols?«

»Das weiß ich natürlich nicht. Aber er ist ja ein vernünftiger und einsichtiger Mensch. Deshalb halte ich es für durchaus möglich, daß er einwilligt, wenn jemand ihm die Situation richtig auseinandersetzt.«

»Was glauben Sie, Cora?« erkundigte sich Philip Harvey. »Sie kennen ihn besser als wir.«

Cora Ballard schob die Lippen vor und dachte nach. »Stimmt, ich kenne Dick recht gut. Vor zwanzig Jahren, als er noch keinen Agenten hatte, half ich ihm, seinen ersten Roman unterzubringen. Er hat manchmal seine Mucken, aber er ist sehr großzügig und gar nicht nachtragend. Wenn Sie wollen, kann ich ja mal mit ihm sprechen. Übrigens ist es vielleicht besser, wenn ich mich gleich an Paul Norris, seinen Agenten, wende, denn Dick unternimmt sowieso nichts ohne Paul Norris. Ich könnte ihn noch heute aufsuchen.«

»Das nenne ich perfekte Bedienung«, äußerte sich Gerald Knapp anerkennend.

Harvey nickte. »Cora ist in Ordnung. Also, ich an Dicks Stelle würde keinen Moment zögern. Wenn die Sache klappt, ist er fein 'raus. Ich beneide ihn beinahe, denn die Auflageziffer meiner Bücher reizt bestimmt niemanden dazu, mir eine gefälschte Plagiatsklage an den Hals zu hängen. Von meinen sechs Romanen ist der letzte, nämlich *Warum die Götter lachen*, glücklich bei neuntausend angelangt, was für mich ein Rekord ist.« Er sah sich um. »Was nun Mr. Oshins Plan angeht – gefällt er Ihnen, oder haben Sie noch irgendwelche Einwände?«

»Mir gefällt er«, antwortete Oshin. »Man soll sich selbst zwar nicht loben, aber ich finde ihn einfach und brillant zugleich. Er ist mir zehntausend Dollar wert, und meiner Meinung nach sollte sich Miss Wynn mit derselben Summe daran beteiligen.«

Amy Wynn wandte sich an Reuben Imhof: »Soll ich?« Er sagte zu ihr: »Wir sprechen noch darüber«, und fügte für die Allgemeinheit hinzu: »Jedenfalls kann es nichts schaden, wenn Miss Ballard Echols und Norris aufsucht und den beiden auf den Zahn fühlt. Wenn die zwei einverstanden sind, können wir immer noch entscheiden, ob wir weitermachen sollen oder nicht.«

»Warum etwas auf die lange Bank schieben, was wir sofort tun können?« erklärte Knapp. »Ich finde Mr. Oshins Vorschlag ausgezeichnet und gebe ihm meine Stimme. Es ist gar nicht notwendig, daß wir uns noch mal zusammensetzen. Mr. Wolfe kann von sich aus die erforderlichen Schritte einleiten, sobald Mr. Echols' Einverständnis vorliegt. Ich halte weitere Verzögerungen nicht für ratsam.«

»Ganz meine Meinung«, murmelte Oshin.

»Schön, stimmen wir über Mr. Knapps Antrag ab«, sagte Harvey. »Wer dafür ist, hebt die Hand.« Er warf einen prüfenden Blick in die Runde. »Einstimmig angenommen. Danke. Miss Wynn, bis wann können Sie mir mitteilen, ob Sie zu Mr. Oshins zehntausend weitere zehntausend Dollar zuschießen? Heute noch?«

»O ja«, versicherte sie. »Bis fünf Uhr ganz bestimmt.«

»Gut. Sollte ich nicht zu Hause sein, dann rufen Sie Miss Ballard beim Verband an. Mr. Wolfe, Sie werden mir hoffentlich zugeben, daß wir doch einige Fortschritte erzielt haben. Allerdings haben Sie und Mr. Goodwin den Boden dafür geebnet. Haben Sie noch etwas dazu zu sagen?«

»Ja«, antwortete Wolfe. »Ich bin Detektiv, aber kein Lockspitzel. Da jedoch Mr. Goodwin Simon Jacobs vorgeschlagen hat, tragen er und ich die Verantwortung. Wenn die Vorbereitungen zufriedenstellend ausfallen, werden wir handeln.«

7

Noch an demselben Nachmittag, und zwar zwanzig Minuten nach vier, teilte mir Amy Wynn höchstpersönlich mit, daß sie die zehntausend Dollar beisteuern würde. Daß es dazu kam, verdankten wir indirekt Alice Porter, aber ich erzähle wohl besser der Reihe nach.

Die Ereignisse begannen kurz nach drei Uhr mit einem Anruf von Reuben Imhof. Wolfe und ich saßen im Büro. Wir hatten den Lunch hinter uns. Wolfe war zwar nicht gerade heiter, aber seine Laune hatte sich doch merklich gehoben. Er diktierte Briefe, und ich nahm sie auf, als das Telefon läutete.

»Büro von Nero Wolfe. Archie Goodwin am Apparat.«

»Hier Reuben Imhof. Stimmt es, daß Mr. Wolfe nie ausgeht?«

»Ja.«

»Aha. Dann also Sie. Kommen Sie so schnell wie möglich. In mein Büro. Victory Press.«

»Ich bin im Moment ziemlich beschäftigt. Sagen wir in einer Stunde.«

»Ausgeschlossen. Sie müssen sofort kommen. Ich möchte am Telefon nicht darüber sprechen, aber die Sache ist dringend.«

»Gut. Ich bin schon auf dem Wege. Kippen Sie inzwischen nicht aus den Pantinen.« Ich legte auf und wandte mich zu Wolfe um. »Das war Imhof. Er war völlig aus dem Häuschen, wollte mir aber nicht sagen, warum. Ich soll zu ihm ins Büro kommen. Haben Sie was dagegen?«

Wolfe grunzte. »Der Teufel hole diese ewigen Unterbrechungen! Dieses Komitee ist eine wahre Pest.« Wir waren mitten in einem Brief an Lewis Hewitt steckengeblieben, in dem Wolfe sich über das Resultat einer Kreuzung von *C. gaskelliana alba* mit *C. mossiae wageneri* ausließ. »Nun, gehen Sie schon!«

Ich machte mich auf die Socken. Zu der Tageszeit kommen Taxis auf der Achten Avenue etwas schneller vorwärts als auf der Zehnten, deshalb hielt ich mich nach Osten. Ich erwischte auch ein Vehikel, und wir schafften es bis zur Ecke 52. Straße und Sechste Avenue. Aber als wir da rechts einbogen und ich sah, daß der ganze Block eine einzige Verkehrsstockung war, zahlte ich und stieg aus. Sonst hätte ich vermutlich eine Stunde später auch noch dort gehockt.

Das Verlagsgebäude der Victory Press auf der Madison Avenue entpuppte sich als einer der neuen Kästen aus Glas und Beton mit einem Vestibül aus grünem Marmor und vier Reihen von Aufzügen. Als ich im zweiunddreißigsten Stockwerk ausstieg, war ich so ziemlich auf alles gefaßt, bloß nicht auf das, was ich vorfand. Ich erwartete ein Chaos, und mich empfing würdevolle Ruhe. Die beiden Männer im Empfangsraum – einer hielt eine prall gefüllte Aktenmappe auf den Knien –

stierten geduldig die Wände an, und die helläugige Empfangsdame begrüßte mich nicht mit einem Aufschrei, sondern einem geschäftsmäßigen Lächeln. Als ich ihr meinen Namen nannte, sagte sie »Moment bitte!« und reichte mich telefonisch weiter. Gleich darauf tauchte eine attraktive junge Frau auf und bat mich, ihr zu folgen; und da ich schon von Berufs wegen ein guter Beobachter sein muß, bemerkte ich, daß sie ihre Hüften reichlich verführerisch hin und her schwenkte.

Reuben Imhofs Büro hatte auch etwas Verführerisches. In diesen vier Wänden wurde bestimmt der widerspenstigste Autor zu einem zahmen Lamm, das sich gottergeben scheren ließ. Kein Wunder, denn einen solchen Schreibtisch und fünf so schöne, bequeme Sessel und vier so große Fenster und so echte, alte Meister an den Wänden und echte, alte Perserbrücken auf dem Fußboden hatte ich noch nicht gesehen. Nachdem ich die ganze Pracht mit einem Rundblick registriert hatte, steuerte ich auf den Schreibtisch zu. Imhof, in seinem Sessel, war ein Bild stummen Grolls. Er rührte sich nicht und machte auch keine Anstalten, mir die Hand zu schütteln. William Shakespeare oder Mark Twain wäre vermutlich auch kein freundlicherer Empfang zuteil geworden, falls sie das Pech gehabt hätten, in diesem kritischen Moment hereinzuplatzen. Statt einer Begrüßung sagte er zu der jungen Frau, die mich hereingeführt hatte: »Bleiben Sie, Judith, und setzen Sie sich. Sehen Sie sich das an, Goodwin!«

Die Behauptung eines Freundes, ich hätte nicht mehr gesellschaftlichen Takt als zehn nackte Wilde, mag bis zu einem gewissen Grade stimmen, aber manchmal weiß ich doch, was sich gehört. Deshalb wandte ich mich Amy Wynn zu und sagte ihr guten Tag, bevor ich mich auf das Korpus delikti stürzte.

Es handelte sich um einen Stoß maschinegeschriebener Blätter, insgesamt siebenundzwanzig Seiten. Das oberste Blatt trug den Titel *Auch zu dir kommt das Glück,* und darunter stand ›von Alice Porter‹. In der oberen rechten Ecke befand sich ein Datum, und zwar ›3. Juni 1957‹. Der Text war mit doppeltem Zeilenabstand geschrieben. Das Manuskript war ungefaltet.

»Ich bin ruiniert«, stöhnte Imhof.

»Das glaub' ich nicht«, beruhigte ich ihn. »Ich meine, ich

glaube nicht, daß Alice Porter ihre Hand im Spiele hatte. Wo haben Sie's gefunden?«

»In einem Schrank im Archiv, unten am Ende der Halle. In einem Ordner mit der Aufschrift ›Amy Wynn‹.«

»Und wer hat es entdeckt?«

»Meine Sekretärin, Miss Frey.« Er wies mit dem Daumen auf die attraktive junge Frau. »Miss Judith Frey.«

»Wann?«

»Etwa zehn Minuten, bevor ich Sie anrief. Miss Wynn war hier bei mir. Wir sprachen über geschäftliche Dinge, und ich bat Miss Frey, mir den Durchschlag eines bestimmten Briefes zu holen. Sie brachte den ganzen Ordner mit, weil sie mir ›etwas‹ zeigen wollte, wie sie sich ausdrückte. Das ›Etwas‹ war dieses Manuskript hier. Sie behauptet, am letzten Mittwoch, also vor fünf Tagen, wäre es noch nicht drin gewesen. Da hatte sie den Ordner zum letztenmal in der Hand. Können Sie sich noch an meine Kontroverse von heute vormittag mit Mortimer Oshin erinnern? Unter anderem sagte er, das Manuskript würde in irgendeinem Winkel auftauchen, wo ich es nicht vermutet hätte. Finden Sie das nicht auch verdammt merkwürdig?«

»Blech!« Ich zog mir einen Sessel heran und setzte mich. »So hat er das nicht gemeint. Außerdem mußten Sie damit rechnen, daß das Manuskript irgendwann mal aufkreuzt. Haben Sie es angefaßt?«

»Ja, aber vorsichtig. Ich hab' es durchgeblättert und Miss Wynn auch.«

»Es ist wahrscheinlich sowieso egal. Wie man Fingerabdrücke vermeidet, weiß heutzutage jedes Kind. Wer hat Zugang zu dem Raum?«

»Alle, die hier beschäftigt sind.«

»Wie viele sind das?«

»In unserer Abteilung zweiunddreißig. Wir haben insgesamt über hundert Angestellte, aber Leute aus anderen Abteilungen kommen nie ins Archiv.«

»Aber sie könnten, wenn sie wollten?«

»Ja.«

»Steht der Raum unter Aufsicht?«

»An sich nicht, aber es ist eigentlich immer jemand drin.«

»Das würde also bedeuten, daß praktisch jeder hineinspazieren kann, wenn er gerade Lust dazu hat?«

»Nun ja, vermutlich.« Imhof beugte sich vor. »Hören Sie, Goodwin, ich hab' Sie sofort benachrichtigt, damit in der Sache schleunigst was geschieht. Nero Wolfe soll der beste Mann in Ihrer Branche sein. Ich und Miss Wynn möchten, daß Sie den Kerl erwischen und unschädlich machen, und zwar schnell.«

»Ihn?«

»Oder sie, egal. Donnerwetter!« Er schlug mit der Faust auf die Schreibtischplatte. »Mir das verdammte Ding hier in mein eigenes Büro zu schmuggeln! Das setzt doch allem die Krone auf! Was werden Sie nun in der Sache unternehmen?«

»Tja, ich weiß nicht recht. Der Fall ist ein bißchen kompliziert. Wie Sie wissen, hat Mr. Wolfe bereits einen Klienten, nämlich das Komitee. Sie gehören ja selbst dazu. Nun ist nicht unbedingt gesagt, daß die Interessen des Komitees mit den Ihren gleichlaufen. In diesem besonderen Fall wäre es vielleicht das beste, den Fund völlig zu ignorieren. Verbrennen Sie das Manuskript, oder lassen Sie's mich vernichten. Das Komitee allerdings würde damit nicht einverstanden sein, weil ihm die Aufklärung aller Fälle am Herzen liegt und das Manuskript dabei möglicherweise von Nutzen sein könnte. Wie vielen Personen ist das Vorhandensein des Manuskripts bekannt?«

»Drei. Miss Wynn, Miss Frey und mir. Und Ihnen. Also vier.«

»Wie lange arbeitet Miss Frey schon bei Ihnen?«

»Seit ungefähr einem Jahr.«

»Dann kennen Sie sie also nicht sehr gut?«

»Mir genügt's. Meine frühere Sekretärin hat sie mir empfohlen, als sie vor ihrer Heirat kündigte.«

Ich sah von Judith Frey auf Imhof. »Gut. Dann ergeben sich also zwei Fragen in bezug auf Miss Frey. Erstens, hat sie das Manuskript vielleicht selbst in den Ordner gelegt? Zweitens, wäre sie bereit, die ganze Sache zu vergessen, falls man sie darum bittet? Das zweite ist eine reine Vertrauensfrage. Es wäre zu riskant . . .«

»Ich hab' es nicht in den Ordner gelegt, Mr. Goodwin«, unterbrach mich Miss Frey mit überraschend klarer, kräftiger Stimme. »Ich begreife, daß Sie diese Frage stellen mußten, aber ich habe nichts damit zu tun. Und was den zweiten Punkt betrifft: Wenn es je dazu käme, daß mein Arbeitgeber kein Vertrauen mehr zu mir haben könnte, würde ich kündigen.«

»Also gut.« Ich wandte mich wieder an Imhof. »Aber das ist natürlich alles dummes Zeug. Miss Frey mag vertrauenswürdig sein, wer garantiert Ihnen jedoch dafür, daß ich den Mund halte? Ich muß Mr. Wolfe selbstverständlich von dem Fund berichten, und da er vor allem an die Interessen seines Klienten, des Komitees, denken muß, wird er wahrscheinlich . . .«

»Wir werden das Manuskript nicht verbrennen!« platzte Amy Wynn dazwischen. Ihre Nase zuckte, und ihre Augenränder waren rot. Sie hatte ihre Hände im Schoß zu Fäusten geballt. »Ich habe das abscheuliche Geschreibsel vorher noch nie gesehen! Niemand kann das Gegenteil beweisen! Das alles ist so gemein! So bodenlos gemein!«

Ich lehnte mich zu ihr hinüber. »Sie haben ganz recht, Miss Wynn. Außerdem sind Sie diejenige, die berappen muß, falls Alice Porter ihren Anspruch durchsetzt. Soll ich Ihnen sagen, was ich an Ihrer Stelle tun würde?«

»Ja, natürlich.«

»Hören Sie zu: Es ist natürlich möglich, daß Mr. Wolfe meine Vorschläge abändert, sobald ich ihm Bericht erstattet habe. Deshalb mache ich sie unter Vorbehalt. Erstens, überlassen Sie mir das Manuskript. Ich werde es auf Fingerabdrücke untersuchen, obwohl das vermutlich aussichtslos ist, und Mr. Wolfe wird es mit den drei anderen vergleichen. Zweitens, sprechen Sie zu niemandem darüber. Haben Sie einen Anwalt?«

»Nein.«

»Aha. Drittens, gehen Sie jedem Kontakt mit Alice Porter aus dem Wege. Beantworten Sie weder Briefe von ihr noch Telefonanrufe. Tun Sie, als wäre sie Luft für Sie. Viertens, lassen Sie Mr. Wolfe freie Hand. Er wird Ihre Interessen wahrnehmen. Natürlich kann er nicht sämtliche Angestellten der Victory Press persönlich befragen, aber er wird seine Leute damit beauftragen – falls Mr. Imhof uns nichts in den Weg legt.«

»Warum sollte ich das!« rief Imhof entrüstet. »Ich stecke in derselben Patsche wie Miss Wynn! Sind Sie jetzt fertig?«

»Nein.« Ich wandte mich wieder an Amy Wynn. »Fünftens und letztens hat Mr. Oshins Plan meines Erachtens eine reelle Erfolgschance. Jacobs Miene bei meiner Frage, wie sich ein literarisch bestohlener Autor fühlt, sprach Bände. Meiner Meinung nach verachtet er sich wegen der Rolle, die er bei diesem Betrug spielte, und ließ sich überhaupt nur dazu herbei, weil es ihm dreckig ging, weil er für eine Familie zu sorgen hat und weil er dringend Geld brauchte. Jetzt würde er die Sache gern ungeschehen machen, und wenn wir ihm Straffreiheit zusichern und zusätzlich noch Bargeld in die Hand drücken, wird er die Katze aus dem Sack lassen, darauf gehe ich jede Wette ein. Wenn er auspackt, platzt der ganze Schwindel, inklusive Alice Porter. Aber der Köder müßte natürlich so verlockend wie möglich sein, und zwanzigtausend Dollar klingt besser als zehntausend. Deshalb rate ich Ihnen, den restlichen Betrag zuzuschießen. Doppelt genäht hält besser.«

Amy Wynns Nase zuckte. »Sie meinen also, ich sollte zu den zehntausend von Mr. Oshin noch zehntausend beisteuern?«

»Richtig. Vorausgesetzt, daß Richard Echols den Plan billigt. Das letzte Wort in der Sache hat er.«

Sie sah Imhof an. »Was soll ich tun, Reuben?«

»Amy und ich«, sagte Imhof zu mir, »haben uns bereits vorhin darüber unterhalten. Wir waren noch zu keinem Entschluß gekommen. Ursprünglich war ich eigentlich dagegen, aber jetzt bin ich dafür, verdammt noch mal! Ich verpflichte mich sogar im Namen der Victory Press, die Hälfte der Summe zu übernehmen. Fünftausend von mir und fünftausend von Ihnen, Amy. Sind Sie damit einverstanden?«

»Natürlich. Danke, Reuben.«

»Bedanken Sie sich nicht bei mir, bedanken Sie sich bei dem Schuft, der das Manuskript in mein Büro geschmuggelt hat. Wollen Sie es schriftlich haben, Goodwin?«

»Nein.« Ich stand auf. »Ich mache mich jetzt wieder aus dem Staube und spreche mit Mr. Wolfe. Sie werden von ihm hören. Damit ich's nicht vergesse – ich brauche ein paar Bogen Papier und ein Stempelkissen, um Ihre Fingerabdrücke abzunehmen. Und auch mehrere große Briefumschläge.«

Es dauerte eine Weile, bis ich drei Sätze einwandfreier Abdrücke zusammengebracht hatte, und es war fast fünf Uhr, als ich mich auf den Weg machte. Imhof begleitete mich bis zum Lift, eine unerwartete Ehre.

Ich entschied mich für einen Fußmarsch. Mit einem Taxi würde ich auch nicht schneller vorwärtskommen, und außerdem sehnten sich meine Beine nach ein wenig Bewegung. Als ich daheim angekommen war, lenkte ich meine Schritte zunächst bis zum hinteren Ende der Halle und steckte meinen Kopf in die Küche, um Fritz meine Anwesenheit anzuzeigen. Dann ging ich ins Büro, legte die Briefumschläge auf meinen Schreibtisch und besorgte mir aus einer Schublade des Büroschranks Pinsel, Bürsten, Puder und andere für mein Vorhaben unentbehrliche Utensilien. Vor Gericht könnte ich mich als Fingerabdruckexperte nicht qualifizieren, aber für private Zwecke reicht es.

Als Wolfe um sechs Uhr im Büro aufkreuzte, bemerkte er den Kram auf meinem Schreibtisch, blieb stehen, sah ihn sich an und erkundigte sich: »Was haben Sie da?«

Ich wirbelte auf meinem Sessel herum. »Etwas sehr Interessantes. Ich habe jetzt neun Seiten des Manuskriptes von Alice Porter auf Fingerabdrücke überprüft und nur die Abdrücke von Amy Wynn, Imhof und dessen Sekretärin Miss Frey entdeckt. Folglich hat man die einzelnen Seiten vorher nur mit Handschuhen angefaßt. Vielleicht finde ich noch was, aber ich glaube es eigentlich nicht. Der große Unbekannte hat . . .«

»Wo haben Sie das Manuskript her?«

Ich erzählte es ihm inklusive des Dialogs, und den wortwörtlich. Als ich zu der Stelle kam, wo Imhof von seinen über hundert Angestellten gesprochen hatte, wandte er sich um, watschelte zu seinem Schreibtisch hinüber und ließ sich in seinen Sessel fallen. Den plötzlichen Schock konnte er offenbar im Sitzen besser verdauen. Am Schluß fügte ich noch hinzu: »Falls Sie meine Anweisungen widerrufen wollen, steht dem nichts im Wege. Miss Wynn weiß, daß sie von Ihnen noch gebilligt werden müssen, und ich habe ihre private Telefonnummer.«

Wolfe grunzte. »Ihre Weisungen sind zufriedenstellend. Es ist Ihnen doch hoffentlich klar, daß dieser Fund eine weitere Komplikation bedeuten kann.«

»Selbstverständlich. Er kann alles mögliche bedeuten, aber er ist wenigstens nagelneu – und das ist schon ein Fortschritt.«

»Er ist jüngsten Datums«, gab er zu, aber seine Miene blieb skeptisch. »Geben Sie mir die neun Seiten, mit denen Sie fertig sind.«

Ich brachte sie ihm und stürzte mich dann auf Seite zehn. Auf das übliche Klingelzeichen hin erschien Fritz mit dem Bier. Wolfe öffnete die Flasche und schenkte sich ein Glas ein. Seite zehn erwies sich als Niete. Auf Seite elf entdeckte ich zwei unbrauchbare Flecke, den einen vorn, den andern auf der Rückseite. Seite zwölf lieferte mir zwei Abdrücke von Reuben Imhofs rechtem Daumen und Zeigefinger. Bei Seite dreizehn wurde ich von Wolfe gestört. »Geben Sie mir den Rest auch her.«

»Ich bin aber noch nicht fertig. Ich muß noch ...«

»Ich brauche alles. Passe schon auf.«

Vorsichtig sammelte ich die Blätter zusammen und brachte sie ihm. Dann verdrückte ich mich in die Küche, weil ich nicht tatenlos herumsitzen und mit ansehen wollte, wie Wolfe die letzten fünfzehn Seiten verschandelte. Er ist keineswegs ein Gegner des Fingerabdrucksystems. Aber da es eine reine Routinesache ist, setzt er sich genial darüber hinweg.

Allerdings landete ich bei meiner Flucht in die Küche im Herrschaftsbereich unseres zweiten Genies. Fritz beschäftigte sich mit einer Ente, die mit Krabbenfleisch gefüllt und geschmort werden sollte. Mein Anerbieten, die Käsecreme zu schlagen, stieß auf eisige Ablehnung. Fritz schmetterte mich mit einem Blick zu Boden, wie ihn Wolfe mir bei zahllosen Gelegenheiten und zu jeder Tageszeit verabreicht. Ich wippte mit einem Hocker hin und her und unterhielt Fritz mit spitzen Bemerkungen über den Wert guter Zusammenarbeit, als aus dem Büro ein Gebrüll ertönte.

»Archie!«

Ich eilte hinüber. Wolfe saß gerade aufgerichtet in seinem Sessel und stützte sich mit beiden Händen auf die Armlehnen.

»Ja, Sir?«

»Es ist zum Verrücktwerden! Das Manuskript stammt von Alice Porter.«

»Natürlich. Ihr Name steht doch vorn drauf.«

»Seien Sie nicht albern. Sie wissen ganz genau, was ich meine. Dieses Manuskript wurde nicht von der Person verfaßt, die die anderen drei Geschichten schrieb. Pfui!«

»Nein! Und ein Irrtum Ihrerseits ist ausgeschlossen?«

»Ja.«

»Sie sind ganz sicher, daß Alice Porter die Verfasserin ist?«

»Ja.«

Ich ging zu meinem Sessel und setzte mich. »Na schön, dann versucht sie's diesmal eben auf eigene Rechnung, das ist alles. Damit ist uns zwar nicht geholfen, aber es ändert doch auch nichts, oder?«

»Vielleicht doch. Es würde bedeuten, daß die Person, hinter der wir her sind, die wir finden und entlarven müssen, diesmal nicht mit im Spiel ist. Das wiederum würde zur Folge haben, daß eine Beschäftigung mit diesem Fall sinnlose Zeitverschwendung wäre. Miss Wynn und Mr. Imhof sind nicht unsere Klienten. Sie sind nur Mitglieder des Komitees. Es würde den Interessen des Komitees zuwiderlaufen, wenn wir uns diesem Einzelfall bevorzugt widmeten. Folglich gingen Miss Wynn und Mr. Imhof von falschen Voraussetzungen aus, als sie die zehntausend Dollar zur Verfügung stellten. Sie glaubten, es handele sich wieder um denselben Betrüger wie in den vier früheren Fällen. Wir müssen ihnen natürlich reinen Wein einschenken, und daraufhin werden sie den Betrag vermutlich zurückziehen.«

»Tja ...« Ich kratzte mich an der Nase und dann hinter den Ohren. »Tja ... Das leuchtet mir ein. Eine schöne Bescherung. Sie arbeiten zu schwer. Sie lesen zuviel. Könnten Sie nicht einfach vergessen, daß Sie das verdammte Ding gelesen haben? Nur für vierundzwanzig Stunden? Wäre das nicht eine Idee?«

»Ja, aber eine schlechte. Es ist Ihnen offenbar auch gar nicht Ernst damit. Rufen Sie die beiden sofort an. Ist es denn ganz ausgeschlossen, daß Simon Jacobs schon auf zehntausend Dollar anbeißt?«

Ich schüttelte den Kopf. »Nein, ausgeschlossen nicht. Ich hätte sowieso mit zehn angefangen, aber es wäre mir angenehmer gewesen, wenn ich was in Reserve gehabt hätte. Vielleicht begnügt er sich auch mit fünftausend. Ich kann's ja mal probieren.«

»Nun denn. Rufen Sie Miss Wynn an. Ich werde selbst mit ihr sprechen.«

Ich drehte mich um. Aber bevor ich nach dem Hörer greifen konnte, läutete das Telefon. Es war Philip Harvey. Er fragte nach Wolfe, und Wolfe klemmte sich seinen Hörer ans Ohr. Ich blieb in der Leitung.

»Ja, Mr. Harvey? Hier Nero Wolfe.«

»Ich habe gute Nachrichten, Mr. Wolfe. Cora Ballard hat Richard Echols und seinen Agenten herumgekriegt. Ich habe eben selbst mit Echols gesprochen. Er ist mit allem einverstanden. Dexters Anwalt wird morgen früh die notwendigen Erklärungen aufsetzen, eine im Namen von Echols, die andere im Namen des Title-House-Verlags. Bis Mittag dürften Sie sie in Händen haben. Außerdem hat Mortimer Oshin bei mir angerufen. Er möchte wissen, ob Sie die zehntausend in bar oder als Scheck haben wollen.«

»Bargeld wäre, glaube ich, besser.«

»In Ordnung. Ich richte es ihm aus. Wie steht's mit Amy Wynn? Hat sie sich breitschlagen lassen?«

»Das ist noch ungewiß. Es hat sich inzwischen eine neue Komplikation ergeben. Das Manuskript der Geschichte, mit der Alice Porter ihren Schadenersatzanspruch begründet, wurde heute nachmittag im Archiv der Victory Press entdeckt.«

»Also direkt unter Imhofs Nase! Das ist ja wundervoll! Das ist wirklich phantastisch! Jetzt wird Miss Wynn natürlich mit dem Geld herausrücken. Sie muß einfach.«

»Vielleicht. Es ist ein Haken bei der Geschichte, über den ich mich jetzt noch nicht äußern möchte. Übrigens dürfte es ohnehin angebracht sein, Jacobs zunächst nur die Hälfte der vereinbarten Summe zu geben und den Rest erst, wenn seine Mitarbeit zufriedenstellend ist. Falls Miss Wynn sich nicht beteiligt, dann muß eben ein anderer einspringen. Das ist Sache des Komitees!«

»Vermutlich ja. Aber versprechen kann ich es Ihnen nicht.«

»Das verlange ich auch nicht. Ich werde notfalls selbst mit

Mr. Knapp, Mr. Dexter und Mr. Imhof reden. Es geht nicht an, daß sie sich ihrer Verpflichtung entziehen.«

»Ha! Haben Sie eine Ahnung! Verleger sind wahre Experten darin, sich unangenehme Ausgaben vom Leibe zu halten!«

»Mag sein. Diesmal wird es ihnen jedoch kaum gelingen. Fürs erste genügen die zehntausend Dollar von Mr. Oshin. Vielleicht gibt sich Simon Jacobs auch damit zufrieden. Wir werden ja sehen. Jedenfalls übernehme ich die Verantwortung für alle Verpflichtungen, die bei diesem Handel entstehen.«

Er legte auf und sagte: »Verbinden Sie mich mit Miss Wynn.«

8

Am folgenden Tag, einem Dienstag, stand ich abends um halb sechs im Vestibül der Mietskaserne auf der 21. Straße West und drückte auf den Klingelknopf neben dem Schildchen mit Simon Jacobs' Namen. In meiner Brusttasche ruhten zwei von Richard Echols und Thomas Dexter unterschriebene Dokumente. Beide waren notariell beglaubigt. In meiner Seitentasche steckte ein ansehnliches Bündel Dollarnoten, insgesamt fünftausend in Scheinen zu zwanzig, fünfzig und hundert. Weitere fünftausend hatte ich auf alle übrigen Taschen verteilt.

Falls New York von einem Hurrikan überrollt worden wäre, hätte ich schon zwei Stunden eher bei Jacobs sein können. Denn nur ein Hurrikan hätte ein so eingefleischtes Gewohnheitstier wie Wolfe von seiner nachmittäglichen Sitzung bei den Orchideen abzubringen vermocht. Es war beschlossen worden, daß ich Jacobs in die 35. Straße West schleifen und die eigentliche Verhandlung Wolfe überlassen sollte. Danach war meine Rolle im wesentlichen eine unsichtbare. Ich sollte mit einem Notizbuch in der Hand die Prozedur vom ›Loch‹ aus als Zeuge beobachten. Das Loch ist eine viereckige Öffnung in der Wand zwischen Büro und Halle, die auf der Büroseite mit der naturgetreuen Wiedergabe eines Wasserfalls kaschiert ist. Die Dokumente und das Geld hatte ich nur, weil es vielleicht eines handgreiflichen Köders bedurfte, um Jacobs aus seinem Bau zu locken.

Die Vorbereitungen hatten einwandfrei geklappt. Kurz nach zwölf Uhr kreuzte Cora Ballard persönlich mit den beiden Schriftstücken auf. Sie kam selbst, um mir noch ein paar Tips für das Unternehmen Jacobs zu geben. Sie kannte ihn seit 1931, dem Jahr, in dem er dem Verband beigetreten war. Er wäre immer ein ausgesprochener Eigenbrötler gewesen, dabei aber grundanständig und ehrlich. Sie wäre von seiner Aufrichtigkeit so überzeugt gewesen, daß sie eine Zeitlang sogar an Richard Echols' Unschuld gezweifelt hätte. Der Plagiatsfall damals wäre ihr sehr nahegegangen, weil ihr beide Parteien sympathisch waren. Sie hätte sich sofort mit Jacobs in Verbindung gesetzt, und erst seine Weigerung, sich zu der Klage zu äußern, und sein offenkundiges Unbehagen hätten sie stutzig gemacht. Er sei außerordentlich stolz und empfindlich und liebte seine Frau und seine Kinder über alles. Deshalb sollte ich ihm gegenüber auf alle Einschüchterungsversuche verzichten, sondern lediglich die Dokumente und das Geld vorweisen und an seine Ehrlichkeit und seinen gesunden Menschenverstand appellieren. Cora Ballards Ratschläge wären mir vermutlich eine große Hilfe gewesen, wenn Jacobs zu diesem Zeitpunkt nicht schon seit etwa vierzehn Stunden eine Leiche gewesen wäre.

Es hatte, wie gesagt, keine Pannen gegeben. Zwar hatten Amy Wynn und Reuben Imhof ihr Angebot zurückgezogen, aber damit hatten wir ohnehin gerechnet. Während Wolfe und ich beim Lunch saßen, traf ein Bote mit den zehntausend Dollar von Mortimer Oshin ein. Und um halb sechs stand ich also im Vestibül des Mietshauses in der 21. Straße West.

Das Schloß klickte, ich machte die Tür auf und steuerte auf die Treppe zu. Ich hatte mich bereits voll und ganz auf den Kohlgeruch eingestellt, deshalb empfand ich ihn nicht so stark wie bei meinem ersten Besuch. Auch meine Einleitungsrede hatte ich fix und fertig. Ich stieg drei Treppen hoch und schwenkte nach links. Wieder erwartete mich jemand an der halboffenen Tür. In dem trüben Licht erkannte ich ihn erst, als ich nur noch zwei Schritte von ihm entfernt war. Ich blieb wie vom Blitz getroffen stehen, und dann sagten wir beide zu gleicher Zeit: »Was? Sie?«

Und im selben Moment wußte ich, was passiert war. An sich konnte die Anwesenheit von Sergeant Purley Stebbins vom Morddezernat West alles mögliche bedeuten – eines der Kinder konnte unter ein Auto gekommen sein, Jacobs konnte seine Frau umgebracht haben oder sie ihn –, aber daran dachte ich überhaupt nicht. Für mich gab es nur eine Erklärung, die zählte.

»Ich bin erst seit fünf Minuten hier«, erklärte Purley. »Fünf Minuten nur, und wer kommt angelatscht? Sie! Da hört doch wirklich alles auf!«

»Ich hingegen bin erst seit fünf Sekunden hier und muß ausgerechnet Ihnen in die Arme laufen. Ich habe mit Mr. Jacobs etwas Geschäftliches zu besprechen. Sagen Sie ihm bitte, daß ich hier bin.«

»Was für Geschäfte?«

»Rein privater Natur.«

Sein Unterkiefer arbeitete. »Sehen Sie, Goodwin.« Er hat mich gelegentlich auch schon Archie genannt, aber dafür war die Situation diesmal zu ernst. »Ich bin dienstlich hier. Und wenn es jemanden gibt, der mir im Moment gestohlen bleiben kann, dann sind Sie's. Aber ich hab' schon so ein Pech, daß mir immer die widerlichsten Leute im ungeeignetsten Moment vor die Füße geraten. Wissen Sie, was ich jetzt am liebsten täte? Am liebsten würde ich Sie in hohem Bogen an die frische Luft setzen. Wir finden eine männliche Leiche und identifizieren sie. Ich gehe in die Wohnung, um ein paar Fragen zu stellen. Ich bin noch nicht mal richtig in der Bude drin, da klingelt es. Ich mache die Tür auf, und wer steht davor? Sie! Und Sie behaupten, Sie sind geschäftlich hier. Wenn Sie irgendwo auftauchen und eine Leiche geschäftehalber sprechen wollen, dann weiß ich, was los ist. Deshalb frage ich Sie, um was für Geschäfte handelt es sich?«

»Na, ich hab's Ihnen doch schon gesagt, daß sie rein privater Natur sind.«

»Wann erfuhren Sie, daß Jacobs ermordet worden ist? Und wie? Er wurde erst vor einer Stunde identifiziert.«

»Gerade eben. Von Ihnen.« Ich trat neben ihn in die Tür. »Wir wollen's kurz machen, Sergeant. Auf die Tour vertrödeln wir nur unnötig Zeit. Von mir aus können Sie ruhig noch eine Weile weiterbrummen, aber Sie sollten eigentlich inzwischen kapiert haben, daß das bei mir nicht zieht. Ich mache Ihnen einen Vorschlag. Lassen Sie mich Wolfe anrufen und ihn fragen, ob ich Ihnen erzählen kann, warum ich hier bin. Vermutlich wird er nichts dagegen haben. Sie wissen verdammt genau, daß ich Ihnen ohne sein Einverständnis gar nichts sage.«

»Aber Sie geben zu, daß Jacobs' Tod keine Überraschung für Sie war. Jedenfalls hatte es nicht den Anschein.«

»Blech. Sie sind nicht der Distriktsanwalt, und wir stehen hier nicht vor Gericht. Mr. Wolfe wird sich natürlich nach den Einzelheiten erkundigen – wann und wie er getötet wurde und von wem. Wissen Sie schon was Genaueres?«

Purley machte den Mund auf und zu wie ein Fisch auf dem Trockenen. Ich konnte mir ungefähr vorstellen, was in ihm vorging. Am liebsten hätte er alles Wissenswerte aus mir herausgeschüttelt und mich dann die Treppe hinunterbefördert.

»Wenn Sie mit Wolfe sprechen, muß ich dabeisein.«

»Sicher. Warum auch nicht?«

»Okay. Also, Jacobs' Leiche wurde heute nachmittag um zwei Uhr hinter Büschen im Van-Cortlandt-Park gefunden. Auf dem Gras war eine Schleifspur zu sehen. Anscheinend hat man ihn im Wagen bis zu der Stelle befördert und dann über den Rasen ins Gebüsch gezerrt. In der Brust hatte er eine breite Stichwunde. Die Mordwaffe wurde bisher nicht entdeckt. Der Gerichtsarzt sagt, der Tod wäre zwischen neun Uhr abends und Mitternacht eingetreten. In seiner Brieftasche waren achtzehn Dollar, also vermutlich kein Raubmord. Sie können Wolfe von hier aus anrufen.«

»Ist das alles?«

»Ja.«

»Keine Hinweise darauf, wann oder wohin oder mit wem er letzte Nacht wegging?«

»Nein. Ich hatte seine Frau gerade danach gefragt, als Sie dazwischenplatzten. Sie sagt, sie wüßte es nicht. Das Telefon befindet sich in seinem Arbeitszimmer. Er war Schriftsteller.«

»Das weiß ich. Um welche Zeit ging er weg?«

»Gegen acht. Falls er zu einer Verabredung ging, dann muß

er sie telefonisch getroffen haben, denn seine Frau weiß nichts darüber. Behauptet sie. Ich brachte sie aus dem Leichenschauhaus, wo sie ihren Mann identifiziert hat, hierher. Er hat ihr beim Weggehen nur gesagt, er müßte jemanden aufsuchen und würde vielleicht spät nach Hause kommen. Das war alles. Wenn Wolfe sich auch für seinen Mageninhalt interessiert, muß er warten, bis ...«

»Werden Sie nicht frivol. Wo ist das Telefon?«

Wir gingen in die Wohnung. Er führte mich durch den schmalen Flur bis zur letzten Tür linker Hand. Das Arbeitszimmer war ein kleiner Raum mit einem Fenster, einem Tisch mit Schreibmaschine, einem Bücherregal und einem Büroschrank. Es waren zwei Stühle vorhanden, und auf dem einen saß Mrs. Jacobs. Vor fünf Tagen war sie eine Augenweide gewesen, jetzt wirkte sie wie eine alte Frau. Ich hätte sie nicht wiedererkannt. Als wir eintraten, richtete sie sich auf, starrte mich ungläubig an und rief: »Sie waren es! Sie haben es getan!«

»Wieso?« fragte Purley erstaunt. »Kennen Sie diesen Mann?«

»Ja, ich habe ihn schon einmal gesehen.« Sie sprang auf. »Er war letzte Woche hier. Er heißt Goodwin. Mein Mann sprach nur ein paar Minuten mit ihm, und als er weg war, sagte Simon, wenn er wiederkäme, sollte ich ihn nicht hereinlassen.« Sie zitterte am ganzen Körper. »Simon war damals furchtbar aufgeregt, das merkte ich ganz genau, und ...«

»Beruhigen Sie sich doch, Mrs. Jacobs.« Er faßte sie am Arm. »Ich kenne diesen Goodwin. Ich werde schon mit ihm fertig, keine Sorge. Sie können mir nachher mehr darüber erzählen.« Er führte sie langsam zur Tür. »Jetzt legen Sie sich am besten für eine Weile hin, und trinken Sie was. Trinken Sie heißen Tee ...«

Er verschwand mit ihr im Flur. Nach einer Minute kam er zurück, machte die Tür hinter sich zu und wandte sich um. »Sie waren also schon mal hier.«

»Stimmt. Lassen Sie mich erst mal mit Mr. Wolfe sprechen, und wenn er es erlaubt, erzähle ich Ihnen alles.«

»Dort ist das Telefon.«

Ich setzte mich auf die Tischkante und wählte. Nach fünfmaligem Läuten meldete sich Fritz, der immer das Telefon bedient, wenn ich nicht zu Hause bin und Wolfe bei seinen Orchideen steckt. Ich bat ihn, mich unverzüglich mit dem Dachgeschoß zu verbinden, und nach einer kurzen Pause meldete sich Wolfe: »Ja?«

»Leider hat es eine neue Komplikation gegeben. Ich sitze augenblicklich in Simon Jacobs' Wohnung, und zwar in seinem Arbeitszimmer. Sergeant Stebbins leistet mir Gesellschaft. Er ist dienstlich hier. Heute nachmittag um zwei hat man Jacobs' Leiche im Van-Cortlandt-Park gefunden. Er wurde erstochen. Zwischen neun und zwölf letzte Nacht. Leiche vermutlich mit einem Wagen in den Park befördert. Keine Mordwaffe, keine Fingerzeige, nichts.«

»Verdammt!«

»Ja, Sir. Stebbins war schon hier, als ich eintraf, und natürlich möchte er wissen, was los ist. Soll ich mit irgendwas hinter dem Berge halten?«

Schweigen. Nach zehn Sekunden kam die Antwort: »Nein. Das lohnt nicht.«

»Gut. Richten Sie Fritz bitte aus, er möchte eine große Portion Schaschlik aufheben. Weiß der Kuckuck, wie lange das hier dauern wird.« Ich legte auf und sagte zu Purley: »In Ordnung. Er hat nichts dagegen. Soll ich Ihnen Bericht erstatten, oder möchten Sie mich lieber in die Zange nehmen?«

»Schießen Sie los«, antwortete er, zog sich einen Stuhl heran und holte sein Notizbuch heraus.

9

Thomas Dexter vom Title-House-Verlag beugte sich erregt vor. »Es ist mir ganz egal, Mr. Harvey, was Sie davon halten. Ich weiß jedenfalls, wie mir zumute ist, und das genügt mir. Ich habe nicht die Absicht, Mr. Wolfe oder dem Komitee einen Vorwurf zu machen, aber ich fühle mich schuldig. Ich hätte mir die möglichen Folgen klarmachen müssen, bevor ich dem Plan zustimmte und das verdammte Dokument unterschrieb. Durch meine Gedankenlosigkeit habe ich unwissentlich einen Mord verursacht, und diese Vorstellung ist mir alles andere als angenehm.«

Es war einen Tag später, Mittwoch, gegen Mittag. Das Komitee hatte sich wieder einmal vollzählig versammelt. Wenn Ihnen, verehrter Leser, die ewigen Palaver mittlerweile zum Halse heraushängen, kann ich nur erwidern, Sie sind nicht der einzige. Wolfe und ich hatten das ganze Gerede auch gründlich satt, aber man kann seinem Klienten schließlich nicht den Mund verbieten, auch wenn der Klient ein ganzes Komitee ist, bei dem mehrere Leute auf einmal reden.

Die Mitglieder waren mehr oder minder empört, denn die Polizei hatte offenbar keine Zeit verloren. Bereits zwei Stunden nachdem ich Stebbins reinen Wein eingeschenkt hatte, waren Vertreter des Gesetzes nach allen Richtungen ausgeschwärmt. Knapp hatten sie bei einer Partie Bridge gestört. Oshin wurde bei einem Dinner bei Sardi aufgestöbert. Imhof und Amy Wynn hatte man aus einer Konferenz mit drei Direktoren der Victory Press herausgerufen. Dexter, Harvey und Cora Ballard waren in ihren eigenen vier Wänden überfallen worden. Harvey hatte diese Heimsuchungen sehr ausführlich geschildert, damit Wolfe die peinliche Lage, in der sich das Komitee befand, auch recht zu würdigen vermochte.

Um elf Uhr war das Komitee eingetroffen, und eine Stunde lang wurde über dieses Thema debattiert. Alles brüllte durcheinander, aber zu einer Einigung kam man nicht. Was den Tod von Jacobs anbelangte, so hielten Knapp und Harvey ihn für einen reinen Zufall. Dexter und Oshin waren der Meinung, er wäre eine direkte Folge unserer Ermittlungen und der beste Beweis dafür, daß Jacobs nur ein Werkzeug gewesen wäre. Der wirkliche Drahtzieher hätte ihn zum Schweigen gebracht. Wolfe machte der Kontroverse ein Ende, indem er erklärte, es wäre völlig egal, ob sie Jacobs' Tod für einen Zufall hielten oder nicht, solange die Polizei den Mord mit den Plagiatsfällen in Verbindung brächte. Er selbst neige auch zu dieser Ansicht, wenigstens als Arbeitshypothese.

Daraufhin wurde der Streit natürlich noch hitziger. Wenn die Vermutung der Polizei zutraf, dann mußte Jacobs' Mörder von dem Bestechungsvorschlag Wind bekommen haben. Wer hatte ihn gewarnt? Wer hatte Jacobs ans Messer geliefert? Mit dieser Frage hatte die Polizei die Komiteemitglieder förmlich gelöchert, und auch Wolfe interessierte sie brennend. Aber die Antwort war alles andere als ermutigend:

Amy Wynn hatte zwei Freunden, mit denen sie am Montag abend dinierte, von Oshins Plan erzählt. Cora Ballard hatte mit dem Präsidenten und dem Vizepräsidenten des Verbandes sowie zwei weiteren Personen darüber gesprochen. Mortimer Oshin hatte ihn seinem Anwalt, seinem Agenten, seinem Produzenten und seiner Frau mitgeteilt. Gerald Knapp hatte sich mit seinem Anwalt und zwei Firmenangestellten darüber unterhalten. Reuben Imhof hatte es seinen drei Geschäftspartnern erzählt und Thomas Dexter seiner Sekretärin, seinem Anwalt und sechs Direktoren des Title-House-Verlags. Philip Harvey war der einzige, der seinen Mund gehalten hatte. Wenigstens behauptete er das. Folglich waren, wenn man Wolfe und mich dazuzählte, insgesamt dreiunddreißig Menschen über den Plan im Bilde gewesen. Angenommen, jeder von ihnen hatte diese interessante, kleine Neuigkeit nur noch einem einzigen intimen Freund anvertraut, dann waren es schon sechsundsechzig. Kurz, die Sache war hoffnungslos.

Eine zweite Frage, die das Komitee bis zur Weißglut erhitzte, war, ob die Ermittlungen weitergeführt werden sollten wie bisher oder nicht. Gerald Knapp war dagegen. Seiner Meinung nach sollte man alles Weitere der Polizei überlassen und einfach abwarten. Falls es sich bei Jacobs' Mörder tatsächlich um den Urheber des Plagiatsbetruges handelte, dann arbeitete die Polizei dem Komitee praktisch in die Hände. Mit der Festnahme des Täters wäre beiden Parteien gedient. Außerdem könnte das Komitee den nahezu unerschöpflichen Hilfsmitteln der Polizeimaschinerie ohnehin nichts Gleichwertiges entgegenstellen. Philip Harvey pflichtete ihm bei, vermutlich deshalb, weil er schon zum dritten Male innerhalb von neun Tagen vor Mittag aus dem Bett geholt worden war und diesen Störungen ein für allemal einen Riegel vorschieben wollte. Amy Wynn blieb neutral, und Cora Ballard fand, man müßte den Verband zu einer Sondersitzung einberufen, denn das Komitee wäre zwar ermächtigt, sich mit literarischem Diebstahl zu befassen, aber nicht mit Mord.

Thomas Dexter, Mortimer Oshin und Reuben Imhof plädierten dafür, die privaten Nachforschungen weiterzuführen. Allerdings hatte jeder von ihnen einen anderen Grund dafür, aber in der Hauptsache waren sie sich einig. Imhof meinte, kein Mensch könnte voraussagen, wie lange sich die polizeilichen Ermittlungen hinziehen und ob sie überhaupt erfolgreich sein würden. Auf jeden Fall würden sie eine Menge Staub aufwirbeln, was für die betroffenen Verlage und Autoren nur nachteilig wäre. Oshin hatte zehntausend Dollar geopfert in der stillen Hoffnung, daß Wolfes Bemühungen Kenneth Rennert den Wind aus den Segeln nehmen würden. Er wollte, daß Wolfe weitermachte und die Summe zu diesem Zweck verwendete, mit oder ohne Zustimmung des Komitees. Thomas Dexters Standpunkt war sogar noch persönlicher. Er hielt sich für mitschuldig an dem Mord an Jacobs und meinte, man könnte die Verantwortung nicht einfach auf die Polizei abwälzen. Offenbar hatte er ein sehr empfindliches Gewissen. Er forderte Wolfe auf, die Nachforschungen fortzustzen und dabei weder Mühe noch Kosten zu scheuen. Für die Kosten würde er aufkommen, und in seiner Erregung vergaß er sogar, eine obere Grenze zu nennen.

Dann folgte die unvermeidliche Abstimmung. Der Vorsitzende bat die Anwesenden, die Hände zu heben. Drei schnellten sofort in die Höhe: die von Dexter, Imhof und Oshin. Amy Wynn schloß sich ihnen nach einem kurzen Zögern an. Cora Ballard erklärte, sie wäre kein Mitglied und dürfte deshalb nicht mit abstimmen. Gerald Knapp sagte, sie sollte zu Protokoll nehmen, daß er dagegengestimmt hätte.

»Mit vier Stimmen gegen eine angenommen«, erklärte Harvey. »Selbst wenn der Vorsitzende seine Stimme abgeben dürfte, stünde es noch immer vier gegen zwei.« Er wandte sich an Wolfe. »Die privaten Ermittlungen laufen also weiter. Bisher hatten sie zur Folge, daß ein Mensch ins Gras beißen mußte. Was haben Sie als nächstes vor?«

»Das ist verdammt unfair«, warf Oshin ein. »Der Plan stammte von mir, und alle waren dafür.«

Harvey ignorierte ihn. »Was haben Sie als nächstes vor?« wiederholte er, ohne sich ablenken zu lassen.

Wolfe räusperte sich. »Ich war ein zweifacher Esel«, gestand er.

Die Versammlung starrte ihn verblüfft an. Er nickte. »Erstens hätte ich niemals ein Komitee als Klienten akzeptieren dürfen. Das war ein folgenschwerer Fehler. Zweitens hätte ich mich niemals zu der Rolle hergeben dürfen, die mir zudiktiert wurde. Daß ich mich dazu herbeiließ, als bloßer Lockvogel, als Handlanger zu agieren, war albern und trübte meinen Blick. Es hätte mir klar sein müssen, daß eine Aktion, die so viele Mitwisser hat, ein Unding und von vornherein zum Scheitern verurteilt ist, um so mehr, als jeder von Ihnen die Person sein könnte, mit deren Entlarvung man mich beauftragt hat. Allein aus dieser Erwägung heraus hätte ich für Jacobs' Sicherheit Sorge tragen müssen.«

»Oho, jetzt treiben Sie's aber auf die Spitze«, unterbrach ihn Harvey.

»Keine Spur, Mr. Harvey. Wer bürgt mir dafür, daß nicht Sie der Täter sind. Ihre Bücher sind keine Publikumserfolge. Über neuntausend Exemplare ist keines von ihnen hinausgekommen. Neid und Gewinnsucht wären ein einleuchtendes Motiv für betrügerische Plagiatsbeschuldigungen. Wie dem auch sei, es steht außer Frage, daß Mr. Jacobs ohne mein Versagen noch am Leben wäre. Vermutlich hätten wir inzwischen auch unseren Mann erwischt. Es war vereinbart, daß Sie unsere Verbindung jederzeit abbrechen können. Ich fordere Sie hiermit auf, von dieser Möglichkeit Gebrauch zu machen.«

Drei von den sechs Gästen sagten nein – Oshin, Imhof und Dexter. Die anderen schwiegen. Wolfe fragte den Vorsitzenden: »Wünschen Sie, daß darüber abgestimmt wird, Mr. Harvey?«

»Wozu? Das Ergebnis bliebe das gleiche. Vier zu eins.«

»Nein, fünf zu null«, verbesserte Gerald Knapp. »Ich habe ja nicht verlangt, daß wir den Auftrag völlig abblasen.«

Wolfe grunzte. »Nun denn. Vielleicht sollte ich Ihnen noch sagen, daß ich die Ermittlungen auf jeden Fall fortgesetzt hätte, auch wenn Sie von dem Auftrag zurückgetreten wären. Ich habe eine Rechnung zu begleichen – mit mir selbst. Mein Selbstbewußtsein hat einen Stoß bekommen, und ich bin entschlossen, mir dafür Genugtuung zu verschaffen. Ich werde den Mörder von Simon Jacobs entlarven, und damit dürfte sich auch Ihr Problem erledigen. Es ist jetzt mein Ehrgeiz, der Polizei den Rang abzulaufen – letzten Endes habe ich eine Scharte auszuwetzen, und deshalb muß ich bei allem, was ich vorhabe, freie Hand haben. Von jetzt an werde ich Ihnen meine Absichten verschweigen. Vorschläge, die Gegenstand von Abstimmungen sind, werde ich in Zukunft zurückweisen, auch wenn sie etwas taugen. Da ich mich auf Ihre Diskretion nicht verlassen kann, müssen Sie sich von nun an auf meine verlassen.«

»Das ist doch wohl ziemlich viel von uns verlangt«, meinte Knapp.

»Sie irren sich. Ich verlange gar nichts von Ihnen. Ich spiele nur mit offenen Karten. Natürlich könnte ich mir auch in Zukunft Ihre Vorschläge geduldig anhören, um danach ohne viel Aufhebens das zu tun, was ich für zweckmäßig halte. Aber das wäre unwürdig und eine reine Zeitverschwendung. Entweder Sie haben Vertrauen zu meiner Rechtschaffenheit und Urteilskraft, oder Sie entziehen mir den Auftrag. Eine dritte Möglichkeit gibt es nicht.«

»Ach, zum Teufel«, knurrte Oshin. »Mein Vertrauen haben Sie und meine zehntausend Dollar dazu. Verwenden Sie die und machen Sie weiter.« Er warf einen Blick auf seine Armbanduhr und stand auf. »Höchste Eisenbahn für mich. Ich komme sowieso schon zu spät.«

Nach Oshins hastigem Aufbruch zerstreute sich die ganze Gesellschaft bis auf Thomas Dexter, der unter vier oder vielmehr unter sechs Augen wiederholte, daß er sich persönlich verantwortlich fühle und aus eigener Tasche jeden Geldbetrag zuschießen würde. Diesmal fügte er jedoch hinzu, jeden Betrag »innerhalb vernünftiger Grenzen«. Es ist schön, wenn man ein Gewissen hat, aber übertreiben soll man dabei doch nicht.

Als Dexter verschwunden war, lehnte Wolfe sich zurück und machte die Augen zu. Ich stellte die Stühle wieder an ihren Platz, rekelte mich ausgiebig, um mich vom langen Sitzen zu erholen, ging in die Küche, trank ein Glas Wasser und kam wieder ins Büro. Ich baute mich vor Wolfe auf und sah auf ihn nieder.

»Ich hab' mich schon gewundert«, sagte ich. »Gilt das auch für mich?«

»Was?« fragte er, ohne die Augen zu öffnen.

»Ihr Schweigegelöbnis. Ich werde Ihnen nicht viel nützen, wenn Sie mich genauso im dunkeln tappen lassen wie das Komitee.«

»Pfui.«

»Freut mich, das zu hören. Was ich noch sagen wollte – meine Selbstachtung hat auch einen Stoß abgekriegt, natürlich keinen so nachhaltigen wie Ihre, aber mir genügt's. Purley Stebbins hat mich gestern gefragt – ich zitiere wörtlich –: ›Wieso liefert ihr den armen Kerl erst ans Messer, um dann zwölf Stunden später seelenruhig mit geschäftlichen Vorschlägen angelatscht zu kommen? Haben Sie im Ernst geglaubt, Sie würden ihn lebend vorfinden?‹ Das war das erstemal, daß ich einem Mann vom Morddezernat die Antwort schuldig bleiben mußte, und so was möchte ich nicht noch mal erleben. Natürlich hätte ich ihm sagen können, daß Sie und ich Esel waren, aber vermutlich hätte er das sofort zu Protokoll genommen, damit sie's bei der Polizei schriftlich haben.«

Wolfe grunzte.

»Wir sollen also weitermachen«, fuhr ich fort. »Der Lunch wird gleich fertig sein, bei Tisch sind Geschäftssachen tabu, und nach dem Essen schieben Sie für gewöhnlich eine Ruhepause ein. Deshalb könnten Sie mir Ihre Instruktionen eigentlich sofort geben, dann haben Sie's hinter sich. Also, wo fangen wir an?«

»Keine Ahnung.«

»Na, wenn Sie der Polizei zuvorkommen wollen, müssen Sie sich schon irgendwas einfallen lassen. Wie Sie wissen, haben wir eine Scharte auszuwetzen und . . .«

»Halten Sie den Mund!«

Wir waren demnach wieder in unserer normalen Verfassung.

Als Wolfe um vier Uhr zu seinen Orchideen entschwand, hatte ich noch immer keine Instruktionen bekommen. Aber ich ließ deshalb die Ohren nicht hängen. In den anderthalb Stunden seit dem Lunch hatte Wolfe seine derzeitige Lektüre viermal in die Hand genommen und wieder weggelegt, den Fernsehapparat dreimal eingeschaltet und wieder abgeschaltet und zweimal die Flaschenverschlüsse in seiner Schreibtischschublade nachgezählt. Schließlich war er zum Bücherregal hinübergeschlurft, hatte sich vor dem großen Globus aufgebaut und zehn Minuten lang die Erdoberfläche studiert. Da er so hart bei der Arbeit war, wäre es sinnlos gewesen, ihn anzutreiben.

Ich vertrieb mir die Zeit damit, eine Stunde lang die Schrifttypen der beiden Kurzgeschichten von Alice Porter und der Geschichte von Simon Jacobs miteinander zu vergleichen. Es handelte sich jedesmal um eine andere Schreibmaschine. Dann überlas ich den Durchschlag meiner Aussage für Purley Stebbins noch einmal, entdeckte nichts, was korrigiert werden mußte, und gab ihn zu den Akten. Anschließend überflog ich die Meldung von dem Mord in der Morgenausgabe der *Times*, und als gegen halb sechs die *Gazette* erschien, führte ich mir auch diese zu Gemüte. Die *Times* brachte im wesentlichen den Polizeibericht und erwähnte weder den Verband noch eines der Komiteemitglieder. Die *Gazette* wies in einem Artikel auf die Plagiatsbeschuldigung Jacobs' gegen Richard Echols im Jahre 1956 hin, ohne jedoch Jacobs' Ermordung damit in Verbindung zu bringen.

Gerade fragte ich mich, warum Lon Cohen nicht angerufen hatte, als das Telefon läutete und ich ihn auf dem Hals hatte. Was er mir zu sagen hatte, war in Kürze folgendes: Vor neun Tagen hätte ich mich bei ihm nach dem Verband erkundigt. Der ermordete Simon Jacobs wäre Mitglied des Schriftstellerverbandes gewesen. Außerdem hätte man mich am Dienstag abend in Begleitung von Sergeant Stebbins, der den Fall Jacobs bearbeitete, im Morddezernat verschwinden sehen, und ich wäre vier Stunden drin geblieben. Würde ich ihm deshalb bitte auf der Stelle erklären, warum ich mich für den Verband interessiert hätte, wer Wolfes Klient wäre und wen ich für den Täter hielte sowie alle sonstigen sachdienlichen Einzelheiten, die die Öffentlichkeit von Rechts wegen erfahren müßte. Ich antwortete ihm, ich würde ihn anrufen, sobald ich über druckreife Tatsachen verfügte, was vermutlich in ungefähr vier Wochen der Fall sein könnte. Fürs erste würde ich ihm jedoch mit dem größten Vergnügen das neueste Foto von mir schicken, da die Öffentlichkeit es von Rechts wegen bewundern müßte.

Dann kam noch ein Anruf, und zwar von Cora Ballard. Die gewissenhafte Sekretärin konnte sich mit der Entscheidung des Komitees, Wolfe bei seinen Ermittlungen freie Hand zu lassen, anscheinend nicht befreunden. Sie sagte, sie begriffe natürlich, daß ein Detektiv seine Pläne nicht jedem x-beliebigen auf die Nase binden könnte. Aber das Komitee wäre gar nicht befugt, einen Privatdetektiv mit der Untersuchung eines Mordes zu beauftragen, und dieser Punkt mache ihr Kopfzerbrechen. Es würde nicht einfach sein, eine Sitzung des Verbandes einzuberufen, aber bis Montag oder Dienstag nächster Woche ließe sich das vermutlich einrichten. Ob ich Mr. Wolfe bitten würde, bis dahin nichts Drastisches zu unternehmen? Andernfalls wäre er nämlich nicht durch irgendwelche Vollmachten gedeckt, und sie hielte es für richtig, daß er darüber ins Bild gesetzt würde. Ich erwiderte, der Meinung wäre ich auch, und ich würde es ihm ausrichten. Warum sollte ich grob werden, wenn man mit Höflichkeit auch zum Ziel kommt. Sie legte befriedigt auf, und ich hatte mir ein völlig zweckloses Hinundhergerede erspart.

Ich hatte das Radio für die Sechs-Uhr-Nachrichten eingeschaltet, als Wolfe wieder im Büro aufkreuzte. Er trug einen Blütenstengel der *Phalaenopsis Aphrodite* in der Hand, holte eine Vase aus dem Schrank, füllte sie in der Küche mit Wasser, stellte die Orchidee hinein und deponierte das Ganze auf seinem Schreibtisch. Das ist die einzige Arbeit, außer dem Denken natürlich, die er im Büro jemals übernimmt. Als die Reklamesendung begann, schaltete ich den Apparat aus und berichtete: »Noch immer kein Wort über den Plagiatsfall, unsere Klienten und Sie. Falls die Polente schon irgendwas ausbaldowert hat, dann hält sie anscheinend verdammt dicht, aber . . .«

Die Türklingel läutete. Ich ging in die Halle und spähte durch die Spionglasscheibe. Ein Blick genügte. Ich machte kehrt und verkündete: »Inspektor Cramer!«

Wolfe holte tief Luft. »Nun, lassen Sie ihn herein.«

10

Der rote Ledersessel an der Schmalseite von Wolfes Schreibtisch ist von jeher für bevorzugte Besucher bestimmt. Inspektor Cramer vom Morddezernat West hat länger und öfter in ihm gesessen als zehn andere Leute zusammen genommen. Mit seinem kräftigen Korpus füllt er ihn nahezu aus, aber seine Haltung hängt von den jeweiligen Umständen ab. Wenn es sich nur um ein freundschaftliches Plauderstündchen handelt, pflegt Cramer sich behaglich zurückzulehnen, die Beine übereinanderzuschlagen und sogar ein Bier zu schlürfen. Für gewöhnlich hockt er sich jedoch nur auf die Sesselkante und stiert Wolfe grimmig und mit hervorquellenden Augen an. Diesmal befand er sich in der Mitte zwischen beiden Stadien, wenigstens am Anfang.

Er wies Wolfes Einladung zu einem Bier zurück, ließ sich jedoch gemütlich in den Sessel sinken. Nach einer kurzen Pause erklärte er beiläufig, er hätte nur mal vorbeischauen wollen, was in Wirklichkeit bedeutete, daß er Wolfe eine Information abluchsen wollte, die er auf direktem Wege, über das Telefon, vermutlich nicht ergattert hätte. Wolfe grunzte und erwiderte, es wäre nett, Cramer wieder einmal zu sehen, was auf gut deutsch heißen sollte: ›Nun sagen Sie schon, was Sie wollen, und scheren Sie sich zum Teufel!‹ Für mich als unbeteiligten Zuschauer sind diese Eröffnungsgeplänkel stets eine Quelle ungetrübter Heiterkeit. Cramer holte sogleich eine Zigarre aus seiner Tasche, womit er mir ungewollt verriet, daß er auf Kampf vorbereitet war.

»Diese Jacobs-Sache ist so ziemlich der verdrehteste Fall, der mir je vorgekommen ist«, begann Cramer.

Wolfe nickte. »Da haben Sie recht.«

»Es ist auch der einzige Fall, bei dem sich Sergeant Stebbins lobend über Sie und Goodwin geäußert hat. Er sagte, Sie wären viel zu gerissen, um sich über die Folgen Ihres Plans nicht im klaren gewesen zu sein, vor allem, wo so viele Leute darüber Bescheid wußten. Der Sergeant sagte sogar, Sie hätten von vornherein mit dem Mord gerechnet, aber das halte ich für übertrieben. Als Anstifter zu einem Mord kann ich Sie mir nicht recht vorstellen.«

»Überbringen Sie Mr. Stebbins meine Empfehlungen und meinen Dank für das Kompliment.«

»Das werd' ich. Ist das alles, was Sie dazu zu sagen haben?«

Wolfe schlug mit der flachen Hand auf die Schreibtischplatte. »Was, zum Kuckuck, erwarten Sie eigentlich von mir? Kamen Sie her, um von mir zu hören, daß ich ein kläglicher Stümper bin? Bitte, den Gefallen will ich Ihnen gern erweisen. Ich habe auf der ganzen Linie versagt. Sonst noch was?«

»Sie sind kein Stümper.« Cramer wedelte Wolfes Selbstbezichtigung mit der Zigarre beiseite. »Okay, wir können diesen Punkt ebensogut fallenlassen. Er beunruhigt mich viel weniger als die Tatsache, daß die amtliche Theorie über den Mord auf Beweisen aufgebaut ist, die von Ihnen stammen und über die wir so gut wie gar nichts wissen. Ich habe Goodwins Aussage dreimal gründlich durchgelesen. Danach haben Sie festgestellt, daß die drei Manuskripte zwar von ein und derselben Person verfaßt wurden, aber weder von Alice Porter, Simon Jacobs noch Jane Ogilvy. Ist das korrekt?«

»Ja.«

»Zu diesem Schluß kamen Sie, nachdem Sie die Manuskripte mit je einem Roman von der Porter und von Jacobs sowie den Gedichten und der Zeugenaussage von Jane Ogilvy verglichen hatten. Stimmt das?«

»Ja.«

»Schön. Ich ziehe die Richtigkeit Ihrer Schlußfolgerungen an sich nicht in Frage, aber wir müssen sie natürlich nachprüfen. Soviel ich weiß, haben Sie das ganze Zeug hier im Büro – Manuskripte, Bücher und den anderen Kram. Wir brauchen das alles. Ich selbst bin zwar kein Experte auf diesem Gebiet, aber wir haben einen Mann zur Hand, der sich darin auskennt. Falls Ihre Theorie zutrifft, werden die Unterlagen sowieso früher oder später als wichtiges Beweismaterial eingezogen. Sie haben sie doch da, wie?«

Wolfe nickte. »Ja, und ich beabsichtige, sie zu behalten.«

Cramer klemmte sich die Zigarre zwischen die Zähne und kaute darauf herum. Ich habe nur ein einziges Mal erlebt, daß er eine angezündet hat, und das passierte vor vielen Jahren. Er raucht sie nicht, er benützt sie lediglich als eine Art Sicherheitsspender. Wenn er sich ärgert, hindert sie ihn daran, Wolfe die Beleidigungen an den Kopf zu werfen, die ihm auf der Zunge brennen. Das Mittel wirkt fast immer. Auch diesmal nahm er die Zigarre nach fünf Sekunden aus dem Mund und erwiderte verhältnismäßig ruhig: »Das ist höchst unvernünftig.«

»Mr. Cramer«, erwiderte Wolfe, »mir liegt gar nichts daran, mich mit Ihnen herumzustreiten. Die Bücher gehören mir. Ich habe sie mir verschafft und bezahlt. Klarer Fall. Sie können sie sich ohne weiteres auf demselben Wege besorgen. Die Manuskripte und die Zeugenaussagen sind das Eigentum anderer Leute und mir zu treuen Händen übergeben. Folglich kann ich sie Ihnen nur mit Erlaubnis der Eigentümer ausliefern. Vermutlich könnten Sie mich durch einen Gerichtsbeschluß dazu zwingen. Aber dazu müßten Sie erst mal dartun, daß es sich tatsächlich um wichtiges Beweismaterial handelt, und das dürfte Ihnen beim gegenwärtigen Stand der Nachforschungen schwerfallen.«

»Sie verdammter, eingebildeter ...« Cramer stopfte sich die Zigarre in den Mund und biß die Zähne zusammen. Nach vier Sekunden hatte er sich wieder gefaßt. »Hören Sie zu, Wolfe, beantworten Sie mir nur eine Frage. Wäre ich nicht ein Trottel, wenn ich mich bei meiner Arbeit auf eine Theorie stützen würde, die fast ausschließlich von Ihnen stammt und für die ich nicht einmal das Krümchen eines Beweises habe?«

Wolfes Mundwinkel zuckten. »Allerdings. Das wäre höchst verwerflich. Aber vielleicht gelingt es uns, einen Ausweg aus dieser Sackgasse zu finden. Ich schlage Ihnen ein Tauschgeschäft vor. Sie teilen mir die bisherigen Ergebnisse Ihrer Nachforschungen mit, und ich überlasse Ihnen das gesamte Schriftmaterial unter der Bedingung, daß Sie es mir in vierundzwanzig Stunden unversehrt zurückbringen.«

»Wenn ich Ihnen alles erzählen soll, was wir herausgefunden haben, sitze ich morgen früh noch hier.«

»Ich brauche nur die wichtigsten Einzelheiten. Dafür müßten dreißig Minuten eigentlich genügen.«

Cramer dachte nach. »Einverstanden. Aber dann kann ich den Schriftkram achtundvierzig Stunden behalten.«

Wolfe hob seine Schultern um ein achtel Zentimeter und senkte sie wieder. »Ich habe keine Lust, lange herumzufeilschen. Also gut, achtundvierzig Stunden. Und nun zu meinen Fragen. Erstens, haben Sie inzwischen irgend etwas ausfindig gemacht, was zu meiner Theorie im Widerspruch steht?«

»Nein.«

»Oder haben Sie etwas entdeckt, was die Theorie unterstützt?«

»Nein, außer der Tatsache, daß die Komiteemitglieder Goodwins Aussage in allen Punkten bestätigt haben. Aber das ist kein vollgültiger Beweis, und deshalb brauche ich die Manuskripte. Jacobs' Witwe weiß überhaupt nichts. Sie behauptet, ihr Mann hätte keine Feinde gehabt, und ihr wäre niemand bekannt, der einen Grund gehabt hätte, ihn zu töten. Der einzige, dem sie einen Mord zutraut, ist ein Mann namens Goodwin, weil der Jacobs am Dienstag in eine solche Rage versetzte, daß er seiner Frau befahl, diesem Goodwin in Zukunft die Tür vor der Nase zuzuschlagen. Wir haben Goodwin bisher nicht gefragt, wo er sich Montag abend von neun bis elf aufhielt.«

»Das war sehr rücksichtsvoll von Ihnen. Ich dachte aber, die Tatzeit läge zwischen neun Uhr und Mitternacht.«

»Ja, doch durch die Analyse des Mageninhalts hat sich die äußerste Zeitgrenze ein bißchen verschoben.«

»Gut. Mr. Goodwin war hier bei mir. Haben Sie feststellen können, wie viele Personen über unseren Plan im Bilde waren?«

»Bis jetzt sind es siebenundvierzig.«

»Haben Sie alle verhört?«

»Alle, bis auf zwei, die nicht in der Stadt sind.«

»Und was kam bei den Verhören heraus?«

Cramer zuckte mit den Schultern. »Gar nichts. Natürlich müssen wir sie weiter im Auge behalten, aber ich verspreche mir eigentlich nichts davon.«

Wolfe grunzte. »Und was förderte die Untersuchung des Fundortes der Leiche zutage? Ist man immer noch der Meinung, daß sie in einem Auto dahin geschafft wurde?«

»Ja. Oder in einem Hubschrauber oder in einer Schubkarre.«

Wolfe grunzte von neuem. »Sie sind zu vorsichtig, um sich auf reine Vermutungen zu berufen, Mr. Cramer. Das ist gewiß sehr löblich, bringt uns aber nicht weiter. Deshalb werde ich Ihnen eine möglichst umfassende Frage stellen. Haben Sie bei der Untersuchung des Fundortes der Leiche, bei der Untersuchung des Ermordeten, seiner Kleider, seiner Wohnung oder bei Ihren sonstigen Nachforschungen irgendeinen nützlichen Hinweis entdeckt?«

»Ja. Daß die Messerschneide zwei Zentimeter breit und mindestens zehn Zentimeter lang war, daß es allem Anschein nach nicht zu einem Kampf kam und daß Mr. Jacobs Montag abend zwischen neun und elf umgebracht wurde.«

»Sonst nichts?«

»Nichts von Bedeutung. Nichts, was uns eine Hilfe wäre.«

»Sie haben sich natürlich auch für die Geldbeträge interessiert, die aufgrund der betrügerischen Schadenersatzforderungen an Alice Porter, Simon Jacobs und Jane Ogilvy ausgezahlt wurden. Sollte unsere Theorie zutreffen, dann müßte der Löwenanteil der Summen jedesmal in die Tasche einer vierten Person, des Drahtziehers, geflossen sein.«

»Sicher.«

»Wer ist es?«

»Keine Ahnung. Der Weg des Geldes läßt sich nicht verfolgen. Es wurde auf ein Konto eingezahlt und wenig später bis auf eine geringfügige Summe wieder abgehoben. Vom Kontoeigentümer natürlich. Wir sind noch dran, aber es sieht ziemlich hoffnungslos aus.«

»Sie sagten vorhin, Mrs. Jacobs hätte etwas ›behauptet‹. Haben Sie Grund, an ihrer Aufrichtigkeit zu zweifeln?«

»Nein. Meiner Meinung nach sagt sie die Wahrheit.«

»Hatte Jacobs irgend etwas bei sich, was man später an seiner Leiche vermißte?«

»Falls ja, dann wußte seine Frau nichts davon.«

Wolfe schloß die Augen. Nach einer Weile öffnete er sie wieder. »Das Resultat ist erstaunlich dürftig, wenn man bedenkt, daß es in vierundzwanzigstündiger Arbeit von einem Riesenaufgebot an geschulten Kräften zusammengetragen wurde. Das soll jedoch beileibe kein Vorwurf sein. In einer Wüste kann man keine Pflaumen pflücken. Archie, schreiben Sie folgenden Text mit zwei Durchschlägen: ›Ich bestätige den Empfang der unten aufgeführten Gegenstände und verpflichte mich, sie Nero Wolfe spätestens bis zum 29. Mai 1959, neunzehn Uhr, unversehrt zurückzugeben.‹ Zählen Sie die Schriftstücke und Bücher der Reihe nach auf und packen Sie sie dann für Mr. Cramer zusammen.«

»Übrigens, damit ich's nicht vergesse . . .«, Cramer deponierte seine Zigarre in dem Aschenbecher neben seinem Ellenbogen. »Sie haben einen Klienten. Dieses Komitee.«

»Ja, Sir.«

»Okay, das ist Ihre Privatangelegenheit und geht mich nichts an. Ich habe Ihre Fragen beantwortet, weil Sie etwas haben, was wir brauchen. Aber das soll nicht heißen, daß ich mir Ihre Einmischung in meine Angelegenheiten gefallen lasse, und Mordsachen sind meine Angelegenheit. Ich hab' Sie schon mehr als einmal gewarnt. Eines Tages werden Sie sich mit Ihrer ewigen Besserwisserei gründlich in die Nesseln setzen, und erwarten Sie dann nicht von mir, daß ich Ihnen heraushelfe.«

»Halten Sie mich denn für einen Idioten?« knurrte Wolfe verächtlich. »Wenn Sie befürchten, ich könnte mich bei einem Fiasko auf Sie berufen, dann sind Sie auf dem Holzwege. So etwas würde mir noch nicht einmal im Traum einfallen. Außerdem habe ich mich meinen Klienten gegenüber lediglich dazu verpflichtet, einen Betrüger zu entlarven. Allem Anschein nach ist dieser Betrüger auch ein Mörder, und deshalb haben Sie größeren Anspruch auf ihn als ich. Sollte ich ihn erwischen, werde ich mich daran erinnern. Sie machen mir doch hoffentlich nicht das Recht streitig, einen Schwindler zu entlarven?«

Danach wurden alle beide ziemlich persönlich. Ich hörte jedoch nur mit einem halben Ohr hin, weil ich damit beschäftigt war, die Empfangsbestätigung zu tippen und das Zeug zusammenzusuchen und zu verpacken. Als ich das Paket verschnürte, fiel es Cramer plötzlich ein, die angeführten Gegenstände auf der Liste mit dem Paketinhalt zu vergleichen. Folglich konnte ich den ganzen Kram wieder auseinanderreißen, und dann kam er noch auf die Idee, sich nach den Fingerabdrücken auf den Manuskripten zu erkundigen. Dabei ist er sonst gar nicht so vernagelt. Aber Wolfe übt immer die gleiche enervierende Wirkung auf ihn aus. Er unterminiert durch seine bloße Gegenwart Cramers Selbstvertrauen.

Ich brachte Cramer bis zur Haustür. Als ich ins Büro zurückkam, war nur noch eine halbe Stunde Zeit bis zum Dinner. Wolfe schmökerte schon wieder. Da es für mich sonst nichts zu tun gab, machte ich einen kurzen Spaziergang ums Viertel. Wolfes Verstand arbeitet besser, wenn er sitzt, und meiner, wenn ich auf den Beinen bin.

Als wir nach dem Dinner und dem Kaffee wieder im Büro saßen, erkundigte ich mich höflich, ob ich nicht noch schnell ein paar private Besorgungen erledigen könnte. Wolfe fragte, ob sie dringend wären. Ich sagte nein, aber die Gelegenheit wäre doch günstig, da wir sonst nichts vorhätten.

»Die Stichelei war völlig überflüssig«, brummte er. »Haben *Sie* vielleicht irgendwelche Vorschläge?«

»Nein. Wenigstens keinen, der mir gefällt.«

»Ich auch nicht. Der Fall ist wirklich ungewöhnlich verzwickt. Das Motiv brauchen wir nicht aufzuspüren, denn das kennen wir bereits. Wir können niemandem eine Falle stellen, weil uns dazu jede Handhabe fehlt. Aus demselben Grunde können wir uns niemanden vorknöpfen, außer den siebenundvierzig Personen, die Cramers Leute schon ins Verhör genommen haben. Und was käme dabei heraus? Nichts. Wir sind fast so schlimm dran wie am Montag, als ich dem verdammten Komitee sagte, der Auftrag wäre nicht mehr nach meinem Geschmack. Ich hätte mich niemals auf Mr. Oshins Plan einlassen dürfen, obwohl er bei entsprechenden Vorsichtsmaßnahmen vielleicht Erfolg gehabt hätte. Nun ist Simon Jacobs tot. Ich warte auf Vorschläge von Ihnen.«

»Tja ... Als ich mir vorhin ein bißchen die Beine vertrat, wußten Sie, daß ich nachdenken wollte. Das hab' ich auch getan, aber mir ist leider nichts Vernünftiges eingefallen, und Ihnen anscheinend auch nicht. Was bleibt mir also anderes übrig, als Sie daran zu erinnern, daß in diesem Haus Sie das Denken besorgen. Ich hab' Sie auch nicht gedrängt, oder? Denn ich weiß verdammt genau, daß der Fall scheußlich kompliziert ist.«

»Schön, dann habe ich eine Idee. Sie gefällt mir nicht, aber wir müssen entweder handeln oder kapitulieren. Sie sagten am Montag zu Mr. Oshin, Jane Ogilvy wäre Ihrer Meinung nach unberechenbar. Es wäre jedoch immerhin möglich, daß sie ein lukratives Angebot nicht verschmäht. Wir haben die zehntausend Dollar von Mr. Oshin und können mit weiteren Beträgen von Mr. Dexter rechnen. Es dürfte sich lohnen, Miss Ogilvy aufzusuchen.«

»Vielleicht«, gab ich zu. »Aber freuen Sie sich nicht zu früh. Sie kennen die Dame noch nicht.«

»Ich habe auch gar nicht das Verlangen, sie kennenzulernen. Jane Ogilvy ist Ihre Sache. Sie haben Übung im Umgang mit hübschen jungen Damen, was man von mir nicht behaupten kann. Allerdings werden Sie es diesmal schwer haben. Simon Jacobs konnten wir im Namen der beiden geschädigten Parteien, des Autors und des Verlages, eine schriftliche Garantie vorlegen. Der Anreiz fällt bei Jane Ogilvy weg. Selbst wenn wir uns ein ähnliches Dokument von Marjorie Lippins Erben und dem Verlag Nahm & Sohn verschaffen könnten, was ich nicht glaube, würde ich es nicht riskieren. Auf diese Leute ist ja kein Verlaß. Sie würden die ganze Geschichte wieder in alle Welt hinausposaunen.«

»Das leuchtet mir ohne weiteres ein. Aber da sehe ich doch ziemlich schwarz. Das Geld allein dürfte als Köder nicht genügen. Sie müssen bedenken, daß der Fall damals vor Gericht kam und daß das Mädchen einen Meineid auf dem Gewissen hat.«

Wolfe nickte. »Gewiß. Aber sie ist doch offenbar reichlich überspannt, und deshalb müssen Sie an ihr Gefühl appellieren. Vielleicht haben Sie damit Erfolg. Schildern Sie ihr die Situation in allen Einzelheiten. Setzen Sie ihr auseinander, woher wir wissen, daß ihre Schadenersatzklage gegen Marjorie Lippin auf Betreiben einer uns unbekannten Person erfolgte. Sagen Sie ihr, daß diese Person, nennen wir sie X, Simon Jacobs ermordete, um ihn am Reden zu hindern. Beschreiben Sie ihr die furchtbare Notlage der Witwe und der Kinder. Vielleicht können Sie sie mit der Witwe zusammenbringen. Könnten Sie sich ein Foto von der Leiche beschaffen?«

»Wahrscheinlich, über Lon Cohen.«

»Halten Sie's ihr vor die Nase. Besorgen Sie ein Bild, auf dem man das Gesicht des Toten sieht; das ist viel ergreifender als ein lebloses Bündel Kleider. Sollte es Ihnen wider Erwarten nicht gelingen, ihre Sympathie wachzurütteln, dann müssen Sie eben versuchen, ihr Furcht einzujagen: daß X noch einmal zuschlagen könnte und daß es deshalb heilsamer wäre, X ein für allemal das Handwerk zu legen. Ich glaube, es ist besser, wenn Sie das Mädchen nicht zu einem ausführlichen Geständnis bringen. Die Einzelheiten ihrer Verbindung zu X und des Betruges an Marjorie Lippin interessieren uns nicht. Damit machen Sie sie nur kopfscheu. Holen Sie den Namen von X aus ihr heraus. Dann haben wir alles, was wir brauchen. Dann ist X geliefert. Ich möchte hierzu Ihre Meinung hören.«

Ich warf einen Blick auf die Uhr über der Tür. Zehn Minuten nach neun. »Weiß der Kuckuck, wo Lon um diese Zeit steckt. Nach sieben Uhr ist das immer ein Problem. Und das Foto wäre eine Hilfe.«

»Sie glauben also, Archie, ein Versuch könnte nicht schaden?«

»Klar. Vielleicht haut er sogar hin. Und irgendwas müssen wir sowieso unternehmen. Es wäre witzlos, hier herumzusitzen und Daumen zu drehen.«

»Schön. Dann machen Sie sich am besten morgen so zeitig wie möglich auf den Weg.«

Ich zog das Telefon an mich heran und begann, Lon Cohen nachzujagen.

11

Am Donnerstag morgen um Viertel vor zehn parkte ich den Heron Sedan vor der Villa in Riverdale, Heddon Place 78. Das war vielleicht nicht ›so zeitig wie möglich‹, aber mein Opfer sollte erst in Ruhe frühstücken. Außerdem konnte ich das bewußte Foto, von dem Wolfe sich soviel versprach, erst bekommen, nachdem Lon Cohen um neun in seinem Büro in der *Gazette* eingetrudelt war. Aber wie ich sehr bald herausfand, spielten zwei Stunden früher oder später sowieso keine Rolle mehr, weil Jane Ogilvy bereits seit über zwölf Stunden tot war.

Wenn es ein schöner, sonniger Morgen gewesen wäre, dann hätte ich schnell einen Blick auf die Terrasse geworfen, wo ich Jane bei meinem ersten Besuch entdeckt hatte. Aber es war wolkig und kühl. Ich begab mich daher durch den Vorgarten zur Haustür und klingelte. Eine stattliche Frau mit einem kräftigen, ungemein energischen Kinn, in einem grauen, schmucklosen Kleid mit schwarzen Knöpfen öffnete die Tür. Sie hatte Gardemaß und war zweifellos die Mutter, über deren erstickende Liebe Jane sich so beredt geäußert hatte.

»Guten Morgen«, sagte sie.

»Guten Morgen«, erwiderte ich. »Mein Name ist Archie Goodwin. Sind Sie Mrs. Ogilvy?«

»Ja.«

»Ich würde gern Ihre Tochter sprechen, Mrs. Ogilvy.«

»Kennt sie Sie?«

»Wir sind einander schon begegnet. Aber mein Name dürfte ihr kein Begriff sein.«

»Sie ist in ihrer Klause.«

Du meine Güte, dachte ich. Was ist das? »Klause?« wiederholte ich laut.

»Ja. Wahrscheinlich schläft sie noch. Gehen Sie links um das Haus herum, und nehmen Sie von der Terrasse aus den Pfad durch die Beerensträucher.« Sie trat zurück und schloß die Tür.

Ich befolgte die Anweisungen und stieß vor der verlassenen Terrasse auf den Kiespfad, über dem das übermannshohe Gebüsch wie ein Dach zusammenschlug. Der Weg mündete nach einigen Windungen in eine Art Lichtung, und dort erblickte ich unter zwei riesigen Ahornbäumen die Klause – ein flaches Häuschen aus grauem Stein mit schrägem Dach und je einem Fenster zu beiden Seiten der Tür. Hinter den Fenstern prangten weiße Mullgardinen. Eine Klingel war nicht vorhanden. Ich benutzte den Türklopfer in Form einer Blüte mit einem roten Stein in der Mitte. Als sich nichts rührte, klopfte ich noch einmal, wartete zwanzig Sekunden, drückte auf die Klinke und stellte fest, daß die Tür unverschlossen war. Ich öffnete sie einen

Spalt breit und rief: »Miss Ogilvy!« Keine Antwort. Ich stieß die Tür vollends auf und trat ein.

Es war eine sehr hübsche, behagliche Klause, und sie enthielt wahrscheinlich eine Menge sehenswerter Dinge, aber meine Aufmerksamkeit konzentrierte sich von Anfang an auf die Bewohnerin. Sie lag auf dem Boden vor einer außergewöhnlich breiten Couch und war mit einem blauen Gewand bekleidet, das ich schlicht als Kittel bezeichnen würde, das sie jedoch sicher ihre Kutte genannt hatte. Eines ihrer Beine war ein wenig angewinkelt, das andere lag ausgestreckt. Ich ging auf sie zu, bückte mich, faßte ihre Hand und stellte fest, daß der Arm völlig steif war. Ich griff nach einem Fuß. Auch das Bein war steif. Der Tod war vor mindestens sechs Stunden eingetreten, wenn nicht sogar schon viel früher.

Auf dem Kittel, in Höhe des Herzens, befand sich ein nicht sehr großer, dunkelroter Fleck. Ich streckte schon die Hand aus, um den Reißverschluß aufzuziehen und einen Blick auf die Wunde zu werfen, ließ es aber doch lieber bleiben. Das war Sache des Polizeiarztes. Ich richtete mich auf und sah mich um. Nicht das geringste Anzeichen eines Kampfes – keine aufgerissenen Schubladen, keine Scherben, keine umgefallenen Stühle. Alles war, wie es sein sollte – bis auf die Tote.

Ich sagte laut und mit Gefühl: »Dieser verdammte Schuft!«

Auf einem Tischchen an der Wand stand ein Telefon. Ich wikkelte mir das Taschentuch um die Hand, hob den Hörer ab und hielt ihn ans Ohr. Das Freizeichen ertönte. Es war natürlich möglich, daß es sich um einen Nebenanschluß handelte, aber das mußte ich eben riskieren. Übrigens war im Telefonbuch unter dem Namen Ogilvy eine andere Nummer angeführt. Ich wählte. Als Fritz sich meldete, bat ich ihn, mich unverzüglich mit Wolfe zu verbinden.

Nach einer kurzen Pause kam Wolfes Stimme. Sie klang unwirsch. »Ja, was ist?«

Ich entschuldigte mich. »Tut mir leid, Sir, daß ich Sie ausgerechnet immer störe, wenn Sie mit Ihren Orchideen allein sein wollen, aber es ist schon wieder was passiert. Ich befinde mich in einem Häuschen im hinteren Teil des Ogilvyschen Grundstücks.

Jane nannte es ihre Klause. Ihre Leiche liegt auf dem Fußboden. Sie wurde erstochen, und zwar schon vor mindestens sechs Stunden, wenn nicht noch früher. Ich bin allein hier. Ihre Mutter glaubt, sie schliefe noch. Ich habe nichts berührt außer dem Klopfer und der Türklinke, und falls Sie mich gleich zu Hause brauchen, steht dem nichts im Wege. Dann habe ich eben nur ein paarmal geklopft und bin unverrichteterdinge wieder abgehauen. Ich kann schnell bei Mrs. Ogilvy vorbeigehen und ihr das sagen.«

»Wären Sie doch nur schon gestern abend hinausgefahren!«

»Tja ... Sie wurde vermutlich zu dem Zeitpunkt getötet, als ich begann, Lon Cohen zu suchen. Wenn ich ins Büro kommen soll, muß ich mich hier so schnell wie möglich aus dem Staub machen.«

»Was wollen Sie denn im Büro, zum Kuckuck noch mal? Können Sie mir vielleicht sagen, woher ich neue Instruktionen nehmen soll?«

»Ich dachte nur, Sie würden sich vielleicht ganz gern mit mir unterhalten.«

»Pfui, Archie! Das hilft uns auch nicht weiter.«

»Ich soll also bleiben?«

»Ja.«

Ich knallte den Hörer auf die Gabel, dachte eine halbe Minute lang nach, verließ die Klause, zog die Tür hinter mir zu, wischte die Klinke ab und ging den Pfad zurück, um das Haus herum bis zur Vordertür und klingelte. Wieder erschien die Mutter. Ihre Miene umwölkte sich, als sie mich sah.

»Entschuldigen Sie, daß ich Sie noch einmal bemühen muß, aber ich dachte, ich müßte es Ihnen sagen. Miss Ogilvy scheint nicht da zu sein. Ich klopfte ein paarmal ziemlich laut, aber sie meldete sich nicht.«

Mrs. Ogilvy war die Ruhe selbst. »Aber sie muß drüben sein. Sie ist noch nicht zum Frühstück erschienen.«

»Das ist doch seltsam. Ich habe wirklich ziemlichen Lärm gemacht.«

»Dann ist sie eben weggefahren. Ihr Wagen steht immer auf dem Weg hinter der Klause.«

»Ohne zu frühstücken?«

»Warum nicht? Sie hat's zwar noch nie getan, aber möglich wäre es trotzdem.«

Ich riskierte es. Es war nicht anzunehmen, daß X sich Janes Auto unter den Nagel gerissen hatte. »Was für einen Wagen fährt sie denn?«

»Einen Jaguar.«

»Der ist noch da. Ich hab' mich draußen ein bißchen umgesehen, und da fiel er mir auf. Ich glaube, Sie sollten doch lieber mal 'rübergehen, Mrs. Ogilvy. Sie kann ja einen Herzklaps gehabt haben oder so was.«

»Unsinn. Ihr Herz ist kerngesund. Außerdem gehe ich grundsätzlich nicht zur Klause hinüber.« Sie preßte die Lippen aufeinander und überlegte. »Aber vielleicht sollte ich doch... Na schön. Kommen Sie mit.«

Sie schlug die Haustür zu, und ich trat beiseite. Sie eilte im Geschwindschritt los bis zur Terrasse und den Pfad entlang. Als wir vor der Klause anlangten, wollte sie nach der Klinke greifen, besann sich jedoch anders und packte statt dessen den Klopfer. Sie klopfte dreimal kurz hintereinander, warf mir über ihre Schulter einen fragenden Blick zu, drückte die Klinke hinunter, öffnete die Tür und trat ein. Nach drei Schritten blieb sie unvermittelt stehen und starrte auf den leblosen Körper ihrer Tochter. Ich murmelte etwas vor mich hin, ging an ihr vorbei, kauerte mich neben die Tote und berührte ihren rechten Arm. Dann machte ich den Reißverschluß auf, schlug den Kittel auf der Brust zurück und besah mir die Bescherung.

Langsam erhob ich mich wieder. Die Mutter hatte sich nicht gerührt, nur ihr Mund bewegte sich, aber sie brachte keinen Ton heraus. »Sie ist tot«, sagte ich. »In die Brust gestochen. Es muß schon vor ein paar Stunden passiert sein.«

»Sie hat sich also umgebracht?«

»Nein. Nicht sie, es war jemand anderes. Es ist keine Waffe hier.«

»Vielleicht liegt sie unter ihrem Körper. Oder irgendwo im Zimmer.«

»Nein. Wenn sie's selbst getan und das Messer danach wieder

herausgezogen hätte, wäre viel mehr Blut zu sehen. Die Waffe wurde erst aus der Wunde gezogen, nachdem ihr Herz aufgehört hatte zu schlagen.«

»Sie wissen ja eine Menge darüber ...«

»Ich weiß nur das. Wollen Sie die Polizei anrufen, oder soll ich es tun?«

»Jane hat Selbstmord begangen.«

»Nein«, wiederholte ich geduldig.

»Wer sind Sie überhaupt.«

»Ich heiße Archie Goodwin und bin Privatdetektiv. Ich habe einige Erfahrung in solchen Sachen, Mrs. Ogilvy. Jane hat sich bestimmt nicht selbst umgebracht.«

»Wollen Sie damit sagen, daß sie ermordet worden ist?«

»Ja.«

»Sind Sie dessen sicher?«

»Ja.«

»Gott sei Dank!« Mrs. Ogilvy sah sich suchend um, entdeckte einen Stuhl und setzte sich. Sie sank jäh in sich zusammen, raffte sich dann jedoch sehr schnell wieder auf. »Dann müssen Sie die Polizei benachrichtigen.« Die Frau hatte wirklich eine eiserne Selbstbeherrschung.

»Sofort, aber es wäre vielleicht ganz gut, wenn ich dem Beamten über das Telefon ein paar Einzelheiten mitteilen könnte. Würden Sie mir einige Fragen beantworten?«

»Das kommt drauf an.«

»Wann haben Sie Ihre Tochter zum letztenmal gesehen?«

»Gestern abend nach dem Essen, bevor sie hier herüberging.«

»Wie spät war es ungefähr?«

»Gegen halb neun – vielleicht auch etwas später.«

»War jemand bei ihr?«

»Nein.«

»Hat sie immer hier geschlafen?«

»Nicht immer, aber ziemlich oft. Drüben im Haus hatte sie auch ein eigenes Zimmer.«

»Waren Gäste zum Dinner da?«

»Nein. Nur mein Mann und ich und sie.«

»Erwartete sie Besuch?«

»Nicht, daß ich wüßte. Aber sie hätte es mir wahrscheinlich sowieso nicht erzählt.«

»Sie wissen auch nicht, ob sie gestern angerufen wurde oder einen Brief bekam?«

»Nein. Solche Sachen sagte sie mir nie.«

»Fragte jemand nach ihr, als sie die Villa nach dem Dinner verlassen hatte?«

»Nein. Aber es könnte jemand sehr gut hierhergekommen sein, ohne daß wir eine Ahnung davon hatten.«

»Genau das ist auch geschehen. Ich frage mich nur, wie? Kann man von hinten an das Grundstück heranfahren? Auf dem Weg vielleicht?«

»Ja. Er ist zwar eigentlich nur für die Anlieger geöffnet, aber darum kümmert sich kein Mensch. Ich habe Ihren Namen vergessen. Wie heißen Sie?«

»Goodwin, Archie Goodwin. Haben Sie gestern abend auf dem Weg einen Wagen gehört? Einen Wagen, der bremste oder anfuhr?«

»Nein.« Sie stand plötzlich auf. »Ich rufe jetzt meinen Mann an. Es ist besser, wenn er da ist. Wann wird die Polizei kommen?«

»In zehn Minuten, vielleicht auch eher. Haben Sie eine Ahnung, wer Ihre Tochter getötet haben könnte? Irgendeinen Verdacht?«

»Nein.« Sie machte kehrt und ging hinaus.

Ich trat ans Telefon, benutzte wieder mein Taschentuch als Schutz gegen Fingerabdrücke, hob den Hörer ab und wählte.

12

Mein Lunch bestand an diesem Tage aus zwei Buletten und einem Glas Milch, und beides verdrückte ich im Büro des stellvertretenden Distriktsanwalts von Bronx, eines Beamten namens Halloran, dem ich vorher noch nie begegnet war. Mein Dinner, falls man zwei Sandwiches mit Corned beef und lauwarmem

Kaffee in einem Pappbecher überhaupt als Dinner bezeichnen kann, verzehrte ich im Büro der Staatsanwaltschaft von New York unter den Augen eines stellvertretenden Distriktsanwalts namens Mandelbaum, der mir von verschiedenen Zusammenstößen her gut bekannt ist. Als ich schließlich wieder in den heimatlichen Gefilden aufkreuzte, ging es stark auf zehn Uhr zu. Fritz erbot sich, den Lammbraten für mich anzuwärmen. Aber ich war zu müde zum Essen und erklärte, ich würde mir später vielleicht eine Scheibe kalten Braten oder ein paar Sandwiches zu Gemüte führen.

Es war beinahe elf, als ich mit meinem Bericht für Wolfe zu Ende war. An sich konnte ich ihm nicht viel Neues erzählen, aber in seiner Verzweiflung klammerte er sich an jedes Wort. Mein Gespräch mit Mrs. Ogilvy ließ er sich ganze dreimal wiederholen, was sonst nicht seine Art ist, und meine Unterhaltung mit Halloran, der noch weniger von dem Fall wußte als ich, und mit Mandelbaum, der auch keine Ahnung hatte, wollte er wortwörtlich hören. Er war so verzagt, daß er sich mit dem gebrechlichsten Strohhalm begnügt hätte, aber nicht einmal den konnte ich ihm bieten. Als ihm schließlich keine Frage mehr einfiel, erkundigte er sich bei mir, was ich von alledem hielte.

Ich schüttelte den Kopf. »Das einzige, womit ich Ihnen dienen kann, sind Vermutungen, und zwar verdammt unerfreuliche. Für meine Begriffe können wir unsere Nachforschungen ebensogut abblasen, denn der Kerl ist uns anscheinend haushoch überlegen. Ich wette, er hat nicht den geringsten Anhaltspunkt für die Polizei zurückgelassen, und außerdem ist er so verdammt fix, daß er uns immer um eine Nasenlänge voraus ist. Wenn wir nicht aufpassen, wird er uns auch bei Alice Porter zuvorkommen. Der Abwechslung halber würde ich sein nächstes Opfer ganz gern auffinden, bevor die Leichenstarre eingetreten ist.«

Wolfe grunzte. »Ich habe an Alice Porter gedacht.«

»Gut. Dann wird sie vermutlich noch warm sein.«

»Ich habe auch schon die entsprechenden Vorkehrungen getroffen. Sie wird bewacht. Ich habe Saul und Fred und Orrie sowie Miss Bonner und deren Assistentin Miss Corbett damit beauftragt.«

Erstaunt zog ich die Brauen hoch. »Was Sie nicht sagen! Seit wann?«

»Seit heute vormittag. Orrie ist jetzt dort. Er hält sich unweit des Hauses verborgen, aber so, daß er es beobachten kann. Sein Wagen steht in der Nähe in einem Versteck. Miss Corbett wartet mit einem Mietwagen an der Straßenkreuzung. Saul wird Orrie um Mitternacht ablösen. Auch Miss Corbett wird zu diesem Zeitpunkt ihren Posten verlassen. Von acht Uhr morgens an werden Fred und Miss Bonner die Wache übernehmen. Miss Corbett rief gegen halb acht an und sagte, Alice Porter wäre daheim und hätte keine Besucher empfangen.«

Meine Brauen waren noch immer hochgezogen. »Donnerwetter! Sie haben sich ja mächtig ins Zeug gelegt. Unter diesen Umständen werden Oshins zehntausend Piepen nicht lange vorhalten. Ich will nicht behaupten, daß das alles für die Katz ist, aber Sie haben anscheinend vergessen, daß Alice Porter von den vieren bei weitem der härteste Brocken ist und daß sie auf meinen Vorfühlversuch überhaupt nicht reagierte. Ich glaube nicht, daß sie für ein Geschäft zu haben ist.«

Wolfe nickte. »Mag sein. Aber X weiß das nicht. Für ihn bedeutet sie in jedem Fall eine potentielle Gefahr, denn nun handelt es sich nicht mehr nur um Betrug und Erpressung, sondern um Mord. Und Alice Porter müßte eine Idiotin sein, wenn sie die Zusammenhänge inzwischen nicht begriffen hätte. X ist offenbar fest entschlossen, seine Haut so teuer wie möglich zu verkaufen, und deshalb sehe ich nicht ein, warum er Alice Porter verschonen sollte. Ich habe Saul, Fred, Orrie, Miss Bonner und Miss Corbett sehr genaue Instruktionen erteilt. Jeder, der sich Miss Porters Haus nähert, ist verdächtig. Wir müssen X abfangen, bevor er zuschlägt. Der Haken dabei ist nur, daß man einem Besucher nicht von außen ansieht, ob er Mordabsichten hat.«

»Tja ...« Ich dachte darüber nach. »Wenn man nicht gerade ein Hellseher ist! Und Fred und Orrie sind bestimmt keine. Da hocken sie nun in ihrem Versteck und beobachten, wie jemand am hellichten Tage vor dem Hause vorfährt und hineingeht. Um das Haus gibt es im Umkreis von hundert Metern keine vernünftige Deckung. Folglich müssen sie abwarten, bis der Besuch wieder abhaut und Alice Porter die Güte hat, sich an der Tür oder am Fenster zu zeigen. Oder sie können danach bei ihr anrufen und hoffen, daß sie sich meldet. War X der Besuch, dann ist sie geliefert. Immerhin hätten wir ihn dann festgenagelt, das stimmt.«

Er grunzte. »Fällt Ihnen vielleicht etwas Besseres ein?«

»Nein, Sir. Ich hab' nur laut gedacht, das ist alles. Und wie steht's mit Kenneth Rennert? Er ist schließlich genauso gefährdet wie Alice Porter, oder etwa nicht?«

»Das bezweifle ich. Rennert weiß vielleicht nicht einmal, wer X ist. Er hat ihn möglicherweise nur imitiert. Wir haben sein Exposé nicht gesehen und besitzen nicht die geringste Handhabe gegen ihn.«

»Okay.« Ich warf einen Blick auf die Uhr. Dreiundzwanzig Minuten nach elf. »Saul wird sich vermutlich melden, bevor er Orrie um Mitternacht ablöst. Und Orrie wird danach anrufen.«

»Ja.«

»Schön, dann bleibe ich so lange auf. Haben Sie sonst was für mich? Vielleicht ein Programm für morgen?«

»Nein.«

»Dann mache ich Ihnen einen Vorschlag. Ich bin nicht gerade begeistert davon, aber bitte, da ist er: Gegenüber von Rennerts Wohnung befindet sich eine Schneiderei mit einem hübschen, blankgeputzten Fenster. Für fünf Dollar täglich läßt es mich der Eigentümer bestimmt als Ausguckposten benutzen, und vielleicht spendiert er mir sogar noch einen Stuhl dazu. Sobald es dunkel wird, könnte ich auf die andere Straßenseite hinüberwechseln. Mein Personengedächtnis ist fast so gut wie das von Saul. Wenn Rennerts Leiche entdeckt wird und die Tatzeit einigermaßen feststeht, könnte ich die Leute, die ins Haus gegangen sind, identifizieren. Falls etwa ein Bekannter darunter war, zum Beispiel ein Mitglied des Komitees, könnte ich ihn sogar namentlich angeben. Wenn es Ihnen recht ist, beginne ich gleich damit. Ich reiße mich nicht gerade um diese Art Arbeit, aber die beiden Leichen, über die ich bis jetzt gestolpert bin, reichen mir.«

Wolfe schüttelte den Kopf. »Das kommt aus zwei Gründen

nicht in Frage. Erstens brauchen Sie Ihren Schlaf, und zweitens hält sich Rennert gar nicht in seiner Wohnung auf. Er ist verreist. Ich glaube zwar nicht, daß er an dem Komplott beteiligt ist, aber ich habe mich vorsichtshalber nach ihm erkundigt. Da er telefonisch nicht zu erreichen war, schickte ich Saul heute nachmittag um drei in seine Wohnung. Als sich auf sein Klingeln hin niemand meldete, fragte Saul den Hausmeister, wann er Rennert zum letztenmal gesehen hätte. Der Mann gab an, gestern abend hätte Rennert ihm mitgeteilt, er würde das Wochenende auf dem Lande verbringen, und zwar wollte er heute früh losfahren und am Montag zurückkommen. Sein Ziel nannte er allerdings nicht.«

»Schade. Wenn wir wüßten, wo er steckt, könnten wir ihn anrufen und warnen. Es wäre nett, seine Stimme zu hören.«

»Ja.«

»Ich könnte mich ja zeitig morgen früh auf die Suche nach ihm machen. Wir kennen so ziemlich alle Leute, bei denen er sich Geld gepumpt hat, und vermutlich hat er sich bei einem von diesen gutmütigen Schafen einquartiert.«

Aber Wolfe legte ein entschiedenes Veto ein. Er könnte mich nicht entbehren. Ich müßte jederzeit startbereit sein, falls Saul oder Orrie, Fred, Dol Bonner oder Sally Corbett Alarm schlügen. Außerdem hätte Philip Harvey zweimal und Cora Ballard einmal angerufen, um sich zu erkundigen, ob er am Montag an einer Sitzung des Verbandes teilnehmen würde, und er hätte diese andauernden Belästigungen nachgerade satt. Dann sagte er mir gute Nacht und begab sich zu Bett. Um elf Uhr zweiundvierzig teilte mir Saul aus einer Telefonzelle in Carmel mit, daß er im Begriff wäre, Orrie abzulösen, und fünfundzwanzig Minuten später meldete sich Orrie und berichtete, im Haus von Alice Porter wäre kurz vor elf das Licht erloschen. Vermutlich läge sie friedlich im Bett. Ich sagte ihm, er sollte sich schleunigst in sein eigenes Bett verfrachten, legte auf und verzog mich auf schnellstem Wege in meines.

Am Freitag morgen fuhr ich gerade in meine Hosen, als Fred Durkin telefonisch ankündigte, er und Dol Bonner wären im Begriff, ihre jeweiligen Beobachtungsposten zu beziehen. Von diesem Augenblick an läutete das Telefon am laufenden Band.

Ich saß in der Küche beim Frühstück und strich heißen Ahornsirup auf eine Waffel, als mich Saul hochjagte, der gerade abgelöst worden war. Er sagte, bis jetzt wäre Alice Porter noch am Leben. Sie hätte schon um acht Uhr morgens in ihrem Gemüsegarten Unkraut gejätet. Eine halbe Stunde später hockte ich hinter meinem Schreibtisch und überlas meine Aussage, die ich vor Mandelbaum und dem anderen stellvertretenden Distriktsanwalt gemacht hatte, als Cora Ballard anrief, um sich zu erkundigen, ob Wolfe zu der Sitzung kommen würde. Sie fände am Montag um halb eins im Clover-Club statt. Wolfe könnte aber ruhig erst nach dem Lunch, so gegen zwei Uhr oder auch halb drei, eintreffen. Ich erinnerte sie daran, daß Wolfe selten das Haus verließe und in Geschäften nie. Sie antwortete, das wüßte sie, aber diesmal müßte er eine Ausnahme machen; die Sache wäre äußerst wichtig. Ich erwiderte, so wichtig könnte sie gar nicht sein, sonst hätte man die Sitzung doch schon eher anberaumt, worauf sie mir auseinandersetzte, es gäbe nichts Schwierigeres, als Autoren und Dramatiker auf einen bestimmten Tag festzulegen, und früher als Montag ginge es nicht. Dann fragte sie, ob sie Wolfe sprechen könnte. Ich sagte, nein, leider nicht; außerdem wäre ein persönliches Gespräch mit ihm sowieso zwecklos. Am Ende würde er doch mich als seinen Stellvertrter zu der Sitzung schicken. Sie sollte es mich wissen lassen, ob ich den Herrschaften genehm wäre oder nicht.

Ich legte auf und schnappte nach Luft. Mit diesem Komitee hatten wir uns etwas Schönes auf den Hals geladen. Ich legte den Durchschlag meiner Aussage in dem Schnellhefter mit der Aufschrift ›Plagiat‹ ab, als Inspektor Cramer anrief und mir lakonisch mitteilte, er würde gegen Viertel nach elf für ein paar Minuten bei uns vorbeikommen. Ich sagte ihm, wir würden ihn erwarten. Dann schaltete ich das Radio ein und hörte mir die Zehn-Uhr-Nachrichten an. Im Laufe der letzten zwei Stunden hatten so ziemlich alle Leute angerufen, die irgend etwas mit dem Fall zu tun hatten, und deshalb gab ich mich der Hoffnung hin, daß ich nun, wenigstens für eine Weile, ungestört bleiben würde. Aber Fehlanzeige. Gleich darauf läutete das Telefon schon wieder. Diesmal war es Lon Cohen, und er gab mir beinahe den Rest.

Er sagte, sie hätten fünf verschiedene Fotos von mir vorrätig, die alle ziemlich mies wären. Aber sie würden das beste 'raussuchen, falls ich in meiner Eigenschaft als Entdecker von Jane Ogilvys Leiche noch ein paar interessante Details beisteuern würde. Könnte ich ihm zum Beispiel die Frage beantworten, warum zwei Leute, die beide hohe Entschädigungssummen in Plagiatprozessen einkassiert hätten, innerhalb von achtundvierzig Stunden ermordet worden waren? Ich erwiderte, das wäre reiner Zufall, worauf er sich empört erkundigte, ob ich ihn für dumm verkaufen wollte; er wäre ja kein Idiot. Schließlich sagte ich ihm, ich würde den Distriktsanwalt fragen und ihn dann wieder anrufen.

Der vorletzte Anrufer an diesem Vormittag war Jerome Tabb, Präsident des Verbandes amerikanischer Autoren und Dramatiker. Ich hatte eins seiner Bücher gelesen, Wolfe sogar vier, und alle vier standen noch immer im Bücherregal, und keins davon war mit Eselsohren dekoriert. Sie gehörten samt und sonders zur Gruppe A, und Tabb selbst war, sogar für Wolfes hochgeschraubte Ansprüche, ein ganz Prominenter. Wolfe hätte sich sicher liebend gern mit ihm unterhalten, da ich ihn jedoch nur im äußersten Notfall bei seinen Orchideen auf dem Dach anrufen sollte, richtete ich mich diesmal gewissenhaft nach der Hausordnung. Tabb hatte eben mit Cora Ballard gesprochen und wollte Wolfe doch noch einmal ans Herz legen, wie wichtig die Sitzung am Montag sei und daß sie auf seine Anwesenheit um keinen Preis verzichten könnten. Er führe über das Wochenende weg, und ob ich Mr. Wolfe bitte ausrichten würde, daß der Verband ihm sehr dankbar wäre, wenn er sich doch noch zum Kommen entschlösse.

Als Wolfe um elf im Büro auftauchte, erstattete ich ihm Bericht, und zwar in chronologischer Reihenfolge, so daß Tabb am Schluß kam. Als ich fertig war, saß er da und funkelte mich wütend an. Aber er sagte kein Wort. Er wußte, daß ich wußte, daß er gern mit Jerome Tabb gesprochen hätte. Andererseits konnte er mir die Hausordnung nicht zum Vorwurf machen, denn die stammte nicht von mir, sondern von ihm. Folglich machte er sich auf einem Umweg Luft, warf mir einen letzten niederschmetternden Blick zu und knurrte: »Sie hätten Miss Ballard und Mr. Tabb nicht so entschieden abzuweisen brauchen. Vielleicht entschließe ich mich doch noch, zu dieser Sitzung zu gehen.« Einfach lachhaft! Mir lag die richtige, gesalzene Antwort bereits auf der Zunge, aber ich mußte sie wieder hinunterschlucken, weil die Türklingel läutete.

Es war Inspektor Cramer. Als ich ihn hereinließ, begab er sich grußlos an mir vorbei ins Büro. Ich schloß die Tür und ging hinter ihm her. Wolfe begrüßte ihn und bot ihm seinen Stammplatz, den roten Ledersessel, an. Aber Cramer blieb stehen.

»Ich komme nur für eine Minute vorbei«, erklärte er. »Ihre Theorie trifft also zu.«

Wolfe grunzte. »Meine und Ihre Theorie.«

»Tja. Zu schade, daß das Mädchen sterben mußte. Jetzt haben wir den Beweis, aber auf Kosten eines Menschenlebens.« Er machte eine Kunstpause.

Wolfe fragte: »Wollen Sie sich nicht doch setzen? Ich hab's nicht gern, wenn ich zu meinen Gesprächspartnern aufsehen muß, das wissen Sie ganz genau.«

»Ich kann mich nicht lange aufhalten. Der Ogilvy-Mord gehört an sich zum Bezirk Bronx, aber da er offensichtlich mit dem Fall Jacobs zusammenhängt, habe ich ihn übernommen. Sie können mir einen Haufen Zeit und Mühe ersparen, wenn Sie mir ohne viel Umschweife verraten, wie vielen Leuten Sie Ihren Plan auf die Nase gebunden haben, daß Sie Jane Ogilvy unter Druck setzen wollten. Ich kann mich natürlich auch an die Mitglieder des Komitees und noch mindestens fünfzig weitere Personen wenden, aber es ist einfacher, wenn ich Sie direkt frage: Also, wem haben Sie's gesagt?«

»Mr. Goodwin hat diese Frage bereits ausführlich beantwortet, und zwar dem Distriktsanwalt von Bronx und dem von New York.«

»Ich weiß, aber ich schlucke seine Antwort nicht. Meiner Meinung nach haben Sie wieder einen Bock geschossen. Sie haben denselben Leuten, die schon über den ersten Plan im Bilde waren, ausposaunt, daß Sie's noch mal mit Jane Ogilvy probieren wollen. Dann haben Sie Panzer oder Durkin oder Cather oder zwei von diesen Brüdern nach Riverdale geschickt, um das Mädchen zu beobachten. Aber die zwei Schlafmützen haben irgendwas versiebt. Sie wußten vielleicht nichts von dem Fahrweg auf der Rückseite des Grundstücks oder von der sogenannten Klause, was weiß ich. Ich möchte jetzt von Ihnen wissen, wem Sie von Ihrem Plan erzählten und warum. Wenn Sie mir's nicht sagen, werd' ich's woanders erfahren. Aber wenn wir den Fall aufgeklärt haben und feststellen, daß der Mörder durch Sie oder Goodwin von der Sache Wind bekam, dann können Sie was erleben! Dann ziehe ich Ihnen das Fell bei lebendigem Leibe über die Ohren! Also rücken Sie nun mit der Sprache heraus oder nicht?«

»Moment mal.« Wolfe wedelte Cramer mit seinem dicken Zeigefinger vor dem Gesicht herum. »Zuerst möchte ich Sie daran erinnern, daß Sie mir die Schriftstücke bis heute abend um sieben Uhr zurückbringen müssen. Sie haben das doch hoffentlich nicht vergessen?«

»Nein. Die bekommen Sie.«

»Gut. Was nun Ihre Frage angeht, so nehme ich sie Ihnen nicht übel. Ich habe im Fall Jacobs so kläglich versagt, daß es kein Wunder ist, wenn Sie mir im Fall Jane Ogilvy einen ähnlichen oder noch gröberen Schnitzer zutrauen. Wenn Ihr Verdacht berechtigt wäre, würde ich meinen Fehler eingestehen, mich von dem Fall zurückziehen und mein Büro für immer und alle Zeiten schließen. So kann ich nur wiederholen, was Mr. Goodwin bereits vor dem Distriktsanwalt ausgesagt hat. Außer uns beiden, Mr. Goodwin und mir, wußte niemand von unserem Vorhaben.«

»Unsinn. Sie wollen es mir also nicht sagen.«

»So nehmen Sie doch Vernunft an, Inspektor Cramer. Mr. Goodwin hat ...«

»Gehen Sie zur Hölle!« Cramer machte kehrt und stürzte grußlos hinaus. Ich wollte ihm nicht vor die Füße geraten und hielt mich bescheiden zurück. Als die Haustür hinter ihm zuknallte, warf ich einen Blick in die Halle, um mich zu überzeugen, daß er endgültig fort war. Kaum saß ich wieder hinter meinem Schreibtisch, läutete das Telefon. Es war Mortimer

Oshin. Er wollte wissen, ob Philip Harvey Wolfe etwa mitgeteilt hätte, daß das Komitee die Beziehungen zu unserem Büro lösen wollte. Ich erwiderte, nein, offenbar sollte dieses Thema bei dem Verbandstreffen am Montag zur Sprache kommen. Er sagte, in diesem Falle hätte er nämlich die Absicht, Wolfe privat zu engagieren, und ich antwortete, es wäre angenehm, das zu wissen.

Wolfe verlor kein Wort über Cramers ungehobeltes Betragen. Ich mußte meinen Stenogrammblock hervorholen, und dann diktierte er mir am laufenden Band Briefe. Einer ging an einen Burschen in Chikago, der Wolfe für das jährliche Bankett der Privatdetektive des Mittelwestens als Redner haben wollte. Wolfe lehnte die Einladung höflich ab. Der zweite war für eine Frau aus Nebraska bestimmt, die sich bei ihm erkundigt hatte, ob die Leber eines gemästeten Kapauns eine ebenso gute Pastete abgäbe wie Gänseleber. Und so weiter, und so fort. Ich pflichtete ihm im Prinzip darin bei, daß kein Brief unbeantwortet bleiben sollte, aber schließlich hat alles seine Grenzen. Er macht es sich natürlich leicht. Wenn es ihm zuviel wird, lädt er den Briefkram einfach auf mich ab, und ich kann mir die Antworten dann aus den Fingern saugen. Wir waren gerade bei einem Brief an einen Mann aus Atlanta, dem seine Tochter vor einem Monat nach New York ausgekniffen war. Sie hatte in der ganzen Zeit nichts von sich hören lassen, und Wolfe sollte sie suchen. Aber Wolfe war nicht dafür zu haben. In diesem Moment tauchte Fritz auf und kündigte den Lunch an. Ich atmete erlöst auf. Als wir die Halle durchquerten, läutete das Telefon, und ich ging zurück. Es war Fred Durkin.

»Ich bin in Carmel.« Wie gewöhnlich hielt er den Mund zu dicht an den Hörer. Er ist ein guter Spürhund, aber er hat seine kleinen Schwächen. »Alice Porter hat ihr Haus um zwölf Uhr zweiundvierzig verlassen und ist mit ihrem Wagen weggefahren. Ich mußte warten, bis sie außer Sicht war, bevor ich ihr folgen konnte. Natürlich war sie mir inzwischen durch die Lappen gegangen. Aber Dol Bonners Wagen stand nicht mehr an der verabredeten Stelle. Sie ist ihr also nachgefahren. Soll ich versuchen, ihre Spur wiederzufinden?«

»Nein. Fahr zu deinem Versteck zurück und geh in Deckung.

Jemand könnte doch kommen und ihr vor dem Haus auflauern.«

»Es kann aber verdammt lange dauern, bis sie zurückkommt.«

»Tja, ich weiß. Die ersten zwei Wochen sind immer die schlimmsten. Studier die Natur. Davon gibt's 'ne ganze Menge.«

Ich ging ins Speisezimmer hinüber, setzte mich und teilte Wolfe die Neuigkeit mit. Er grunzte und griff nach seiner Serviette.

Eine Stunde und zehn Minuten später saßen wir wieder im Büro und beschäftigten uns mit der Post, als das Telefon erneut läutete. Ich klemmte mir den Hörer ans Ohr. »Hier ist Dol Bonner«, sagte eine sanfte Stimme. Ich gab Wolfe durch ein Zeichen zu verstehen, daß er sich einschalten sollte.

»Ja, Miss Bonner«, erwiderte ich. »Wo sind Sie eigentlich?«

»In einer Telefonzelle eines Drugstores. Um zwölf Uhr neunundvierzig fuhr Alice Porter an mir vorbei. Ich folgte ihr bis zum Taconic State Parkway. Am Hawthorne Circle bog sie in die Straße am Saw Mill River ein. Zweimal hätte ich sie beinahe aus den Augen verloren, aber zum Glück erwischte ich sie wieder. Sie fuhr den West Side Highway entlang bis zur 19. Straße, stellte ihren Wagen auf einem Parkplatz in der Christopher Street ab und ging fünf Wohnblocks weiter. Ich hab' hier einen Platz zum Parken gefunden.«

»Wo ist ›hier‹?«

»Ecke Arbor und Bailey Street. Sie lief bis zur Arbor Street Nummer 42, klingelte, wartete eine Minute und verschwand dann im Haus. Das war vor acht Minuten. Ich kann den Eingang von der Telefonzelle aus nicht sehen, deshalb . . .«

»Sagten Sie Nummer 42?«

»Ja.«

»Moment mal.« Ich drehte mich zu Wolfe um. »In der Arbor Street Nummer 42 wohnt Amy Wynn.«

»In der Tat? Hier ist Nero Wolfe, Miss Bonner. Können Sie den Eingang von der Stelle aus beobachten, wo Ihr Wagen geparkt ist?«

»Ja?«

»Dann gehen Sie am besten zu Ihrem Wagen zurück. Folgen Sie ihr, wenn sie wieder zum Vorschein kommt. Ich schicke Ihnen

Mr. Goodwin. Aber warten Sie nicht auf ihn. Wenn er Sie nicht mehr antrifft, kann man eben nichts mehr machen. In Ordnung?«

Wir legten auf und sahen uns an. »Unsinn«, knurrte Wolfe.

»Ja«, gab ich zu, »aber möglich wäre es trotzdem. Am Mittwoch haben Sie vor versammelter Mannschaft gesagt, daß sich der Betrüger auch unter den Komiteemitgliedern befinden könnte. An Amy Wynn habe ich dabei zwar nicht gedacht, aber möglich wäre es. Simon Jacobs war kein Athlet. Als er nichts ahnend neben ihr im Wagen saß, kann sie ihn ganz gut mit dem Messer erledigt haben. Bei Jane Ogilvy war es vermutlich noch leichter. Und für den Mord an Alice Porter hätte sie sogar zwei Motive – erstens den Betrug an Ellen Sturdevant und zweitens die Plagiatsbeschuldigung, die Alice Porter gegen sie selbst erhoben hat. Ich kann mir allerdings nicht vorstellen, daß sie sie ausgerechnet in ihrer eigenen Wohnung abmurkst – aber vielleicht ist sie so verzweifelt, daß ihr schon alles egal ist. Oder sie hat sich einen ganz besonders raffinierten Dreh ausgedacht, mit dem man eine Leiche spurlos von der Bildfläche entfernen kann. Ich könnte ja mal schnell bei ihr vorsprechen, unter dem Vorwand, ich liefe von einem Komiteemitglied zum anderen, um sie zu bitten, Sie nicht 'rauszuschmeißen. Wenn ich vielleicht auch nicht mehr zurechtkäme, um Alice Porter das Leben zu retten, so könnte ich doch wenigstens das Verschwinden ihrer Leiche verhindern.«

»Pfui.«

»Das sagen Sie! Aber ich möchte Cramer nicht hören, wenn er erfährt, daß Dol Bonner unten vor der Tür im Auto saß, während oben Alice Porter ihr Leben aushauchte. Der Witz, daß Sie Ihr Büro schließen und künftig in Sack und Asche einherwandeln wollten, dürfte sich in diesem Fall als . . .«

Das Läuten des Telefons unterbrach mich. Ich hob den Hörer ab. Es war Reuben Imhof. Er fragte nach Wolfe, und Wolfe griff nach seinem Hörer.

»Ich habe eine interessante Neuigkeit für Sie«, sagte Imhof. »Ich wurde eben von Amy Wynn angerufen. Alice Porter hat sich heute früh bei ihr gemeldet und ihren Besuch angekündigt. Wenn Miss Wynn mir eher davon erzählt hätte, hätte ich ihr vermutlich geraten, diese Person nicht zu empfangen. Aber jetzt ist es zu spät dazu. Alice Porter befindet sich augenblicklich in Miss Wynns Wohnung. Sie ist zu einem Vergleich bereit und verlangt zwanzigtausend Dollar. Miss Wynn wollte wissen, ob sie das Angebot annehmen soll. Ich riet ihr davon ab. Es sieht mir ganz danach aus, als hätten die beiden Morde dieser Person Angst eingejagt. Möglicherweise kennt sie den Mörder sogar. Sie will vermutlich möglichst schnell ihr Geld kassieren und dann verschwinden. Was denken Sie?«

»Daß Sie vielleicht sogar recht haben.«

»Ja, aber nach dem Gespräch mit Miss Wynn wurde ich plötzlich unsicher. Alice Porter würde sich wahrscheinlich sogar mit der Hälfte zufriedengeben, vielleicht mit noch weniger. Wenn Miss Wynn sich mit fünftausend Dollar loskaufen könnte, sollte sie das vielleicht tun. Sonst muß sie am Ende den zehnfachen Betrag berappen oder noch mehr. Wenn andererseits Sie oder die Polizei den Schuft erwischen, der hinter den Betrügereien steckt, dann braucht sie keinen Cent zu bezahlen. Soll ich Miss Wynn anrufen und ihr raten, den Vergleich zu schließen, falls sich Alice Porter mit zehntausend oder weniger begnügt?«

Wolfe grunzte. »Sie können nicht von mir erwarten, daß ich Ihnen diese Frage beantworte. Weder Miss Wynn noch Sie sind meine Klienten. Als Mitglied des Komitees könnten Sie mich lediglich fragen, ob ich den Betrüger und Mörder entlarven werde.«

»Na schön. Werden Sie ihn entlarven?«

»Ja. Früher oder später ist er geliefert.«

»Fein. Dann rufe ich Miss Wynn also nicht an.«

Wolfe legte auf und sah mich vielsagend an. Seine Mundwinkel verzogen sich zu einem schwachen Lächeln.

»Okay.« Ich stand auf. »Es war also eine Fehlspekulation. Aber es hätte ja möglich sein können. Soll ich Dol Bonner dabei helfen, Alice Porter bis Carmel auf den Fersen zu bleiben?«

»Nein.«

»Haben Sie irgendwelche Instruktionen für mich?«

»Nein.«

»Dann gehe ich und vertrete mir ein bißchen die Beine. Ich muß mich nämlich von der Enttäuschung etwas erholen.«

13

Zweiundvierzig Stunden später, am Sonntag morgen um neun Uhr, trank ich genießerisch den letzten Schluck Kaffee, bedankte mich bei Fritz für das erstklassige Frühstück, schlenderte ins Büro hinüber und räsonierte dabei laut vor mich hin: »Ein verdammt ödes Wochenende! Von Rechts wegen sollte ich jetzt irgendwo im Grünen in der Sonne schmoren! Zum Teufel mit Alice Porter!« Dabei hatte ich mehrere Einladungen in der Tasche – eine fürs Land, oder genauer gesagt, für Lily Rowans Sommerhaus, eine zweite für eine Segelpartie auf dem Sund und die dritte für eine Sportveranstaltung im Yankee-Stadion. Ich mußte sie leider alle ausfallen lassen und konnte mir die Zeit im Büro um die Ohren schlagen, wo es absolut nichts für mich zu tun gab. Vermutlich wäre ich gar nicht so früh aus den Federn gekrochen, wenn mich das Telefon nicht um zwanzig Minuten vor acht geweckt hätte. Der Störenfried war Fred, der eben im Begriff war, Saul auf seinem Posten abzulösen. Eine halbe Stunde danach rief Saul an und erzählte mir, Alice Porter schliefe am Sonntagmorgen länger als sonst, eine sensationelle Neuigkeit, die ich mit einem Gähnen quittierte. Am Freitag war sie, gefolgt von Dol Bonner, von der Arbor Street direkt nach Carmel zurückgekehrt, hatte in einem Selbstbedienungsladen ein paar Einkäufe getätigt und dann ihr Haus angesteuert.

Ich setzte mich an meinen Schreibtisch und begann mich durch die Sonntagsausgabe der *Times*, schätzungsweise ein halber Zentner bedrucktes Papier, durchzuarbeiten. Wolfe hatte sein eigenes Exemplar oben in seinem Zimmer. Aber nicht einmal der Sport vermochte mich auf die Dauer zu fesseln. Ich knurrte: »Verdammter Blödsinn!«, warf einen angewiderten Blick auf den Blätterwald und beförderte ihn mit einer Armbewegung auf den Boden. Als ich am Abend zuvor vor dem Fernsehapparat gehockt und einem Cowboy dabei zugesehen hatte, wie er sich die Stiefel auszog und mit den Zehen wackelte, hatte ich mir gesagt, daß es im Kittchen jedenfalls interessanter sein würde und daß ich es satt hätte, die Zeit mit solchem Stumpfsinn totzuschlagen. Jetzt sagte ich mir, daß dem leicht abzuhelfen wäre, wenn es mir mit dem Kittchen ernst war. Ich angelte nach dem Telefon, wählte Rennerts Nummer und wartete. Als sich nach vierzehn Rufzeichen noch immer niemand meldete, legte ich auf. Ich ging zum Schrank, suchte aus unserem reichhaltigen Sortiment die passenden Schlüssel heraus und schnappte mir ein Paar Gummihandschuhe. Bevor ich das Haus verließ, streckte ich den Kopf zur Küchentür hinein und sagte Fritz, ich ginge auf einen Sprung in die Stadt und wäre in etwa einer Stunde wieder zurück.

Zu Fuß brauchte ich nur zwanzig Minuten. Natürlich lag mir in Wirklichkeit nichts daran, hinter schwedischen Gardinen zu landen. Ich wollte lediglich einen Blick in Rennerts hübsches, geräumiges Zimmer werfen, ohne mich dabei vom Hausmeister oder sonst einem Hausbewohner erwischen zu lassen. Wolfe hätte mein Vorhaben sicherlich gebilligt, aber ich hielt es für besser, ihn nicht ins Vertrauen zu ziehen. Falls man mich in flagranti ertappte und wegen Hausfriedensbruchs vor den Kadi schleppte, konnte man Wolfe für mein Vergehen nicht verantwortlich machen, da ich ihn nicht eingeweiht hatte. Ich rechnete nicht mit irgendwelchen welterschütternden Entdeckungen, aber ich hoffte, wenigstens einen Beweis dafür zu finden, daß Rennert mit X unter einer Decke steckte. Auch wenn ich einen Beweis für das Gegenteil aufstöberte, würde uns das weiterhelfen.

Nachdem ich dreimal geklingelt hatte, mit kurzen Pausen dazwischen, und niemand auf mein Läuten reagierte, nahm ich das Schloß an der Haustür in Angriff. Auch beim Knacken von Schlössern könnte ich mich nicht als Experte qualifizieren, aber im Laufe der Jahre habe ich doch eine Menge Tricks aufgegabelt. Von meinem ersten Besuch her wußte ich, daß es sich bei beiden Türen um Hansen-Schlösser handelte.

Hansen ist ein erstklassiges Fabrikat, aber ich hatte es ja nicht eilig. Kam mir einer von den Hausbewohnern in die Quere, dann hatte ich eben aus Versehen den falschen Schlüssel erwischt. So etwas kann jedem passieren. Nach drei Minuten hatte ich es geschafft. Ich dirigierte den Fahrstuhl ins Erdgeschoß, stieg ein und fuhr zur vierten Etage hinauf. Die Wohnungstür machte mir mehr Arbeit, weil ich es zuerst mit demselben Schlüssel wie unten probierte. Aber nach einiger Mühe klickte das Schloß, ich schob die Tür leise einen Spalt weit auf und spitzte angestrengt die Ohren. Konnte so früh am Sonntagmorgen Rennert noch in den Federn liegen und schnarchen? Vielleicht hatte er das Telefon und die Hausklingel überhört. Ich wollte nicht riskieren, ihm plötzlich unangemeldet gegenüberzustehen. Ich wartete eine halbe Minute, und als sich nichts rührte, stieß ich die Tür ganz auf und trat ein.

Er lag auf der breiten Couch auf dem Rücken. Selbst aus acht Meter Entfernung vermochte ich zu erkennen, daß er nicht schlief. Sein Gesicht war so aufgedunsen, daß ihn niemand mehr für hübsch befunden hätte. Sein Morgenrock klaffte über der Brust auseinander, und aus seiner Brust ragte ein Messergriff. Ich betrachtete mir die Leiche aus der Nähe. Die Haut war grünlich verfärbt und fühlte sich gespannt und gummiartig an. Ich streifte die Gummihandschuhe über, zog ihm die Hausschuhe aus und bewegte die Zehen; sie waren schlaff und lappig. Ich beugte mich über sein Gesicht und schnüffelte. Er mußte seit mindestens zwei Tagen tot sein, wahrscheinlich aber schon seit drei oder vieren.

Ich sah mich um. Nichts deutete auf einen Kampf oder eine hastige Durchsuchung des Zimmers hin. Auf einem Tischchen am Kopfende der Couch befanden sich eine halbvolle Flasche Bourbon, zwei Gläser, ein angebrochenes Päckchen Zigaretten, Streichhölzer und ein unbenutzter Aschenbecher. Ein so kräftiger Bursche wie Rennert würde sich wohl kaum ohne Gegenwehr ein Messer zwischen die Rippen jagen lassen, es sei denn, man hatte ihm vorher ein schnell wirkendes Betäubungsmittel verabreicht. Ich beugte mich vor und schnupperte an den Gläsern, was natürlich vollkommen abwegig war. Solche Knockoutpülverchen sind meistens fast geschmack- und geruchlos, und nach drei, vier Tagen konnte man mit der bloßen Nase sowieso nichts mehr feststellen.

Das Messer hatte einen braungetönten Plastikgriff. Ich fragte mich, warum der Täter die Waffe diesmal nicht entfernt hatte. Mir fiel eine plausible Antwort ein, und um ihre Richtigkeit zu überprüfen, warf ich einen Blick in die Kochnische. Die zweite

Schublade, die ich aufzog, enthielt außer anderen Utensilien auch zwei weitere Messer mit braunem Plastikgriff, eins mit einer acht Zentimeter langen und das zweite mit einer dreizehn Zentimeter langen Klinge. Dieser Fund schien meine erste Vermutung zu unterstützen. Man klaut nicht ein Messer aus der Küchenschublade seines Gastgebers und fuchtelt ihm damit vor der Nase herum, solange seine Augen offen und seine Muskeln gebrauchsfähig sind.

Zwei logische Schlußfolgerungen genügten mir für einen Sonntagmorgen. Ich war keineswegs darauf versessen, länger zu bleiben als unbedingt nötig, und der Gedanke, die günstige Gelegenheit auszunutzen und den Raum gründlich zu durchsuchen, hatte nichts Begeisterndes für mich. Ich wollte das Schicksal nicht herausfordern. Es wäre schon peinlich genug gewesen, in der Wohnung entdeckt zu werden. Aber wenn man mich im Tête-à-tête mit dem toten Eigentümer erwischte, auch wenn der sich schon in einem Stadium leichter Auflösung befand, konnte die Sache verdammt unangenehme Folgen für mich haben. Das Kittchen hatte plötzlich gar nichts Erstrebenswertes mehr. Außerdem hatte ich Fritz gesagt, ich würde in einer Stunde zurück sein.

Ich machte mich daher aus dem Staube. Vorher wischte ich mit dem Taschentuch die einzigen Gegenstände ab, die ich mit bloßen Händen berührt hatte: die Türklinke innen und außen, die Lifttür und im Lift den Knopf mit der Nummer vier. Auf der Fahrt nach unten verstaute ich die Gummihandschuhe in meiner Hosentasche. Soweit war alles in Ordnung. Auf dem Weg nach draußen würde ich noch den Klingelknopf im Vestibül abwischen. Aber ein lieber Bekannter machte mir einen Strich durch die Rechnung.

Als der Fahrstuhl im Erdgeschoß hielt, warf ich automatisch einen Blick durch die Glasscheibe in Richtung Haustür. Die Halle war zwar noch leer, aber im nächsten Augenblick änderte sich die Situation. Die Haustür wurde gerade von außen aufgestoßen, und zwar von einem untersetzten Burschen in Hemdsärmeln, dem Hausmeister vermutlich. Hinter ihm ragte die hünenhafte Gestalt von Sergeant Purley Stebbins empor. Offenbar war es mein Schicksal, ihm jedesmal in die Arme zu laufen, wenn ich einen Schritt aus meinen eigenen vier Wänden tat. Meine Lage war äußerst kritisch, und wie immer in solchen Augenblikken handelte ich, ohne viel zu überlegen. Ich hätte auch gar keine Zeit dazu gehabt. Elektrizität ist etwas Wunderbares. Ich drückte auf den Knopf mit der Nummer zwei, und der Fahrstuhl entschwebte mit mir nach oben. In der zweiten Etage stieg ich aus. Kaum war die Tür zugefallen, gondelte er wieder abwärts. Unten im Vestibül hatte jemand auf den Knopf gedrückt. Die Elektrizität ist wirklich eine wunderbare Erfindung.

Ich stand in einem kleinen Flur, rechts vor mir das Treppenhaus, links der Lift, hinter mir zwei Wohnungstüren. Wenn ich Pech hatte, wollte Purley zu den Mietern im zweiten Stock, und dann war ich geliefert. Aber ich zog diese Möglichkeit gar nicht ernstlich in Betracht. Die Chance dafür war ungefähr eins zu einer Trillion, und so viel Pech hat kein Mensch. Der Fahrstuhl glitt an mir vorbei in die Höhe, und ich wandte mich der Treppe zu. Ich nahm an, daß der hemdsärmelige Bursche Purley nach oben begleitet hatte, um ihn in Rennerts Wohnung einzulassen. Lungerte er allerdings noch unten herum, dann mußte ich mir schleunigst eine möglichst plausible Erklärung ausdenken. Ich blieb auf dem letzten Treppenabsatz stehen und blickte in die Halle. Die Luft war rein.

Bis hierher hatte ich es geschafft, und alles Weitere war ein Kinderspiel. Aus dem Haus konnte ich nicht, denn vor der Tür parkte bestimmt ein Polizeiauto mit einem Mann am Steuer, der mich bemerken und vielleicht sogar erkennen würde. Ich durchschritt die Halle, drückte auf die Klingel neben Rennerts Namensschild und hielt den Hörer ans Ohr. Nach einem Moment knurrte eine unfreundliche Stimme: »Hallo, wer ist dort?«

Ich flötete in die Sprechanlage: »Hier ist Archie Goodwin, Mr. Rennert. Sie erinnern sich vielleicht noch an mich. Ich war vor zehn Tagen schon einmal bei Ihnen. Sie wollten damals von meinem Angebot nichts wissen, aber inzwischen hat sich die Situation grundlegend geändert. Meiner Meinung nach sollten Sie sich die Sache doch noch überlegen. Ich bin ziemlich sicher, daß wir uns diesmal einigen.«

»Okay, kommen Sie 'rauf.«

Der Summer ertönte. Ich ging durchs Vestibül bis zum Fahrstuhl und wartete. Den Knopf brauchte ich nun nicht mehr abzuwischen. Als er unten hielt, stieg ich ein und fuhr gemächlich nach oben. Auf der Fahrt legte ich mir ein freundliches Grinsen zurecht, das natürlich für Rennert bestimmt war. Als ich statt dessen Purley Stebbins erblickte, blieb ich stehen, riß verblüfft die Augen auf und quietschte in den höchsten Tönen: »Was? Sie? Da hört doch alles auf!« Ich war mit meiner Darbietung sehr zufrieden.

Purley glotzte mich wütend an. »Da haben Sie ausnahmsweise mal recht! Das ist wirklich das letzte!« Seine Stimme klang heiser. Er drehte sich plötzlich zu dem hemdsärmeligen Burschen herum, der hinter ihm in der Tür stand. »Sehen Sie sich diesen Mann genau an. Haben Sie ihn hier herumlungern sehen?«

»Nein, Sergeant, nie.« Der Hausmeister war grün im Gesicht und machte einen ziemlich verdatterten Eindruck. »Hab' ihn noch nie gesehen, Ehrenwort. Entschuldigen Sie, ich muß . . .«

»Fassen Sie da drin nichts an!«

»Dann muß ich . . .« Er raste auf die Treppe zu und war verschwunden.

»Ich wollte, ich hätte hier herumgelungert«, sagte ich. »Dann hätte ich den Mörder vielleicht fassen können. Wie lange ist Rennert tot?«

»Woher wissen Sie überhaupt, daß er tot ist?«

»Also, Sergeant, jetzt machen Sie aber mal einen Punkt. Ich bin doch nicht blind. Ich treffe Sie hier, vor Rennerts Wohnung, und noch dazu in einer solchen Donnerwetterlaune, während der kleine Kerl, der Hausmeister, gar nicht schnell genug von hier verschwinden kann, weil ihm von dem Anblick da drinnen übel geworden ist. Wann ist es passiert? Heute? Und wurde er erstochen wie die anderen?«

Stebbins trat ganz dicht an mich heran. »Ich glaube Ihnen kein Wort.« Er wurde immer heiserer. »Es ist doch verdammt komisch, daß Sie immer ein paar Minuten nach mir in der Wohnung des Ermordeten aufkreuzen. Erzählen Sie mir ja nicht, daß Sie zu Rennert wollten. Erstens würden Sie vorher bei ihm anrufen, um sicherzugehen, daß er da ist. Folglich sind Sie diesmal gekommen, obwohl er sich nicht gemeldet hat, oder vielleicht sogar, weil er sich nicht gemeldet hat. Zweitens haben Sie ganz genau gemerkt, daß nicht er Ihnen eben geantwortet hat. Sie wußten, daß ich's war. Sie haben nämlich ein erstklassiges Stimmengedächtnis. Bilden Sie sich nicht ein, Sie könnten mich für dumm verkaufen. Ich gehe Ihnen nicht auf den Leim. Und jetzt 'raus mit der Wahrheit! Warum sind Sie hier?«

»Sie würden es auch tun«, wandte ich ein.

»Was tun, zum Kuckuck noch mal?«

»Ihn zuerst anrufen. Falls sich der Betreffende nicht meldet, denken Sie dann vielleicht gleich an Mord? Rasen Sie etwa auf der Stelle hin, um sich davon zu überzeugen, ob ihm jemand ein Messer zwischen die Rippen gejagt hat? Hoffentlich doch nicht. Es kann schließlich jedem mal passieren, daß er das Telefon überhört oder zu faul ist, 'ranzugehen. Deshalb braucht er ja nicht gleich eine Leiche zu sein. Wie kommen Sie eigentlich hierher?«

Er starrte mich schweigend an. Endlich knurrte er: »Okay, ich werd's Ihnen sagen. Rennert wollte über das Wochenende aufs Land fahren. Als die Leute, die ihn eingeladen hatten, nichts von ihm hörten, riefen sie Freitag abend den Hausmeister an und gestern noch mal. Der Hausmeister nahm das nicht weiter tragisch, weil er dachte, Rennert wäre eben woandershin gefahren. Trotzdem gab er gestern eine Vermißtenanzeige auf. Ein Beamter mit Köpfchen, dem die Anzeige heute zufällig in die Finger kam, hatte die gute Idee, uns zu benachrichtigen. So, und jetzt sind Sie an der Reihe, und wehe Ihnen, wenn Sie mir mit Ihrem üblichen unverschämten Lügenbrei kommen.«

Ich runzelte bekümmert die Stirn. »Es ist wirklich ein Jammer, aber ich scheine bei Ihnen immer ins Fettnäpfchen zu treten. Bitte, wenn Sie sich danach leichter fühlen, können Sie mich gern die Treppe 'runter zu Ihrem Wagen schleppen und einbuchten, obwohl ich wahrhaftig nicht weiß, was Sie mir eigentlich vorwerfen. Es ist doch wohl nicht verboten, bei jemandem zu klingeln. Übrigens bin ich gern bereit, Ihnen bei Ihrer Arbeit zu helfen. Wenn Sie erst seit drei Minuten hier sind, haben Sie vermutlich noch nicht viel getan. Vielleicht ist Rennert gar nicht tot. Soll ich ihn nicht mal ...«

»Machen Sie, daß Sie wegkommen!« Er ballte die Hände, und ein Muskel an seinem Hals zuckte. »Hauen Sie ab!«

Ich nahm nicht den Fahrstuhl, sondern die Treppe. Purley wußte, daß ich mir bei einem Mordfall normalerweise den Hausmeister vorknöpfen und nach Informationen fragen würde. Deshalb hielt ich mich auch diesmal an die Routine. Der hemdsärmelige Bursche hatte sich ins Souterrain geflüchtet. Dort stöberte ich ihn mit einiger Mühe auf. Er war noch immer sehr bleich und erregt und wurde die Erinnerung an den Toten offenbar nicht los. Es war nicht viel aus ihm herauszuholen, vielleicht, weil ihm zu übel war oder weil er Angst hatte oder weil er mich für den Mörder hielt. Ich sagte ihm, das beste Mittel in seiner Lage wäre starker, heißer Tee ohne Zucker. Dann nickte ich ihm zu und machte mich auf den Heimweg. Ich ging zu Fuß und ließ mir Zeit. Warum sollte ich Wolfe von seinen Orchideen aufscheuchen? Er würde die Hiobsbotschaft schon noch früh genug erfahren. Und Rennert konnten wir ohnehin nicht mehr helfen.

Im Büro deponierte ich die Gummihandschuhe und das Schlüsselbund wieder im Schrank und mixte mir einen kräftigen Gin mit wenig Soda, weil ich Appetit auf einen Rachenputzer hatte und mein Magen gegen Milch oder Wasser rebellierte. Ich war in die Sportnachrichten der *Times* vertieft, als Wolfe im Büro erschien. Wir wechselten einen Gutenmorgengruß, und er watschelte auf seinen Sessel zu, das einzige Sitzmöbel auf Erden, das in seinen Augen Anspruch auf die Bezeichnung ›Sessel‹ hat. Er nahm Platz, klingelte nach Bier und meinte, ich könnte vor dem Lunch vielleicht noch einen Gang ums Viertel machen. Er bildet sich nämlich ein, daß meine Spaziergänge ihm guttun.

»Hab' ich bereits hinter mir«, erwiderte ich. »Dabei stieß ich auf eine neue Leiche, diesmal in einem Stadium, das man nur als erheblich fortgeschrittene Verwesung bezeichnen kann: Kenneth Rennert.«

»Ich bin nicht in der Stimmung für Ihre Witze.«

»Das ist kein Witz. Der Anblick der Leiche hat mir die Lust am Witzereißen verdorben.« Ich legte die Zeitung weg. »Vorhin rief ich in Rennerts Wohnung an. Als sich niemand meldete, ging ich zu Fuß hin und läutete. Da ich zufällig Gummihandschuhe und ein Sortiment Schlüssel bei mir hatte und auf das Läuten keiner antwortete, verschaffte ich mir Einlaß. Ich hoffte, in seiner Wohnung auf irgendeinen nützlichen Hinweis zu stoßen, aber ich fand nur seine Leiche. Seit drei oder vier Tagen liegt sie auf der Couch, mit einem Messer in der Brust. Der Täter verabreichte Rennert vermutlich ein Betäubungsmittel, bevor er . . .«

Ich machte eine Pause, denn Wolfe tobte. Er mißhandelte seine Schreibtischplatte mit den Fäusten und brüllte dazu in einer Sprache, die alles mögliche sein konnte, von Chinesisch bis Suaheli. Wahrscheinlich war es aber der montenegrinische Dialekt, den er als Junge gesprochen hat und in dem er sich später in New York mit Marko Vukcic unterhielt. Einen solchen Wutausbruch habe ich bei ihm im Laufe der ganzen Jahre nur viermal erlebt, und das eine Mal bei Markos Tod. Fritz, der gerade mit dem Bier erschien, blieb entsetzt stehen und warf mir einen vorwurfsvollen Blick zu. Für ihn bin immer ich der Sündenbock, wenn Wolfe eine Laus über die Leber gelaufen ist. Wolfe hörte mit dem Brüllen ebenso plötzlich auf, wie er damit begonnen hatte, funkelte Fritz zornig an und sagte kalt: »Bringen Sie das wieder weg. Ich will es nicht.«

»Aber Sie haben doch . . .«

»Tragen Sie's in die Küche zurück. Ich werde so lange kein Bier mehr trinken, bis ich den Hals jener erbärmlichen Kreatur zwischen meinen Fingern spüre. Und Fleisch esse ich bis dahin auch keins mehr.«

»Unmöglich! Die Tauben liegen schon in der Marinade!«

»Dann werfen Sie sie eben weg.«

»Moment mal«, protestierte ich. »Fritz und Theodore und ich sind schließlich auch noch da. Wir drei aber haben auf Fleisch nicht verzichtet. Okay, Fritz. Wir haben einen Schock erlebt. Ich werde von heute an keine gekochten Gurken mehr essen.«

Fritz machte den Mund auf, klappte ihn wieder zu, drehte sich um und ging hinaus. Das Bier nahm er mit. Wolfe hatte die Fäuste geballt und donnerte: »Berichten Sie!«

Sechs Minuten hätten von Rechts wegen ausgereicht. Aber ich wollte ihm Zeit lassen, sich abzukühlen, und streckte den Bericht ein wenig. Als mir nach zehn Minuten nichts mehr einfiel, schaltete ich auf Kommentar um und fügte hinzu: »Falls Sie wissen wollen, was ich von alledem halte, kann ich mit etlichen Vermutungen dienen. Erstens, das Messer stammte aus der Küchenschublade. Zweitens, Rennert war betäubt und bewußtlos, als er erstochen wurde. Drittens, er ist seit achtzig Stunden tot, möglicherweise auch seit fünfundachtzig; auf eine Stunde mehr oder weniger kommt es nicht an. Er wurde Mittwoch nacht umgebracht. X suchte ihn gleich nach dem Mord an Jane Ogilvy auf. Wenn X gewartet hätte, bis die Meldungen darüber in den Zeitungen standen, hätte Rennert wahrscheinlich Lunte gerochen und X nicht mehr zu sich 'reingelassen. So dämlich war er nämlich doch nicht. Ich glaube allerdings nicht, daß er Jacobs' Tod mit X in Verbindung brachte. Nicht eine Zeitung erwähnte die Plagiatsklage von vor drei Jahren gegen Richard Echols im Zusammenhang mit Jacobs' Ermordung. Jacobs war Rennert vermutlich völlig unbekannt. Aber der Mord an Jane Ogilvy hätte ihn bestimmt stutzig gemacht; da wäre es ihm vermutlich wie Schuppen von den Augen gefallen, und das durfte X nicht riskieren. Übrigens könnte ich mir vorstellen, daß Rennert notfalls auch vor einer kleinen Erpressung nicht zurückgeschreckt wäre. Er war chronisch pleite, und die Pinke von Oshin hätte bei ihm sicher nicht lange vorgehalten. X ging also zu Rennert unter dem Vorwand, sie müßten ihre Klage gegen Mortimer Oshin besprechen. Er wußte, daß Rennert ihm einen Drink anbieten würde. Mir bot er auch einen an, als ich noch nicht drei Minuten in seiner Bude war. Und dann ist es offenbar passiert.«

Hier machte ich eine Pause und schnappte nach Luft. Wolfe öffnete die Hände und entspannte sich. Das Schlimmste hatten wir überstanden.

»Ich bin gleich zu Ende«, fuhr ich fort. »Ich möchte nur noch drei Anmerkungen nachtragen. Erstens wissen wir jetzt, daß die Plagiatsklage gegen Oshin nicht auf Rennerts eigenem Mist gewachsen ist. Die Frage hat X für uns beantwortet. Zwar nützt uns das jetzt nicht mehr viel, weil Rennert tot ist, aber der ganze

Fall wird dadurch klarer, und Sie haben ja ein Faible für saubere, logische Fälle. Zweitens, mit Rennert ist auch sein Anspruch gegen Mortimer Oshin gestorben, und deshalb wird Oshin seine zehntausend Dollar wahrscheinlich zurückverlangen. Außerdem wird das Komitee Sie morgen in der Verbandssitzung vielleicht abservieren, und dabei kostet uns die Überwachung von Alice Porter über dreihundert Dollar täglich. Drittens und letztens noch ein Wort zu Ihrem Verzicht auf Bier und Fleisch. Ich schlage vor, daß wir diese vorübergehende Sinnesverwirrung vergessen. Sie müssen dabei auch an mich denken. Wie kann ich mit Genuß essen, wenn Sie am Hungertuche nagen und vor Durst röcheln.« Ich stand auf. »Ich hole jetzt das Bier.«

»Nein!« Er ballte schon wieder seine Hände. »Es war ein Schwur, und ich bin es mir selbst schuldig, ihn zu halten. Setzen Sie sich.«

»Das hat uns noch gefehlt!« Ich sank niedergeschlagen auf meinen Stuhl zurück. Die nächsten Tage würden heiter werden. Hoffentlich wurden nicht Wochen daraus.

14

Den Rest des Tages hockten wir im Büro, besprachen die Lage und nahmen uns zwischendurch nur gerade die Zeit, schnell einen Happen hinunterzuwürgen. Die Mahlzeiten waren einfach niederschmetternd. Zum Lunch gab es in saurem Rahm marinierte Tauben, die Fritz in Mehl gerollt, mit Salz, Pfeffer, Muskatnuß, Nelken, Thymian und zerstampften Wacholderbeeren gewürzt und in Olivenöl geschmort hatte. Er servierte sie auf Toastscheiben, die mit rotem Johannisbeergelee bestrichen waren, und das Ganze wurde mit einer Madeirasahnesauce übergossen. Das Gericht gehört zu Wolfes Lieblingsspeisen. Er verdrückt für gewöhnlich drei Tauben, obwohl ich auch schon erlebt habe, daß er vier aß. Diesmal wollte ich in der Küche essen. Aber nein, ich mußte vor meinen zwei Tauben sitzen, während er grimmig in grünen Erbsen, Salat und Käse herumstocherte. Das Dinner war genauso ungemütlich. Wolfe nimmt normalerweise nur eine Kleinigkeit zu sich, wie Käse und Anchovisbutter oder Gänseleberpastete oder Hering in saurem Rahm. Aber offenbar zählten für ihn die Fische zu den Fleischgerichten, denn er begnügte sich mit ein paar Crackers, die er mit vier Tassen Kaffee hinunterspülte. Später, im Büro, futterte er noch einige Nüsse, holte danach aus der Küche Besen und Schaufel und kehrte die Schalenreste vom Schreibtisch und vom Teppich. Er kasteite sich wirklich bis aufs Blut.

In seiner Verzweiflung war er sogar bereit, die ausgefahrenen Pfade der Routine einzuschlagen, wie er sich ausdrückte. Er hätte sich sogar darüber hinweggesetzt, daß sie wahrscheinlich von der Polizei schon abgegrast worden waren, falls dabei irgend etwas herausgekommen wäre. Wir kauten alle Möglichkeiten durch, und ich stellte von denen, die uns am annehmbarsten erschienen, eine Liste zusammen:

1. Rennerts Wohnung und Jane Ogilvys Klause durchsuchen.
2. Mrs. Jacobs und Mr. und Mrs. Ogilvy in die Zange nehmen und ausquetschen.
3. Alle Personen, die von dem Plan mit Jacobs wußten, unter die Lupe nehmen, und alle jene von ihnen verhören, die besonders verdächtig erscheinen.
4. Jacobs' Tätigkeit am Montag abend nachspüren und seinen Treffpunkt mit X ausfindig machen.
5. Unter den Nachbarn jemanden ausfindig machen, dem auf dem Weg hinter der Klause am Mittwoch abend, dem 27. Mai, ein fremder Wagen aufgefallen war.
6. Jemanden aufspüren, der in der gleichen Mittwochnacht X oder sonst einen Fremden im Haus in der 37. Straße oder in dessen unmittelbarer Umgebung bemerkte.
7. Sämtliche Bekannte und Freunde von Jacobs, Jane Ogilvy und Rennert aufsuchen, um festzustellen, ob die drei womöglich einen oder mehrere gemeinsame Bekannte hatten.
8. Den Weg der Entschädigungssummen verfolgen, die an Simon Jacobs, Jane Ogilvy und Alice Porter ausgezahlt wurden. Falls sie einen Teil davon abgehoben oder überwiesen hatten, womöglich den Empfänger ausfindig machen.

9. Oshins Plan bei Alice Porter ausprobieren. Falls sie auf ein Geldangebot nicht eingeht, von Ellen Sturdevant und dem Verlag McMurrey & Co. die Zusicherung beschaffen, daß Alice Porter nicht zur Rechenschaft gezogen wird, wenn sie X ausliefert.

10. Eine Mitgliedsliste des Schriftstellerverbandes besorgen und sämtliche Namen mit Cora Ballard durchgehen.

11. Einige hundert Kopien von *Ewig währt die Liebe*, *Was du dir wünschst* und *Der Himmel sagt nein* an ebenso viele Agenten, Lektoren, Redakteure, Rezensenten schicken, in einem Begleitbrief darauf hinweisen, daß alle drei Manuskripte von einem Autor stammen, und anfragen, ob dem Empfänger jemals Kurzgeschichten von diesem Autor in die Finger geraten sind.

Während wir diese letzte Möglichkeit besprachen, hatte Wolfe die drei Manuskripte vor sich auf dem Schreibtisch liegen. Wie vereinbart, hatte Cramer den ausgeliehenen Schriftkram am Freitag abend zurückgeschickt.

Wir zogen noch andere Maßnahmen in Erwägung, die ich gar nicht erst niederschrieb. Sie waren genauso kümmerlich wie die oben angeführten und befriedigten weder Wolfe noch mich. Aber der Haken war eben, daß wir an einem bestimmten Punkt einfach nicht weiterkamen. Er legte uns buchstäblich lahm. Es handelte sich natürlich um das Motiv.

In neunundneunzig von hundert Mordfällen steht man von Anfang an einer begrenzten Anzahl tatverdächtiger Personen gegenüber. Sie alle haben irgendein mehr oder minder starkes Motiv. Im Laufe der Untersuchung schrumpft die Anzahl der in Frage kommenden Personen immer mehr zusammen. Bei diesem Ausleseprozeß spielen noch andere Faktoren eine mindestens ebenso wichtige Rolle wie das Motiv, bis man am Schluß unter einigen wenigen den wirklichen Schuldigen ermitteln muß. Erst dann kann der Beweggrund von ausschlaggebender Bedeutung sein.

Diesmal kannten wir zwar das Motiv, aber damit waren wir dem Täter auch nicht einen Schritt näher gekommen. Verdächtig war jeder, der lesen und schreiben und einen Wagen chauffieren konnte, wobei sich die runde Zahl von fünf Millionen ergab, wenn wir uns der Einfachheit halber auf das Gebiet von New

York beschränkten. Alice Porter war unter diesen Millionen die einzige, die uns vielleicht einen Fingerzeig geben konnte. Am Sonntag um Mitternacht war sie noch am Leben. Orrie Cather rief um null Uhr dreiunddreißig von Carmel aus an. Er sagte, Saul hätte ihn pünktlich abgelöst, und das Licht im Hause Porter wäre um zehn Uhr zweiundfünfzig erloschen. Sonst gäbe es nichts Neues. Wolfe war schon vorher in seinem Zimmer verschwunden mit der Bemerkung, morgen früh würden wir entscheiden, wie wir Alice Porter zur Kapitulation zwingen könnten.

Am Montagmorgen um Viertel vor neun, als ich mir in der Küche die dritte Tasse Kaffee eingoß, erkundigte sich Fritz, weshalb ich so nervös sei. Ich erwiderte, das müßte ein Irrtum sein; ich wäre gar nicht nervös. Er sagte, ich könnte ihm nichts vormachen; außerdem tränke ich für gewöhnlich nie drei Tassen Kaffee. Ich antwortete, ob er sonst nichts zu tun hätte, als mich dauernd zu beobachten. In diesem Hause würde immer alles an die große Glocke gehängt. »Bitte, da haben wir's!« rief Fritz. »Sie sind doch nervös« – worauf ich ins Büro flüchtete.

Natürlich war ich nervös. Aber daß Fritz darauf herumhackte, machte es nicht besser. Fred Durkin hatte sich um sieben Uhr neununddreißig gemeldet, kurz bevor er Saul ablöste. Folglich hätte Saul gegen acht Uhr zwanzig oder spätestens um acht Uhr dreißig anrufen müssen, um Bericht zu erstatten. Aber er hatte bis Viertel vor neun nichts von sich hören lassen. Bei Fred und Orrie hätte ich mich mit dem Gedanken getröstet, daß sie von irgendeiner Panne, zum Beispiel einem Reifenschaden, lahmgelegt worden waren. Aber bei Saul gibt es keine Pannen. Wenn bei ihm etwas schiefgeht, was sowieso selten vorkommt, dann handelt es sich immer um höhere Gewalt. Deshalb war ich um Viertel nach neun davon überzeugt, daß X Alice Porter erwischt hatte, und fünf Minuten später rechnete ich bereits fest damit, daß auch Saul das Zeitliche gesegnet hatte. Als das Telefon um neun Uhr fünfundzwanzig endlich läutete, riß ich den Hörer ans Ohr und brüllte: »Ja? Was ist los?« – was vielleicht nicht unbedingt den landesüblichen Gepflogenheiten entsprach, mir jedoch einige Erleichterung verschaffte.

»Archie?«

»Ja.«

»Saul. Wir haben hier vielleicht einen schönen Zirkus!«

Ich war so froh darüber, daß ihm sonst nichts passiert war. Deshalb grinste ich beseligt vor mich hin. »Wieso? Bist du von einem Löwen gebissen worden?«

»Nein, aber von einem stellvertretenden Sheriff und einem Polypen der Staatspolizei. Als Fred zur verabredeten Zeit nicht aufkreuzte, ging ich zu der Stelle, wo ich meinen Wagen versteckt hatte. Fred war dort und wurde von einem stellvertretenden Sheriff des Distrikts Putnam in die Zange genommen. Außerdem war auch dein alter Freund, Sergeant Purley Stebbins, da.«

»Oh, verdammt noch mal!«

»Tja ... Als ich auftauchte, erklärte Stebbins dem Distriktssheriff, ich wäre auch einer von Nero Wolfes Mitarbeitern. Das war alles, was er überhaupt sagte. Er überließ das Reden dem Distriktssheriff, und der hatte uns eine Menge zu sagen. Anscheinend hatte Fred lediglich seinen Führerschein vorgezeigt, sonst jedoch jede Aussage verweigert. Ich fand das ein bißchen übertrieben, vor allem, wo Stebbins dabei war, der schließlich Bescheid weiß. Ich gab also die erforderlichen Erklärungen ab, aber das half auch nichts mehr. Der Distriktssheriff verhaftete uns wegen Landfriedensbruch und Landstreicherei sowie unbefugten Betretens und rief über sein Funksprechgerät Verstärkung herbei. Auf der engen Straße kam es fast zu einer Verkehrsstockung bei diesem Hochbetrieb. Fred und ich wurden nach Carmel gebracht und werden seitdem hier festgehalten. Ich habe ihnen erklärt, ich müßte meinen Anwalt anrufen. Wenn mich nicht alles täuscht, wird Alice Porter auch weiter bewacht werden, und zwar von der Staatspolizei und den Leuten des Sheriffs. Auf dem Wege hierher stoppten wir ein paar Minuten an der Kreuzung, wo ein anderer Streifenwagen direkt hinter Dol Bonners Wagen geparkt war. Dol und ein Polyp von der Staatspolizei standen ganz gemütlich am Straßenrand und klönten. Ich weiß nicht, ob sie Dol auch nach Carmel geschafft haben. Ich hab' sie wenigstens bis jetzt nicht hier gesehen. Ich spreche von einer

Telefonzelle im Büro des Sheriffs aus. Die Nummer lautet Carmel fünf – drei – vier – sechs.«

Wenn Saul Bericht erstattet, erübrigen sich alle weiteren Fragen. Deshalb erkundigte ich mich: »Hast du schon gefrühstückt?«

»Noch nicht. Ich wollte dich erst benachrichtigen. Aber ich werde das gleich nachholen.«

»Okay. Iß viel Fleisch. Damit ist es bei uns zur Zeit Essig. Wir werden versuchen, euch bis zum vierten Juli loszueisen, damit ihr den Feiertag genießen könnt. Übrigens: Hast du Alice Porter gesehen, bevor du der Polente in die Arme liefst?«

»Sicher. Sie mähte den Rasen.«

»Wirklich? Na, das war ja auch höchste Zeit.«

Ich wünschte ihm alles Gute, legte auf, überdachte zwei Minuten lang das Gehörte, stieg die drei Treppen bis zum Gewächshaus hinauf und trat ein. Zwischen mir und meinem Ziel erstreckte sich eine nahezu unübersehbare Blumenpracht, schätzungsweise zehntausend Orchideen in allen Farben und Formen, die einen betäubenden Duft ausströmten. Aber ich gönnte ihnen kaum einen Blick, sondern drang durch den ersten, den gemäßigten Raum, den tropischen und den kühlen Raum bis zum Umpflanzraum vor. Theodore stand vor dem Waschbecken und reinigte Blumentöpfe. Wolfe füllte an der langen Umpflanzbank Torf in Flaschen. Als er meine Schritte hörte, drehte er sich um, ballte die Hände und preßte die Lippen fest aufeinander. Er wußte, ich würde mich nicht bis ins Dachgeschoß bemühen, wenn es sich nur um eine Lappalie handelte.

»Beruhigen Sie sich«, sagte ich. »Alice Porter lebt noch, wenigstens hat sie noch vor zwei Stunden ihren Rasen gemäht. Aber Saul und Fred wurden von der Polizei einkassiert, und Dol Bonner hat eine Affäre mit einem Polypen.«

Wolfe stellte die Flasche, die er noch in der Hand hielt, auf die Bank und knurrte dann: »Berichten Sie von Anfang an.«

Ich wiederholte meine Unterhaltung mit Saul wortwörtlich. Seine Hände entspannten sich, aber seine Lippen blieben verkniffen.

Als ich fertig war, sagte er vorwurfsvoll: »Sie scheinen meinen Fleischverzicht als eine Art Gaudium zu betrachten.«

»Aber nicht doch. Ich war nur so furchtbar aufgeregt.«

»Erzählen Sie das jemand anderem. Ich kenne Sie. Dieser stellvertretende Sheriff ist anscheinend ein ziemlicher Trottel. Haben Sie Mr. Parker schon angerufen?«

»Nein.«

»Dann tun Sie das sogleich. Er soll dafür sorgen, daß diese absurden Anklagen fallengelassen werden; wenn ihm das nicht gelingt, müssen wir eine Kaution stellen. Bereiten Sie alles dafür vor. Und rufen Sie Mr. Harvey, Miss Ballard oder Mr. Tabb an. Ich werde um halb drei zu der Sitzung erscheinen.«

»Was?!« Ich starrte ihn entgeistert an.

»Muß ich es wiederholen?«

»Nein. Soll ich Sie dahin begleiten?«

»Natürlich.«

Während ich zwischen den Stellagen mit Orchideen zur Tür zurücksauste und die drei Treppen hinuntereilte, dachte ich mir im stillen, daß bei diesem Fall so ziemlich sämtliche ungeschriebenen Gesetze des Hauses dran glauben mußten. Wenn das in diesem Tempo weiterging und die Nachforschungen sich in die Länge zogen, dann würden wir in puncto Übertretung der Hausordnung vermutlich einen neuen Rekord aufstellen.

Von meinem Schreibtisch aus alarmierte ich Nathaniel Parker, unseren juristischen Ratgeber, Freund und Helfer. Er war in seinem Büro, schien jedoch von meinem Bericht nicht sehr erbaut zu sein. Er sagte, Landgemeinden hätten es nicht gern, wenn New Yorker Privatdetektive bei ihnen herumschnüffelten, und New Yorker Anwälten wären sie auch nicht grün. Er würde den Auftrag einem ihm bekannten Anwalt in Carmel übergeben; damit wäre uns mehr gedient, als wenn er selbst nach Carmel führe. Ich erwiderte, das könnte er halten, wie er wollte. Die Hauptsache wäre, daß Saul und Fred so schnell wie möglich freigelassen würden. Damit waren wieder mindestens fünfhundert Dollar im Eimer.

Ich wollte gerade Philip Harveys Nummer wählen, als mir noch rechtzeitig einfiel, daß ich ihm versprochen hatte, ihn nie wieder vor zwölf Uhr mittags im Schlaf zu stören. Statt dessen rief ich Jerome Tabb an. Eine weibliche Stimme erklärte mir,

Mr. Tabb wäre beschäftigt und vor ein Uhr nie zu sprechen und ob ich bitte eine Mitteilung hinterlassen würde. Sie schien überrascht und empört darüber, daß auf dieser Erde ein Mensch existierte, der das noch nicht wußte, und hielt mich deshalb offenbar für einen Proleten. Ich sagte ihr, sie sollte Mr. Tabb ausrichten, daß Nero Wolfe um halb drei zu der Sitzung kommen würde. Dann läutete ich Cora Ballard an und teilte ihr dasselbe mit, nach dem Motto, doppelt genäht hat noch keinen gereut. Sie war entzückt über diese Nachricht. Danach erledigte ich noch zwei weitere Anrufe. Ich informierte Orrie Cather und Sally Corbett über den Zirkus in Carmel und sagte ihnen, daß die Operation fürs erste abgeblasen wäre. Orrie erkundigte sich, ob er dann einen anderen Job übernehmen könnte. Man hätte ihm einen angeboten. Aber ich erwiderte ihm, nein, er sollte sich zur Verfügung halten. Wir würden ihn noch brauchen. Wieder vierzig Dollar verpulvert. Aber darauf kam es jetzt auch nicht mehr an.

Als ich in die Küche hinüberschlenderte, um Fritz darauf vorzubereiten, daß der Lunch Punkt eins fertig sein müßte, weil wir für zwei Uhr eine Verabredung hätten, und zwar außer Haus, betrachtete er mich bekümmert. Er hatte auch Sorgen und wollte meine Meinung hören. Wolfe wollte er ein Omelett vorsetzen, das er eben erfunden hatte. Sollte er für mich etwas Schinken backen, oder würde ich das gleiche essen wie Wolfe? Ich fragte ihn, womit er das Omelett füllen wollte, und er sagte, er würde vier Eier nehmen, Salz, Pfeffer, einen Teelöffel Estragonbutter, zwei Teelöffel Sahne, zwei Teelöffel trockenen Weißwein, einen halben Teelöffel gehackter Schalotten, eine halbe Tasse ganzer, geschälter Mandeln und zwanzig frische Pilze. Ich meinte, eine solche Riesenportion müßte doch für zwei Personen reichen und er sollte mir einfach die Hälfte geben. Aber er protestierte entsetzt, Himmel, nein, das wäre nur für Mr. Wolfe, und ob er mir dasselbe vorsetzen sollte. Ich bejahte. Er wies mich warnend darauf hin, daß er sich im letzten Moment vielleicht noch dazu entschließen könnte, das Ganze mit Aprikosenmarmelade zu bestreichen. Ich sagte, dieses Risiko nähme ich gern in Kauf.

15

Fritzens Erfindung entpuppte sich als eine Delikatesse ersten Ranges. Angenehm gesättigt, betraten Wolfe und ich den wackligen, altmodischen Fahrstuhl im Clover-Club und fuhren zur sechsten Etage hinauf. Die obere Halle war weitläufig und hoch und ebenso altmodisch wie der Fahrstuhl, wirkte jedoch sehr ehrwürdig und beinahe feierlich. Niemand war zu sehen. Wir blickten uns suchend um, hörten Stimmengewirr hinter einer schweren Tür aus dunklem Holz, gingen auf sie zu, öffneten sie und traten ein.

In dem Raum saßen etwa drei Dutzend Personen, sechs von ihnen Frauen, um einen langen Tisch, der mit einem weißen Tuch bedeckt war. Auf dem Tisch standen und lagen Kaffeetassen, Wassergläser, Aschenbecher, Notizblöcke, Papier und Bleistifte herum. Wir warteten an der Tür; Wolfe hatte seinen Hut in der einen, seinen Stock in der anderen Hand. Wie üblich redeten drei oder vier Leute auf einmal, und kein Mensch beachtete uns. An dem einen Ende des Tisches saßen drei Komiteemitglieder nebeneinander: Amy Wynn, Philip Harvey und Mortimer Oshin. Ihnen gegenüber thronte der Präsident des Verbandes, Jerome Tabb, und neben ihm Cora Ballard. Auf dem Schutzumschlag seines Buches, das ich gelesen hatte, prangte sein Foto. Er war sehr gut getroffen. Neben Tabb saß der Vizepräsident, ein Mann, der meinen Informationen zufolge eine Million Dollar jährlich mit Musicals verdiente, für die er Textbuch und Songs schrieb. Mir waren noch ein paar andere Gesichter bekannt – vier Romanautoren, drei Dramatiker und der Verfasser einer Biographie. Dann bemerkte uns Harvey und erhob sich. Das Gespräch verstummte, und mehrere Köpfe wandten sich zu uns um. Harvey kam zu uns herüber und sagte laut: »Nero Wolfe und sein Assistent Archie Goodwin.«

Er nahm Wolfe Hut und Stock ab. Ein anderer holte zwei Stühle und schob sie an den Tisch. Wäre ich der Präsident des Vereins gewesen, dann hätten die Stühle schon bereitgestanden; schließlich hatte man uns erwartet.

Nachdem wir Platz genommen hatten, sagte Jerome Tabb

entschuldigend: »Sie sind ein bißchen zu zeitig erschienen, Mr. Wolfe.« Er warf einen Blick auf seine Armbanduhr. »Ich weiß, wir hatten uns für halb drei verabredet, aber unsere Diskussion ist noch nicht beendet.«

»Dann hätte uns jemand in der Halle empfangen und Bescheid geben können«, antwortete Wolfe mürrisch. Seine Laune verschlechtert sich rapide, wenn er auf einem Stuhl sitzt, der für ihn zu schmal ist. »Sie können die Diskussion beenden, wenn ich wieder weg bin. Sollte es sich jedoch um ein Thema handeln, das mich nahe angeht, dann fahren Sie damit fort.«

Eine berühmte Schriftstellerin kicherte, und zwei Männer lachten. Ein berühmter Dramatiker rief: »Wir wollen hören, was er zu sagen hat. Oder hat jemand was dagegen?« Offenbar hatte jemand etwas dagegen. Ein Mann hob die Hand. »Herr Präsident! Das ist höchst regelwidrig. Es war bisher nicht üblich, daß Außenstehende zu unseren Sitzungen kamen, und ich sehe nicht ein, warum wir diesmal eine Ausnahme machen sollen. Der Vorsitzende des vereinigten Komitees gegen literarischen Diebstahl hat uns Bericht erstattet und seine Vorschläge vorgebracht. Meiner Meinung nach sollten wir das zur Grundlage unserer ...« Das Ende des Satzes bekam ich nicht mit, weil fünf oder sechs Stimmen ihn übertönten.

Tabb schlug mit einem Löffel an sein Glas, und allmählich verstummte der Lärm. »Mr. Wolfes Anwesenheit geht auf einen allgemeinen Beschluß zurück«, erklärte er nachdrücklich. »Ich sagte Ihnen, daß er eingeladen worden wäre, und der Antrag, ihn zuzulassen und anzuhören, wurde mit Stimmenmehrheit angenommen. Wir brauchen also auf diesen Punkt nicht noch mal zurückzukommen. Was nun Mr. Harveys Bericht betrifft, so erscheint er mir als Grundlage für eine Entscheidung nicht ausreichend. Sie haben offenbar vergessen, daß wir diese Sondersitzung einberufen mußten, weil sich die drei Mitglieder des Komitees, die dem Schriftstellerverband angehören, nicht zu einigen vermochten. Ich werde Mr. Wolfe bitten, uns seinen Standpunkt darzulegen. Vorher aber muß er erfahren, was wir bisher besprochen haben. Ich bitte, die Redner nicht zu unterbrechen. Mr. Harvey, Sie zuerst. Aber fassen Sie sich kurz.«

Der Vorsitzende des Komitees sah sich um und räusperte sich. »Ich habe Ihnen bereits gesagt, wie mir zumute ist. Die Idee, einen Privatdetektiv zu engagieren, stammt nicht von mir. Tatsächlich war ich dagegen, aber ich schloß mich der Mehrheit im Komitee an. Nun hat der Fall jedoch Ausmaße angenommen, die weit über die Kompetenzen des Komitees hinausgehen. Drei Menschen wurden getötet. Nero Wolfe erklärte dem Komitee in der letzten Woche, er würde seine Nachforschungen auch dann fortsetzen, wenn wir die Verbindung zu ihm lösen. Er hat seine Meinung inzwischen vermutlich nicht geändert und wird auch weiterhin auf den Mörder von Simon Jacobs, Jane Ogilvy und Kenneth Rennert Jagd machen. Nun, dagegen habe ich nichts. Die Aufgabe, Mörder aufzuspüren, gehört zu seinem Beruf. Aber zu den Aufgaben des Komitees gehört das nun gewiß nicht. Wir haben keine Kontrolle über das, was Nero Wolfe unternimmt. Er hat uns erst neulich mitgeteilt, er müßte freie Hand haben und würde uns über seine Pläne nicht mehr informieren. Für meine Begriffe riskieren wir damit ernstliche Unannehmlichkeiten. Ich stelle den Antrag, Mr. Wolfe von seinem Auftrag zu entbinden. Sollte der Verband sich gegen mich entscheiden, dann wäre ich zu meinem Bedauern gezwungen, meinen Posten als Vorsitzender des Komitees niederzulegen.«

Zwei oder drei begannen sich zu unterhalten, aber Tabb brachte sie energisch zum Schweigen. »Ruhe, bitte! Mr. Oshin, jetzt sind Sie an der Reihe.«

Mortimer Oshin zerdrückte seine Zigarette im Aschenbecher. »Meine Position hat sich mit dem Tode von Kenneth Rennert grundlegend geändert. Bis dahin hätte man mir ein rein persönliches Interesse an dem Fall vorwerfen können, und zwar mit Recht. Ich leugne nicht, daß ich die zehntausend Dollar vor allem deshalb beisteuerte, um mir die Zahlung einer zehnmal so hohen Entschädigung an Rennert zu ersparen. Rennerts Ermordung hat meinen diesbezüglichen Sorgen ein Ende gemacht, und ich könnte mich mit dieser für mich so günstigen Lösung zufriedengeben. Trotzdem bin ich unbedingt dafür, daß Mr. Wolfe seine Ermittlungen in unserem Auftrag fortsetzt. Was die Kosten anbelangt, so hat einer der Verleger, Mr. Dexter, sich bereit erklärt, sie zu übernehmen. Meiner Ansicht nach wäre es übelste Drückebergerei, wenn wir uns jetzt von dem Fall zurückziehen, nur weil der Betrüger, mit dem wir es anfangs zu tun hatten, sich als Mörder entpuppt hat. Rücktrittsdrohungen gefallen mir nicht, haben mir nie gefallen. Aber sollten Sie dem Antrag, Mr. Wolfe zu entlassen, zustimmen, dann werde ich mich aus dem Komitee zurückziehen. Und ich wünschte wahrhaftig, ich könnte auch aus dem Verband austreten.«

Gedämpftes Murmeln wurde laut, und Tabb klopfte wieder an sein Glas. »Miss Wynn? Aber möglichst knapp, bitte.«

Amy Wynns Nase zuckte. Ihre ineinandergekrampften Hände lagen auf der Tischkante. Diesmal mußte sie für sich selbst sprechen, denn ihr Sprachrohr, Reuben Imhof, war nicht zur Stelle. »Ich glaube eigentlich nicht, daß ich mich zu dem Problem äußern sollte, weil ich mich in derselben ...«

»Lauter, bitte, Miss Wynn.«

Sie hob ihre Stimme ein wenig. »... weil ich mich in derselben Situation befinde wie Mr. Oshin bis zu Rennerts Tod. Alice Porter, die Frau, die mich des Plagiats bezichtigt hat, ist noch am Leben. Zwar handelt es sich in meinem Fall offenbar nicht um ein Komplott wie in den anderen drei Fällen, aber das dürfte weiter keine Rolle spielen. Mr. Wolfe hat ja bewiesen, daß Alice Porter bei dem Betrug an Ellen Sturdevant nur das Werkzeug war. Wenn der ganze Schwindel auffliegt, ist Alice Porter auch erledigt, und ich wäre meine diesbezüglichen Sorgen los. Bis dahin habe ich jedoch ein starkes persönliches Interesse an dem Fall und möchte mich deshalb jeder Stellungnahme enthalten. Vielleicht dürfte ich gar nicht Mitglied des Komitees sein. Wenn Sie glauben, daß es fairer ist, trete ich zurück.«

»Verdammt feines Komitee«, knurrte einer der Anwesenden. »Jetzt wollen plötzlich alle zurücktreten.« Harvey setzte zum Sprechen an, aber Tabb unterbrach ihn. »Wir sind noch nicht fertig. Mr. Harvey hat eben behauptet, aus unserer Verbindung mit Mr. Wolfe könnten ernstliche Schwierigkeiten erwachsen. Ich bitte unseren Anwalt, sich dazu zu äußern. Mr. Sachs?«

Ein kräftiger, breitschultriger Bursche in ungefähr meinem Alter mit durchdringenden dunklen Augen warf den Kopf zurück.

»Die Angelegenheit ist vom juristischen Standpunkt aus nicht sehr kompliziert. Man könnte Mr. Wolfe einen Brief schreiben, in dem steht, daß Sie ihn lediglich mit der Ermittlung der betrügerischen Plagiatsansprüche beauftragt haben und mit sonst nichts. Sie wären dann für etwaige Gesetzwidrigkeiten, wie zum Beispiel das Zurückhalten von wichtigem Beweismaterial oder dergleichen, nicht haftbar. Allerdings könnten sich Schwierigkeiten anderer Art ergeben. Falls Mr. Wolfe sich derartige Verstöße zuschulden kommen läßt, könnte man Sie moralisch dafür verantwortlich machen. Aber dieser Gesichtspunkt dürfte nur dann eine Rolle spielen, wenn Sie unliebsames Aufsehen vermeiden wollen. Strafrechtlich hätten Sie nichts zu befürchten, es sei denn, Mr. Wolfe hätte sich in Ihrem Auftrag und mit Ihrem Wissen und Willen gegen das Gesetz vergangen. Der Brief würde Sie vor derartigen Anschuldigungen schützen. Wenn Sie es wünschen, kann ich ihn für Sie aufsetzen.«

Wolfe und ich wechselten einen Blick. Mr. Sachs erinnerte uns stark an Nathaniel Parker. Tabb nahm wieder das Wort. »Über diesen Punkt wären wir uns also im klaren. Ich möchte nun Miss Ballard um ihre Meinung bitten. Cora?«

Die vorbildliche Sekretärin klopfte nervös mit ihrem Bleistift auf einen Notizblock und sagte entschuldigend: »Also, offen gestanden, ich fühle mich bei der ganzen Sache nicht recht wohl. Mr. Wolfe genießt einen hervorragenden Ruf, und ich habe keineswegs die Absicht, ihn zu kritisieren. Dazu verstehe ich zuwenig von seiner Arbeit. Aber mir ist der Gedanke ausgesprochen unangenehm, daß der Verband womöglich in einen Mordprozeß verwickelt werden könnte. Mr. Harvey hat einen wichtigen Punkt vorhin nicht erwähnt, nämlich, daß die Polizei sich in die Ermittlungen eingeschaltet hat. Da es sich um drei Morde handelt, wird man polizeilicherseits bestimmt nicht ruhen, bis der Täter gefaßt ist. Bei dem Mörder, nach dem die Polizei fahndet, und bei dem Betrüger, den wir suchen, dreht es sich um ein und dieselbe Person. Folglich sehe ich nicht ein, warum wir einen Privatdetektiv mit Nachforschungen betrauen sollen, die die Polizei sowieso durchführt, und noch dazu, ohne daß es uns einen Cent kostet.« Sie lächelte zu Mortimer Oshin hinüber. »Mr.

Oshin nimmt es mir hoffentlich nicht übel, wenn ich behaupte, daß das mit Drückebergerei bestimmt nichts zu tun hat.«

»Ganz meine Meinung«, platzte Philip Harvey heraus. »Man kann schließlich von uns nicht erwarten . . .«

Der Präsident klopfte gegen sein Glas. Harvey wollte weitersprechen, aber die übrigen brachten ihn mit ›pst‹ und ›schsch‹ zum Schweigen. »Ich glaube, wir sind nun über das Für und Wider dieser Frage recht gut im Bilde«, nahm Tabb das Wort. »Mr. Wolfe, hätten Sie die Freundlichkeit, sich zu diesem Thema zu äußern?«

Wolfe ließ seine Augen nach rechts und links schweifen. Auf unserer Seite des Tisches gab es ein allgemeines Stühlerücken, und die am weitesten weg saßen, reckten den Hals, um nur nichts zu verpassen. »Ich möchte vorausschicken, daß mir einige von den Anwesenden mit ihren Büchern viel Vergnügen bereitet haben. Einer von Ihnen hat sogar wesentlich zu meiner geistigen Entwicklung beigetragen, während zwei oder . . .«

»Die Namen, bitte«, krähte die berühmte Schriftstellerin.

Gelächter. Tabb sorgte für Ruhe.

Wolfe fuhr fort: ». . . während zwei oder drei mich gelangweilt und geärgert haben. Aber alles in allem verdanke ich Ihnen viel, und deshalb bin ich hier. Sie alle sind verantwortlich für den gewaltsamen Tod dreier Menschen, und ich möchte Sie davor bewahren, sich dieser Verantwortung leichtfertig zu entledigen.«

Fünf oder sechs Männer und eine Frau erhoben protestierend ihre Stimmen. Tabb mischte sich diesmal nicht ein. Wolfe hob die Hand. »Gestatten Sie, meine Herrschaften. Ich habe lediglich eine Tatsache festgestellt, die sich beweisen läßt. Sie gründeten ein Komitee zu einem bestimmten Zweck. Das Komitee wiederum engagierte mich und gab mir einen bestimmten Auftrag. Es stellte mir das notwendige Schriftmaterial – Dokumente, Manuskripte, Berichte – zur Verfügung. Ich prüfte es und gelangte zu dem Schluß, daß die ersten drei Plagiatsbeschuldigungen von einer einzigen Person angezettelt worden waren. Sie werden mir zugeben, daß diese Entdeckung schon viel früher hätte gemacht werden können. Ich verschaffte mir je einen Roman von Alice Porter und Simon Jacobs, studierte die Zeugenaussage und drei Gedichte von Jane Ogilvy und kam danach zu einem zweiten Schluß, und zwar, daß keiner von ihnen die Manuskripte verfaßt hat, daß sie lediglich ihren Namen für das Schwindelmanöver hergegeben hatten. Damit änderte sich jedoch der Charakter der Untersuchung völlig. Sie weitete sich derartig aus, daß ich dem Komitee mitteilte, ich wäre für den Auftrag nicht mehr der geeignete Mann. Ein Mitglied des Komitees machte daraufhin den Vorschlag, einen der Komplicen, und zwar Simon Jacobs, zu ködern und zur Aussage zu überreden. Der Plan fand die Zustimmung der übrigen, und man forderte mich auf, ihn in die Tat umzusetzen. Ich willigte nur ungern ein, da er, abgesehen von den sechs Mitgliedern des Komitees, die ohnehin Bescheid wußten, noch weiteren Personen anvertraut werden mußte. Die unmittelbare Folge war, daß innerhalb weniger Stunden siebenundvierzig Menschen über unser Vorhaben unterrichtet waren, und das wiederum hatte zur Folge, daß Simon Jacobs getötet wurde, bevor Mr. Goodwin ihm das Angebot unterbreiten konnte. Da der Betrüger und Mörder befürchtete, wir könnten uns nun an Jane Ogilvy oder Kenneth Rennert heranmachen, brachte er die zwei vorsorglicherweise auch gleich um.«

Wolfe warf einen Blick in die Runde. »Ich wiederhole, daß man die Zusammenhänge schon viel früher hätte entdecken können, wenn man das vorhandene Material geprüft und miteinander verglichen hätte. Die Manuskripte waren seit über einem Jahr greifbar. Infolge dieser meiner Entdeckung und infolge eines Planes, der von einem Mitglied des Komitees, nämlich Mr. Oshin, vorgeschlagen und von den übrigen gebilligt wurde, mußten drei Menschen sterben. Und Sie denken in diesem Moment allen Ernstes daran, wie Sie Ihre Verpflichtungen möglichst schnell und reibungslos abschütteln können. Das zeugt zweifellos von großer Umsicht; sehr ritterlich ist es jedoch nicht. Der eine oder andere könnte es sogar für unehrenhaft halten. Ich erwarte Ihre endgültige Entscheidung. Mr. Harvey, bestreiten Sie die von mir angeführten Tatsachen?«

»Nein, sie sind durchaus zutreffend«, gab Harvey zu. »Aber

Sie haben eine noch nicht erwähnt. Sie haben selbst gesagt, daß Ihnen bei der Ausführung unseres Planes ein Fehler unterlaufen ist und daß Jacobs ohne diesen Mißgriff noch am Leben wäre. Sind wir für Ihre Fehler verantwortlich?«

»Natürlich nicht. Da der Plan so vielen Personen bekannt war, hätte ich Maßregeln für Jacobs' Sicherheit treffen müssen. Darum geht es hier jedoch gar nicht. Ein Versagen meinerseits befreit den Verband durchaus nicht von seiner Verantwortung. Sie könnten mich höchstens wegen Unfähigkeit entlassen. Aber dann müßten Sie, um Ihren Verpflichtungen nachzukommen, jemand anderen mit den Ermittlungen beauftragen. Mr. Tabb, Sie baten mich um meine Meinung. Sie haben sie gehört.« Wolfe stand auf. »Wenn das alles ist ...«

»Einen Augenblick noch, Mr. Wolfe.« Tabb sah sich um. »Hat noch jemand eine Frage?«

»Ich«, meldete sich ein männlicher Sitzungsteilnehmer. »Mr. Wolfe, Sie haben den Vorschlag unseres Anwalts gehört. Würden Sie solch eine schriftliche Erklärung akzeptieren?«

»Gewiß. Wenn ich den Betrüger erwische, stelle ich Sie zufrieden und verschaffe mir damit zugleich die Genugtuung, einen Mörder zu entlarven.«

»Gut. Dann beantrage ich, daß Mr. Sachs den Brief aufsetzt, daß der Vorsitzende des Komitees ihn unterzeichnet und daß er so bald wie möglich an Mr. Wolfe weitergeleitet wird.«

Zwei der Anwesenden, ein Mann und eine Frau, unterstützten den Antrag.

»Sie begreifen wohl, daß ich den Brief nicht unterschreiben kann«, erklärte Harvey. »Sollte der Antrag durchgehen, müssen Sie auf jeden Fall einen neuen Vorsitzenden wählen.«

»Mortimer Oshin«, schlug jemand vor.

»Das hat Zeit bis später«, entgegnete Tabb. »Bevor wir abstimmen: Hat noch jemand eine Frage an Mr. Wolfe?«

»Ja«, antwortete eine Frau. »Ich möchte ihn fragen, ob er weiß, wer der Mörder ist.«

Wolfe grunzte. »Wenn ich das wüßte, wäre ich nicht hier.«

»Sonst noch jemand?« erkundigte sich Tabb. »Nein? Gut. Dann wollen wir über den Antrag abstimmen.«

»Dazu brauchen Sie uns nicht«, sagte Wolfe. »Ich danke Ihnen allen für das Entgegenkommen, das Sie mir mit Ihrer Einladung bewiesen haben. Sollten Sie aus meinen Worten den Eindruck gewonnen haben, daß ich die Einladung nur deshalb annahm, um Sie vor einer groben Pflichtverletzung zu bewahren, dann möchte ich mich korrigieren. Ich wünsche außerdem für meine Mühe bezahlt zu werden. Kommen Sie, Archie.«

Er machte kehrt und wandte sich zur Tür. Ich lief um ihn herum, schnappte mir seinen Hut und Stock von einem Stuhl und hielt ihm die Tür auf.

16

Wir trafen fünf Minuten vor vier zu Hause ein, und Wolfe begab sich stehenden Fußes zu seinem nachmittäglichen Stelldichein mit den Orchideen. Auf meinem Schreibtisch lagen drei Zettel von Fritz mit Notizen über drei Telefonanrufe – von Lon Cohen, Thomas Dexter vom Title-House-Verlag und von einem persönlichen Freund.

Zuerst läutete ich Dexter an. Er wollte wissen, ob das Gerücht stimmte, daß der Schriftstellerverband eine Sondersitzung einberufen hätte, um das Komitee zur Lösung des Kontrakts mit Wolfe zu veranlassen. Ich sah nicht ein, warum ich einem Verleger auf die Nase binden sollte, womit sich Autoren und Dramatiker bei ihren Verbandssitzungen befaßten. Deshalb sagte ich nur, das Gerücht wäre uns auch zu Ohren gekommen, etwas Definitives wäre uns jedoch nicht bekannt, was durchaus zutraf, denn wir hatten ja die Abstimmung nicht mehr miterlebt. Er erklärte, falls der Verband sich etwa einbildete, er könnte einem vereinigten Komitee Weisungen erteilen, dann wäre er im Irrtum. Die Verleger würden sich das nicht gefallen lassen.

Wegen Lon Cohen machte ich keinen Finger krumm; der würde sich schon melden, wenn er etwas von mir wollte. Der dritte Anruf war eine reine Privatangelegenheit.

Kurz nach fünf meldete sich Saul Panzer aus einer Telefonzelle in einem Drugstore in Carmel. »Wir sind wieder frei. Die Anklagen wurden fallengelassen. Der Anwalt sitzt mit Dol Bonner und Fred an der Theke und führt sich ein Gläschen zu Gemüte. Was nun?«

»Vorerst keine weiteren Anweisungen. Die Chance, Alice Porter weiter im Auge zu behalten, ist wohl gleich Null, oder?«

»So ziemlich. Hab' gerade einen kurzen Abstecher zu dem Haus gemacht. Auf demselben Fleck, wo Fred, Orrie und ich umsichtig Posten gestanden haben, steht jetzt ein Wagen vom Sheriff. Und an der Kreuzung, wo Dol Bonner und Sally Corbett Wache geschoben haben, steht auch ein Wagen mit einem Beamten drin. Es sieht ganz so aus, als hätte Stebbins der hiesigen Polizei einen Wink gegeben. Man könnte sich höchstens von hinten an das Haus heranschleichen; eine Meile querfeldein bis zu einem bewaldeten Hügel. Aber der liegt mindestens fünfhundert Meter vom Haus entfernt, und nach Einbruch der Dunkelheit nützt einem das schärfste Fernglas nichts mehr.«

Ich erwiderte, am hellichten Tage vermutlich auch nicht; er sollte nach Hause gondeln, sich aufs Ohr legen und sich weiterhin zu unserer Verfügung halten. Für Fred gälte das gleiche. Dol Bonner würde von uns hören, sobald wir etwas für sie hätten.

Zwei Minuten später läutete das Telefon schon wieder.

»Büro von Nero Wolfe. Archie Goodwin am Apparat.«

»Hier spricht der Vorsitzende des vereinigten Komitees gegen literarischen Diebstahl. Sie erkennen meine Stimme vermutlich wieder?«

»Sicher. Verlief die Abstimmung glatt?«

»Wir sprechen zu Außenstehenden nicht über interne Angelegenheiten, aber die Abstimmung verlief glatt. Der Brief wurde aufgesetzt, und Sie bekommen ihn voraussichtlich morgen früh. Ich frage Sie erst gar nicht nach Mr. Wolfes nächsten Plänen, weil Sie mir sowieso nichts davon verraten würden. Aber ich dachte mir, er würde vielleicht gern erfahren, daß wir auch ritterlich und anständig sein können, manchmal wenigstens.«

»Ich werd's ihm ausrichten, Mr. Oshin. Gratuliere. Und wer ist das neue Komiteemitglied?«

»Oh, Harvey ist noch dabei. Er hat nur auf sein Amt als Vorsitzender verzichtet. Wahrscheinlich will er uns auf die Finger sehen. Lassen Sie's mich wissen, wenn Sie einen Spießgesellen brauchen.«

Das versprach ich ihm.

Als Wolfe um sechs aus dem Treibhaus herunterkam, berichtete ich ihm von den drei Anrufen – Dexter, Saul und Oshin. Als ich fertig war, tauchte Fritz mit einer Flasche Bier und einem Glas auf einem Tablett auf. Wolfe funkelte ihn grimmig an. Fritz blieb auf halbem Wege zum Schreibtisch stehen und betrachtete Wolfe unschlüssig.

»Auf diese Idee hat Archie Sie gebracht«, sagte Wolfe kalt.

»Nein, Sir. Ich dachte mir, daß Sie vielleicht . . .«

»Nehmen Sie's wieder mit. Ich habe einen Schwur abgelegt. Weg damit!«

Fritz verduftete. Wolfe funkelte der Abwechslung halber mich an. »Ist Alice Porter noch am Leben?«

»Keine Ahnung. Heute morgen um acht Uhr war sie noch ganz munter. Aber das ist über zehn Stunden her.«

»Ich möchte sie sehen. Bringen Sie sie her.«

»Gleich?«

»Ja.«

Ich betrachtete ihn kopfschüttelnd. »Eines Tages werden Sie von mir verlangen, daß ich Ihnen die Königin von England herbeischaffe, und vermutlich werde ich das dann auch irgendwie zuwege bringen. Sie scheinen vergessen zu haben, daß Sie mit meinen Methoden schon ein paarmal nicht einverstanden waren, als ich Ihnen jemanden heranschleppte. Haben Sie in dieser Hinsicht vielleicht einen Vorschlag für mich?«

»Ja. Teilen Sie ihr mit, ich wäre zu einem Angebot bereit.«

»Und wenn sie wissen möchte, was für ein Angebot?«

»Darüber sind Sie nicht im Bilde. Sie wissen lediglich, daß es sich um ihre Klage gegen Amy Wynn dreht. Mehr nicht. Sagen Sie ihr, es wäre für sie die letzte Chance. Morgen könnte es bereits zu spät sein.«

»Aber falls sie Amy Wynn anruft und erfährt, daß sie Ihnen keinen derartigen Auftrag erteilt hat?«

»Deshalb schicke ich Sie ja hin. Andernfalls ließe sich das zur Not auch telefonisch erledigen. Vermutlich wird sie Miss Wynn nicht anrufen; sollte sie sich jedoch wirklich dazu entschließen, dann sagen Sie ihr, daß das Angebot nicht von Miss Wynn ausgeht, sondern von meinem Klienten, dem Komitee. An sich wäre es mir lieber, wenn dieser Punkt nicht zur Sprache käme. Sie dürfen ihn nur erwähnen, wenn es gar nicht anders geht.«

»Na gut.« Ich erhob mich. »Vielleicht verraten Sie mir jetzt auch noch, womit Sie sie in Wirklichkeit unter Druck setzen wollen.«

»Nein. Ich kam eben erst im Fahrstuhl drauf; dabei hätte es mir schon längst einfallen müssen. Ich fürchte, mein Verstand läßt nach. Sie waren genauso vernagelt. Seit einer vollen Woche liegt der Hebel offen zutage, mit dem wir diese Frau aus ihrer unangreifbaren Stellung bugsieren können. Keiner von uns beiden hat ihn bisher bemerkt. Jetzt sehen Sie ihn natürlich auch.«

Fehlanzeige. Ich sah ihn nicht. Auf dem Weg zur Garage und während der Fahrt hatte ich Zeit genug, nach Wolfes kostbarem Hebel Ausschau zu halten. Aber er mußte verdammt gut versteckt sein, oder vielleicht war ich auch dümmer, als ich glaubte, ich kam jedenfalls nicht drauf. Erst als ich von der Bundesstraße 301 auf die Asphaltstraße einschwenkte, fiel es mir wie Schuppen von den Augen. Die Erleuchtung traf mich wie ein Blitz aus heiterem Himmel und blendete mich förmlich. Ich bremste, steuerte den Wagen auf den Randstreifen und begutachtete meine Entdeckung von allen Seiten. Kein Wunder, daß Wolfe gedacht hatte, sein Grips wäre eingerostet. Der springende Punkt starrte einem buchstäblich ins Gesicht. Ich gab Gas, fuhr auf die Straße zurück und sauste weiter. Jetzt hatten wir die Porter am Wickel.

Allerdings nützte uns der beste Hebel nichts, wenn X uns zuvorgekommen war und seinen alten Trick mit dem Messer bei ihr ausprobiert hatte. Während ich über die Straße fegte, schwor ich mir, nur noch gekochte Gurken zu essen, falls Alice Porter tot war – natürlich nur bis zu dem Tage, an dem wir den Täter erwischten. Eigentlich war es meine Absicht gewesen, den Hüter an der Kreuzung unter die Lupe zu nehmen, aber dazu hatte ich es jetzt zu eilig. Ich erhaschte nur einen flüchtigen Blick auf seinen Wagen, als ich im vollen Tempo auf den Feldweg einbog und mit einem Affenzahn über die Steine hinwegsauste. Für solche Geländefahrten ist ein Heron Sedan eigentlich zu schade, aber das war mir im Moment schnuppe. Kurz vor der Öffnung in der Mauer ging ich mit dem Tempo herunter, bugsierte den Wagen hindurch und holperte danach im Schneckentempo über die Furchen auf das kleine blaue Haus zu. Es war zehn Minuten nach acht, und die Sonne schickte sich gerade an, hinter der Hügelkette am Horizont zu verschwinden.

Schon als ich mich durch die Lücke schlängelte, hatte ich Alice Porter bereits bemerkt. Sie stand zweihundert Meter entfernt am Zaun und stritt sich mit einem Mann herum, von dem nur die obere Körperhälfte zu sehen war, weil er sich auf der anderen Seite des Zaunes befand. Der schwarz-weiße Köter kauerte neben seiner Herrin und wedelte mit dem Schwanz. Er hatte ein friedliebendes Gemüt, während sein Frauchen anscheinend sehr erbost war, denn ihre erhobene Stimme hallte über die Wiese hinweg bis zu mir herüber. Ich stieg aus und schlenderte auf sie zu. Dabei bekam ich noch den Schluß ihrer Tirade mit: »... und Sie können Ihrem Sheriff sagen, daß ich keinen Schutz brauche und auf eine Leibwache keinen Wert lege. Verschwinden Sie gefälligst von hier und lassen Sie sich nicht mehr blicken! Niemand will mir was tun, und wenn ich wirklich in Gefahr wäre, könnte ich mir selber helfen. Ich hab' dem Beamten von der Staatspolizei bereits heute morgen gesagt, daß ich es nicht wünsche, daß ...«

Der Mann hinter dem Zaun richtete seine Augen auf mich, und sie fuhr auf den Absätzen herum. »Was? Sie? Was wollen denn Sie schon wieder?«

Ich blieb stehen und stellte mit einem strafenden Blick auf den Gesetzeshüter fest: »Unbefugtes Betreten und Landstreicherei. Außerdem Störung des ländlichen Friedens. Ein Schnüffler kann dafür bis zu drei Jahren beziehen. Hauen Sie ab.«

»Sie auch«, sagte Alice Porter. »Sie können alle beide verschwinden.«

»Ich bin von der Polizei«, erklärte der Mann und zeigte seine Dienstmarke. »Vizesheriff des Distrikts Putnam.«

Wir starrten uns wechselseitig böse an. »Richten Sie Sergeant

Stebbins aus, daß Archie Goodwin hier war. Das wird ihn freuen.« Ich wandte mich an Alice Porter. »Als ich Sie vor zehn Tagen aufsuchte, wollten Sie nicht mit mir sprechen. Aber Sie gaben immerhin zu, daß Sie gegen ein Angebot nichts einzuwenden hätten und es sich ruhig anhören würden. Nun, ich möchte Ihnen eins machen.«

»Was für ein Angebot?«

»Das ist nur für Ihre Ohren bestimmt. Den Vizesheriff dürfte es kaum interessieren.«

Wenn sie einem gerade ins Gesicht sah, merkte man erst, wie dicht ihre Augen beieinanderstanden und daß ihre Nase nicht viel größer als ein Knopf war. »Na schön, kommen Sie mit ins Haus«, sagte sie. Dann fuhr sie zu dem Zaungast herum. »Und Sie verschwinden von hier, und zwar dalli!« Sie machte wieder kehrt und ging auf das Haus zu.

Wir bewegten uns wie eine Prozession über den Rasen. An der Spitze sie, dann der Hund, dann ich; und zehn Schritte hinter mir der Vizesheriff, der inzwischen über den Zaun geklettert war. Sie blickte sich nicht um, bis sie an der Haustür angelangt war; da sah sie ihn erst. Er hatte bei meinem Wagen haltgemacht und inspizierte die beiden Vordersitze. »Das geht in Ordnung«, sagte ich beruhigend. »Er soll sich nur umsehen. Mit irgendwas muß er sich schließlich die Zeit vertreiben.« Als sie die Tür öffnete, trottete der Hund voraus, und ich folgte ihr.

Der Wohnraum war größer, als ich erwartet hatte, und recht behaglich. Sie forderte mich zum Sitzen auf und deponierte ihre hundertsechzig Pfund Lebendgewicht in einem Korbsessel. Ich zog mir einen Stuhl heran.

»Um was für ein Angebot handelt es sich?« erkundigte sie sich.

Ich ließ mich nieder. »Das weiß ich nicht, Miss Porter. Nero Wolfe wird es Ihnen selbst vortragen. Sie müßten mich also nach New York in unser Büro begleiten. Offenbar handelt es sich um ein Angebot oder vielmehr eine Art Vergleich in Ihrer Klage gegen Amy Wynn.«

»Stammt das Angebot von ihr?«

»Ich kenne die Einzelheiten nicht, aber ich glaube ja.«

»Dann trügt Ihr Glaube.«

»Möglich. Das passiert mir öfter. Ich hatte lediglich diesen Eindruck. Es ist allerdings auch nicht ausgeschlossen, daß es von Mr. Wolfes Klienten, dem vereinigten Komitee gegen literarischen Diebstahl, ausgeht. Aber ich möchte eher annehmen, daß Amy Wynn dahintersteckt.«

»Das Denken ist anscheinend nicht Ihre Stärke, und Sie sollten's lieber bleibenlassen. Ich habe nicht die Absicht, nach New York zu fahren und Nero Wolfe aufzusuchen. Falls er mir wirklich ein Angebot machen will und Sie nicht wissen, worum es sich handelt, dann rufen Sie ihn doch an und fragen Sie ihn. Dort drüben steht das Telefon. Das Gespräch müssen Sie aber bezahlen.«

Die Dame hatte Haare auf den Zähnen. Da Wolfes Vorschlag nicht gezündet hatte, mußte ich auf meine eigenen, nicht ganz astreinen Überredungsmanöver zurückgreifen. Ich schlug die Beine übereinander und lehnte mich zurück. »Sehen Sie, Miss Porter, ich bin die neunzig Meilen hier herausgefahren, weil ich Sie nicht anrufen wollte. Ich fürchtete, man könnte Ihre Leitung angezapft haben. Warum hockt dieser Mensch den ganzen lieben Tag lang hinter Ihrem Zaun? Warum ist eine Meile von hier, an der Kreuzung, ein Polizeiwagen geparkt? Warum hat Ihnen heute morgen ein Staatspolyp die Bude eingerannt? Wer hat dieses ganze Theater angezettelt? Und warum? Ich kann's Ihnen sagen. Ein Mann namens Purley Stebbins von der New Yorker Polizei steckt dahinter. Er ist Sergeant beim Morddezernat West in Manhattan und bearbeitet die drei Mordfälle, die sich in den letzten zwei Wochen ereignet haben. Sie haben vermutlich davon gehört. Der da draußen behauptet, er wäre hier, um Sie zu beschützen. Blech. Er paßt auf, daß Sie sich nicht aus dem Staube machen. Wenn wir nach New York fahren, wird man uns beschatten, darauf können Sie Gift nehmen. Ich . . .«

»Ich fahre aber nicht nach New York.«

»Sie wären schön dumm, wenn Sie's nicht täten. Ich hab' keinen Schimmer, was Stebbins gegen Sie vorbringen kann. Aber er muß was wissen, sonst wäre er nicht hier aufgetaucht und hätte die hiesige Polizei auf Sie gehetzt. Ich sage die Wahrheit, wenn ich Ihnen erkläre, daß Wolfe mich nicht ins Vertrauen gezogen hat. Ich weiß wirklich nicht, weshalb er Sie sprechen möchte. Aber eins weiß ich bestimmt, er verdächtigt Sie jedenfalls nicht eines Mordes.«

»Er will mir also ein Angebot machen?«

»Vielleicht. Er trug mir wenigstens auf, Ihnen das zu sagen. Ich an Ihrer Stelle würde nicht herumsitzen und Schwierigkeiten machen, wenn man mir womöglich einen oder zwei oder gar drei Morde unterschieben will und wenn Nero Wolfe, der in dieser Sache Ermittlungen anstellt, mich zu sprechen wünscht. Wenn ich unschuldig wäre, würde ich zu ihm gehen und mich mit ihm auseinandersetzen.«

»Ich habe mit irgendwelchen Mordfällen nichts zu tun.« Sie hatte angebissen. Das konnte ich ihr vom Gesicht ablesen.

»Okay. Erzählen Sie das Sergeant Stebbins.« Ich erhob mich. »Er wird sich freuen, das zu hören. Tut mir leid, daß ich Sie bei Ihrer Unterhaltung mit Ihrer Leibwache gestört habe.« Ich wandte mich ab und war auf dem halben Wege zur Tür, als sie mich zurückrief.

»Warten Sie einen Moment!«

Ich drehte mich um. Sie kaute auf ihrer Unterlippe herum, und ihre Blicke irrten ziellos durchs Zimmer. Schließlich gab sie sich einen Ruck und sah mich an.

»Und wie komme ich wieder nach Haus? Ich könnte meinen Wagen nehmen, aber ich fahre ungern in der Nacht.«

»Ich bringe Sie wieder her.«

Sie stand auf. »Also gut, dann will ich mich eben etwas zurechtmachen. Sie können schon 'rausgehen und dem verdammten Sheriffstellvertreter sagen, er soll verschwinden.«

Ich begab mich zwar vors Haus, richtete die Botschaft jedoch nicht aus. Es dauerte eine Weile, bis ich den Vertreter des Gesetzes ausfindig gemacht hatte. Er hatte sich wieder hinter den Zaun zurückgezogen und war nicht allein. Anscheinend wurde er gerade abgelöst. Um den beiden Beamten zu zeigen, daß ich ihnen wohlgesinnt war, winkte ich ihnen zu. Aber sie nahmen keine Notiz von mir. Ich wendete den Wagen, sah im Kofferraum nach, ob meine Werkzeugtasche noch da war, und überprüfte den Inhalt des Handschuhfachs. Gleich darauf erschien

Alice Porter auf der Bildfläche, schloß die Haustür ab, tätschelte den Hund und stieg zu mir in den Wagen. Der Kläffer begleitete uns bis zu der Öffnung in der Mauer und blieb dann zurück.

Das erste Stück Straße bis zur Kreuzung legte ich im Dreißig-Kilometer-Tempo zurück, damit alle, die es anging, meinen Fahrgast erkannten und in aller Ruhe ihre Vorkehrungen treffen konnten. Als ich an der Kreuzung stoppte, erwischte ich dann auch richtig im Rückspiegel unseren Schatten, der sich in vorsichtiger Entfernung hielt. Alice Porter klärte ich jedoch erst auf, als wir über Carmel hinaus waren und ich genau wußte, daß er es auf uns abgesehen hatte. An sich wäre es ein Kinderspiel gewesen, ihn abzuhängen. Aber die Tatsache, daß wir verfolgt wurden, schien Alice Porter tief zu beeindrucken, und im Hinblick auf ihre Unterredung mit Wolfe konnte die Wirkung gar nicht stark genug sein. Sie verrenkte sich alle vier Minuten den Hals und starrte angestrengt nach hinten, und als wir endlich bei der Garage in der 10. Straße anlangten, war das für ihre Halsmuskeln bestimmt ein Segen, denn sie hatte sie verdammt strapaziert. Ich hatte keine Ahnung, ob unser Schatten einen Parkplatz fand und uns zu Fuß bis zur 35. Straße folgte oder ob er langsam hinter uns herfuhr, weil es mich nicht im mindesten interessierte.

Zunächst verfrachtete ich unseren Gast ins Vorderzimmer und begab mich auf dem Umweg über die Halle ins Büro. Wolfe las in einer französischen Zeitschrift. Als ich eintrat, sah er auf. »Haben Sie sie mitgebracht?«

Im Bewußtsein meiner vollbrachten Leistung nickte ich würdevoll. »Ich wollte Ihnen zuerst Bericht erstatten. Sie machte am Anfang Schwierigkeiten, und ich mußte verdammt starkes Geschütz auffahren, um sie 'rumzukriegen. Ihr ganzes Verhalten kam mir ein bißchen sonderbar vor.«

»Inwiefern?«

Ich gab ihm mein Gespräch mit Alice Porter wortwörtlich wieder. Er brauchte zehn Sekunden, um es zu verdauen, und sagte dann: »Bringen Sie sie 'rein.« Ich machte die Verbindungstür zum Vorderzimmer auf und bat Miss Porter, ins Büro zu kommen. Sie hatte inzwischen ihre Kostümjacke ausgezogen und prangte in einer weißen Bluse. Aber eine Augenweide war sie trotzdem nicht. Wolfe hatte sich bei ihrem Eintritt erhoben. Es wird mir immer unerfindlich bleiben, warum er sich dieser Mühe unterzieht. Ich kenne seine Einstellung Frauen gegenüber. Er hält alle, mit geringen Ausnahmen, für Gänse, und wenn sich ein weibliches Wesen in sein Büro verirrt, steht er Todesängste aus, weil er befürchtet, es könnte jeden Moment einen hysterischen Anfall bekommen und in Tränen ausbrechen. Bei Alice Porter bestand diese Gefahr allerdings kaum. Er wartete, bis ich sie im roten Ledersessel untergebracht hatte, und setzte sich dann wieder.

Er betrachtete sie forschend. »Mr. Goodwin erzählte mir«, begann er höflich, »daß Sie und Ihr Haus gut bewacht werden.«

Sie beugte sich vor; ihre Ellenbogen hatte sie auf die Armlehnen gestützt. »Ich brauche keinen Schutz. Er versuchte mir Angst einzujagen und mir weiszumachen, daß man mir einen Mord anhängen will. Aber ich lasse mich nicht so leicht einschüchtern, merken Sie sich das.«

»Trotzdem sind Sie hier.«

Alice Porter nickte. »Wie Sie sehen. Ich wollte herausfinden, was hinter alledem steckt. Mr. Goodwin sagte mir zwar, Sie wollten mir ein Angebot machen, aber daran glaube ich nicht. Worum handelt es sich nun eigentlich?«

»Sie irren sich, Miss Porter.« Wolfe lehnte sich gemütlich zurück. »Ich möchte Ihnen in der Tat ein Geschäft vorschlagen, sogar ein sehr vorteilhaftes – für Sie. Ich verpflichte mich, für den Fall, daß man Sie vor Gericht stellt, für Sie einzutreten. Natürlich erwarte ich, daß Sie sich dafür erkenntlich zeigen.«

»Das ist ja einfach lachhaft! Niemand wird mich vor Gericht stellen. Ich habe nichts Strafbares getan.«

»O doch«, erwiderte Wolfe freundlich. »Sie haben sich sogar eines sehr ernsten Vergehens schuldig gemacht, und zwar eines Betruges, verbunden mit Erpressung. Die Ereignisse liegen vier Jahre zurück, und es dürfte deshalb angebracht sein, sie Ihnen ins Gedächtnis zurückzurufen. Im Jahre 1955 beschuldigten Sie, auf Betreiben einer mir unbekannten Person, Ellen Sturdevant des Plagiats. Sie legten als Beweis dafür ein gefälschtes Manuskript vor und ergaunerten eine hohe Entschädigung. Im . . .«

»Das ist eine Lüge!«

»Dann könnten Sie mich wegen Verleumdung verklagen. Im folgenden Jahr, 1956, zettelte dieselbe Person, nennen wir sie der Einfachheit halber X, ein ähnliches Komplott an. Das Werkzeug war diesmal Simon Jacobs und das Opfer Richard Echols. 1957 wiederholte X das Schwindelmanöver mit Jane Ogilvy, um Marjorie Lippin das Fell über die Ohren zu ziehen. In allen drei Fällen hatte X Erfolg. Die Opfer wurden um hohe Summen betrogen. X hatte Blut geleckt und versuchte sein Glück im Jahre 1958 noch einmal. Sein Komplice Kenneth Rennert brachte eine Schadenersatzklage gegen den Dramatiker Mortimer Oshin ein. Oshin setzte sich bekanntlich zur Wehr, und bis zu Rennerts Tod, also vor fünf Tagen, war es noch zu keinem Vergleich gekommen.«

»Das ist vermutlich alles Schwindel. Jedenfalls habe ich mit alledem nichts zu tun.«

Wolfe nahm keine Notiz von ihr. »Ich beschränke mich auf das Wesentliche und erwähne auch das nur, damit Sie sich über die Tragweite meines Angebots klar sind. Ich kam X auf die Spur, als ich die drei Manuskripte, auf die sich die Anklagen stützten, miteinander verglich. Alle drei wurden von ein und derselben Person verfaßt. Diese Tatsache steht zweifelsfrei fest und läßt sich beweisen. Ich teilte dem Komitee meine Entdeckung mit, und wir faßten den Entschluß, uns ihrer zu bedienen, um Simon Jacobs den Namen von X zu entlocken. Dieser Plan wurde durch die Indiskretion des Komitees etwa fünfzig Personen bekannt. Er kam auch X zu Ohren, und Jacobs wurde ermordet, bevor wir ihm unser Angebot unterbreiten konnten. Da X mit Recht befürchtete, wir könnten mit dem gleichen Vorschlag an Jane Ogilvy oder Kenneth Rennert herantreten, entledigte er sich auch dieser zwei Mitwisser. Warum X Sie verschont hat, ist mir schleierhaft.«

»Vermutlich, weil es gar keinen X gibt. Wenigstens kenne ich keinen. Ich habe die Geschichte *Ewig währt die Liebe* nämlich selbst geschrieben.«

»Ausgeschlossen. Dann wären Sie X, und das glaube ich nicht.« Wolfe schüttelte entschieden den Kopf. »Haben Sie das Buch geschrieben, das unter Ihrem Namen veröffentlicht worden ist? Ich meine *Die Motte, die Erdnüsse aß.* Das stammt doch von Ihnen, nicht wahr?«

»Natürlich.«

»Gut. Folglich haben Sie die Kurzgeschichte nicht geschrieben. Auch das läßt sich beweisen. Aber weiter.« Wolfe beugte sich vor und sah sie scharf an. »Was nun das Manuskript betrifft, auf dem Ihre Klage gegen Amy Wynn fußt, die Geschichte *Auch zu dir kommt das Glück:* Haben Sie die selbst geschrieben?«

»Natürlich!«

»Stimmt. Ich habe sie gelesen und festgestellt, daß sie von derselben Hand stammt wie *Die Motte, die Erdnüsse aß.* Hierin wären wir uns also einig. In diesem Fall können Sie aber unmöglich die Geschichte *Ewig währt die Liebe* geschrieben haben. Der Unterschied zwischen den beiden Manuskripten ist so offenkundig, daß er sogar einem einigermaßen belesenen Richter und einer literarisch nicht vorgebildeten Jury in die Augen springen muß. Sie werden mir zugeben, daß ein Nachweis Ihrer betrügerischen Machenschaften im Falle Ellen Sturdevant die Glaubwürdigkeit Ihrer Klage gegen Amy Wynn empfindlich schmälert. Ich fürchte, Sie werden dabei kläglich Schiffbruch erleiden. Deshalb werde ich dafür sorgen, daß Miss Wynn Ihren Entschädigungsanspruch ein für allemal zurückweist.«

»Machen Sie, was Sie wollen.«

»Sie sind nicht beeindruckt?« erkundigte sich Wolfe wohlwollend.

»Natürlich nicht. Sie glauben doch wohl nicht im Ernst, daß irgend jemand auf Ihren Bluff hereinfällt. Wenn ich Sie richtig verstanden habe, wollen Sie beweisen, daß der Stil meines Buches nicht mit dem Stil der Kurzgeschichte übereinstimmt und daß ich deshalb nur eins von beiden geschrieben haben kann. Hab' ich recht?«

»Ja, und zwar unter Berücksichtigung sämtlicher Stilelemente, wie Diktion, Syntax, Komposition und Aufbau der Handlung.«

»Sie können's ja versuchen«, sagte sie verächtlich. »Als wenn wirklich gute Schriftsteller nicht so ziemlich jeden Stil imitieren könnten. Sie tun's doch dauernd. Denken Sie doch nur an die vielen Parodien.«

Wolfe nickte. »Gewiß. In der Weltliteratur gibt es eine Fülle meisterhafter Parodien. Aber Sie übersehen einen wesentlichen Punkt. Wir gingen von meiner Behauptung aus, daß die drei Manuskripte von der Hand einer Person stammen. Diese Behauptung kann ich beweisen, und jedes einigermaßen sachverständige Gremium würde mir darin ohne weiteres beipflichten. Sie müssen diese Tatsache entweder vorbehaltlos akzeptieren oder geltend machen, daß Sie bei der Abfassung von *Ewig währt die Liebe* von Ihrer normalen Schreibweise abwichen oder den Stil von jemand anderem, nennen wir ihn Y, aufgriffen. Daraus folgt wiederum, daß Jacobs bei der Niederschrift von *Was du dir wünscht* entweder Sie oder Y imitierte und daß Jane Ogilvy Sie oder Y oder Jacobs nachahmte. Das wäre nicht nur widersinnig, sondern völlig unmöglich, weil weder Ihre noch Jacobs' Geschichte jemals veröffentlicht wurde. Wenn Sie dem Gericht eine so phantastische Erklärung auftischen, sind Sie von vornherein geliefert. Bleiben Sie immer noch dabei, daß das Manuskript von Ihnen stammt?«

»Ja.« Aber ihre Miene war sehr nachdenklich geworden. »Ich kenne die Geschichten von Simon Jacobs und Jane Ogilvy nicht. Woher soll ich wissen, ob Sie mir nicht nur blauen Dunst vormachen.«

»Ich habe sie da. Archie, bringen Sie sie her. Auch Miss Porters Manuskript.«

Ich holte sie aus dem Safe, überreichte sie ihr und blieb neben ihr stehen.

»Sehen Sie sich das alles in Ruhe an«, sagte Wolfe. »Wir haben noch die ganze Nacht vor uns.«

Alice Porters Manuskript lag obenauf. Sie warf nur einen flüchtigen Blick auf die erste Seite und legte es auf das Tischchen neben ihrem Sessel. Vom zweiten Manuskript – es war *Was du dir wünscht* von Simon Jacobs – las sie die erste Seite und einen Teil der zweiten, und von Jane Ogilvys Geschichte las sie überhaupt nur die erste Seite. Als sie fertig war, ging ich zu dem Tischchen, um die Manuskripte wieder an mich zu nehmen. Aber Wolfe meinte, ich sollte sie noch liegen lassen, Miss Porter würde sie sich vielleicht gern noch einmal etwas genauer ansehen.

Er betrachtete sie. »Sie pflichten mir also bei.«

»Das habe ich nicht gesagt.«

»Nicht mit Worten, aber durch Ihr Verhalten. Entweder Sie untersuchen die Manuskripte, wie es sich gehört, oder Sie geben zu, daß ich recht habe.«

»Ich gebe gar nichts zu. Sie wollten mir ein Geschäft vorschlagen. Worum handelt es sich?«

Sein Ton wurde schärfer. »Zunächst möchte ich Sie auf eine zweifache Gefahr hinweisen. Ellen Sturdevant könnte sich dazu entschließen, gegen Sie eine Klage wegen Verleumdung und Erpressung anzustrengen, und auf Rückzahlung der ergaunerten Entschädigungssumme dringen. Das dazu erforderliche Beweismaterial ist greifbar. Ob es allerdings den gesetzlichen Vorschriften entspricht, weiß ich nicht, denn ich bin kein Jurist. Aber ich bin überzeugt davon, daß Amy Wynn mit einer gleichen Klage Erfolg haben würde. Ich brauche Ihnen wohl nicht zu sagen, daß Erpressung ein kriminelles Vergehen ist und dementsprechend geahndet wird.«

»Meinetwegen soll sie mich anzeigen. Aber sie wird sich hüten. Wetten, daß sie es nicht wagt?«

»Vermutlich doch. Übrigens habe ich Ihren Brief an die Victory Press gelesen, in dem Sie den Verlag zu einer zusätzlichen Schadenersatzleistung auffordern. Ich werde Mr. Imhof vorschlagen, Sie wegen versuchter Erpressung zu verklagen, entweder gemeinsam mit Miss Wynn oder unabhängig von ihr. Mr. Imhof wird bestimmt keinen Moment zögern. Er hat es nämlich sehr krummgenommen, daß das Manuskript ausgerechnet in sein Büro eingeschmuggelt wurde.«

Endlich war sie beeindruckt. Sie machte den Mund auf und wieder zu. Sie schluckte. Dann biß sie sich auf die Unterlippe. Schließlich sagte sie müde: »Das Manuskript wurde nicht eingeschmuggelt.«

»Also, ich verstehe Sie wirklich nicht, Miss Porter.« Wolfe schüttelte den Kopf. »Wenn Sie nur einen Funken gesunden Menschenverstand haben, müssen Sie einsehen, daß Ihre Ausflüchte völlig sinnlos sind. Wollen Sie die Manuskripte noch einmal begutachten?«

»Nein.«

»Dann nehmen Sie sie weg, Archie.«

Ich deponierte sie wieder im Safe. Als ich zu meinem Platz zurückkehrte, sagte Wolfe zusammenfassend: »Das wären also die Gefahren, mit denen Sie rechnen müssen. Nun zu meinem Angebot. Erstens: Ich werde alles, was in meinen Kräften steht, tun, um Ellen Sturdevant von einer Klage gegen Sie abzubringen. Zweitens: Ich werde dasselbe bei Miss Wynn und Mr. Imhof versuchen, und ich glaube, ich kann Ihnen schon jetzt die Zusicherung geben, daß es mir gelingen wird. Als Gegenleistung erwarte ich von Ihnen zwei Dinge: Erstens, Sie widerrufen schriftlich Ihren Anspruch gegen Amy Wynn und die Victory Press. Ich verlange kein Schuldbekenntnis, sondern lediglich eine Erklärung, daß es sich bei Ihrer Plagiatsbeschuldigung um einen bedauerlichen Irrtum handelte. Dieses Schriftstück muß von einem Anwalt aufgesetzt und beglaubigt werden. Zweitens, Sie nennen mir den Namen von X. Mehr will ich von Ihnen nicht. Sie brauchen nur ...«

»Ich kenne aber keinen X.«

»Pfui. Sie brauchen mir weder Beweise noch sonstige Details anzugeben; die werde ich mir selber verschaffen. Ich will auch nichts Schriftliches von Ihnen. Nennen Sie mir lediglich seinen Namen und seinen Aufenthaltsort, das genügt mir. Ich nehme nicht an, daß Sie über seine Betrugsmanöver gegen Echols, Marjorie Lippin und Oshin oder seine Mordanschläge gegen Jacobs, Jane Ogilvy und Rennert im Bilde waren. Wenn Sie mir erklären, Sie hätten nichts davon gewußt, dann glaube ich Ihnen das vorbehaltlos. Nennen Sie mir lediglich den Namen des Mannes oder der Frau, aus deren Feder das Manuskript von *Ewig währt die Liebe* stammt.«

»Ich selbst habe es geschrieben«, wiederholte sie hartnäckig.

»Unsinn. Diese Ihre Haltung ist ganz zwecklos, Miss Porter.«

»Mehr kann ich Ihnen nicht sagen.« Sie hatte die Hände im Schoß ineinandergekrampft, und auf ihrer Stirn standen Schweißtropfen. »Ihre erste Bedingung, ich meine, die Erklärung für Amy Wynn und die Victory Press, geht in Ordnung. Wenn ich die Garantie bekomme, daß mir nichts passiert, bin ich bereit, meinen Anspruch schriftlich zu widerrufen, weil ich mich geirrt habe. Ich glaube zwar immer noch nicht, daß Sie Ihre Behauptung beweisen könnten. Vielleicht ist das alles kein fauler Zauber, aber ich bezweifle, daß zum Beispiel eine Jury Ihr Gerede von Stilgleichheit und Übereinstimmung im Text und Aufbau so ohne weiteres schluckt. Wenn Sie die drei Manuskripte unbedingt Ihrem X in die Schuhe schieben wollen, ist Ihnen nicht zu helfen. Ich kenne jedenfalls Ihren X nicht und kann Ihnen deshalb auch seinen Namen nicht nennen.«

Keinen Augenblick ließ ich Miss Porter aus den Augen. Ihre Tirade war eine bewunderungswürdige Leistung. Nie hätte ich ihr zugetraut, daß sie so überzeugend lügen könnte. Menschenkenntnis ist etwas Gutes und für einen Detektiv von Rechts wegen unentbehrlich, aber leider funktioniert sie nicht immer. Ich dachte darüber nach, wie leicht man sich täuschen kann und daß Wolfes berühmter Dreh offenbar nicht richtig gezündet hatte. Alice Porter war ein härterer Brocken, als wir angenommen hatten. Schließlich fiel mir auf, daß es merkwürdig still geworden war. Ich warf einen erstaunten Blick zu Wolfe hinüber und riß verdutzt die Augen auf.

Wolfe lag zurückgelehnt in seinem Sessel mit geschlossenen Augen, die Hände auf dem Bauch gefaltet, und bewegte stumm die Lippen. Er schob sie vor und zurück – vor und zurück, und das konnte nur eines bedeuten: Er hatte eine Lücke in Alice Porters Lügengebäude entdeckt oder glaubte wenigstens, sie entdeckt zu haben, und bereitete nun seinen Angriff vor. Eigentlich wunderte es mich, daß er sich gar so sehr ins Zeug legte. Ich gebe zu, man soll nicht von sich auf andere schließen, und mein Grips kann sich mit seinem nicht messen, aber für meine Begriffe stand uns sowieso nur ein Mittel zur Verfügung. Wir mußten Alice Porter mit dem Kittchen drohen und ihr ihre Zukunft so grau in grau malen, daß ihr himmelangst wurde. Sie war ohnehin schon ziemlich mürbe. Ich sah zu ihr hinüber. Sie hatte ein Taschentuch aus ihrer Handtasche gezogen und trocknete sich die Stirn.

Wolfe öffnete plötzlich die Augen, richtete sich auf und zuckte mit den Schultern. »Nun denn, Miss Porter, wenn Sie X nicht kennen, können Sie mir seinen Namen allerdings nicht nennen. Deshalb will ich Sie nicht länger aufhalten. Sie hören von mir, sobald ich mich mit Miss Wynn und Mr. Imhof ins Einvernehmen gesetzt habe. Mr. Goodwin wird Sie nach Hause bringen. Archie!«

Ich hatte keinen Schimmer, warum er unseren Gast so Hals über Kopf hinauskomplimentierte. Ich konnte mir auch nicht vorstellen, in was er sich nun eigentlich verbissen hatte. Es passiert immer wieder mal, daß mir seine Geistesblitze zu hoch sind. Er erwartet dann, vor allem, wenn wir Gäste haben, daß ich seinen Befehlen stillschweigend gehorche und kein zu dämliches Gesicht mache. Ich stand also auf und erkundigte mich lediglich, ob er sonst noch irgendwelche Aufträge für mich hätte. Er verneinte. Alice Porter wollte etwas sagen, überlegte es sich aber anders und hielt den Mund. Als ich ihr in die Jacke half, verfehlte sie den rechten Ärmel zweimal. Das kann natürlich auch meine Schuld gewesen sein, denn ich war mit meinen Gedanken ganz woanders. Ich ging noch einmal das Gespräch zwischen Wolfe und Alice Porter von Anfang an durch und zerbrach mir den Kopf darüber, an welcher Stelle Wolfe die Erleuchtung gekommen war.

Drei Stunden und zwanzig Minuten später konnte ich mir noch immer keinen Vers darauf machen. Kurz vor halb drei stieg ich die Stufen vor dem alten Backsteinhaus hinauf und öffnete die Haustür. Auf der Rückfahrt von Carmel, als ich den Parkway entlanggondelte, bildete ich mir für eine Weile ein, ich hätte das Rätsel gelöst. Mit einemmal war mir alles klar. Alice Porter war X und hatte ihre erste Geschichte absichtlich in einem Stil geschrieben, der von ihrer normalen Schreibweise himmelweit verschieden war. Aber meine Theorie hatte drei Haken. Erstens, wenn sie so raffiniert gewesen war, für das erste Manuskript einen neuen Stil zu erfinden, warum hatte sie das dann nicht auch bei den beiden anderen getan, anstatt sich einfach zu wiederholen? Zweitens, warum hatte sie bei ihrer letzten Geschichte, bei *Auch zu dir kommt das Glück*, auf ihren eigenen Stil zurückgegriffen? Drittens, was, zum Kuckuck, hatte sie eigentlich gesagt, daß bei Wolfe plötzlich der Groschen fiel? Ich grübelte noch immer darüber nach, als ich unser Büro betrat.

Auf meinem Schreibtisch lag eine Notiz:

AG:
Saul, Fred, Orrie, Miss Bonner und Miss Corbett werden sich morgen früh um acht Uhr bei mir melden. Ich habe dem Safe eintausend Dollar für Spesen entnommen. Sie, Archie, werden nicht benötigt und können ausschlafen. NW

Wolfe hat seine Grundsätze, und ich habe meine. Wenn ich schlafe, schlafe ich. Deshalb gestatte ich meinem Hirn prinzipiell keine Extratouren, sobald mein Kopf auf dem Kissen landet. Normalerweise funktioniert das ganz automatisch, aber diesmal mußte ich ein bißchen nachhelfen. Es dauerte volle drei Minuten, bis es endgültig abgeschaltet hatte.

17

Um drei Uhr nachts ins Bett und um zehn Uhr morgens wieder heraus. Folglich fehlte mir eine Stunde zu meinem normalen Schlafpensum von acht Stunden. Aber da Wolfe nicht nur mit seinem Lippentick begonnen und Alice Porter Knall und Fall verabschiedet, sondern auch unseren Hilfstrupp zusammengetrommelt hatte, und zwar alle fünf und dazu noch vor dem Frühstück, hatte es den Anschein, als näherten wir uns mit schwindelnder Eile dem Höhepunkt der Krise. Deshalb war ich bereit, ein größeres persönliches Opfer zu bringen, und rollte um zehn aus dem Bett. Ich beeilte mich auch mit dem Duschen, Rasieren, Anziehen und Frühstücken und fand mich infolgedessen schon um Viertel nach elf im Büro ein, also nur fünfzehn Minuten später als Wolfe, der wie üblich um elf von seinen Orchideen Abschied genommen hatte. Er saß an seinem Schreibtisch und widmete sich der Post. Ich begab mich zu meinem Platz und beobachtete ihn beim Aufschlitzen der Briefumschläge. Seine Hände arbeiteten flink und dabei sorgfältig; er wäre für eine manuelle Beschäftigung wie geschaffen, vorausgesetzt, er dürfte sie im Sitzen erledigen. Ich fragte ihn, ob er Hilfe brauchte, und er sagte nein. Nach einer kurzen Pause erkundigte ich mich, ob er irgendwelche Instruktionen für mich hätte.

»Vielleicht.« Er ließ das Aufschlitzen sein und sah hoch. »Vorher müssen wir etwas besprechen.«

»Gut. Ich schätze, dazu reicht's bei mir noch, sofern die Sache nicht zu kompliziert ist. Zuerst möchte ich Ihnen über meine Unterhaltung mit Alice Porter auf der Fahrt nach Carmel Bericht erstatten. Ungefähr auf der Hälfte des Weges sagte sie: ›Ich setze mich nachts nie ans Steuer meiner Augen wegen. Ich bekomme nämlich immer Kopfschmerzen.‹ Das war alles. Sonst kein Wort. Ich hielt auch die Klappe, weil ich nicht wußte, was ich sagen sollte – ich meine, nach der etwas plötzlichen Art, mit der Sie sie nach Hause schickten. Zweitens wäre es vielleicht ganz angebracht, wenn Sie mir wenigstens einen Wink in bezug auf unseren Hilfstrupp geben würden, damit ich, wenn sie anrufen, kapiere, wovon eigentlich die Rede ist.«

»Die fünf werden mir Bericht erstatten.«

»Verstehe. Wieder mal die alte Masche. Was ich nicht weiß, tut Ihnen nicht weh.«

»Sie meinen, was Sie nicht wissen, tut Ihnen nicht weh. Dann brauchen Sie sich nämlich keine Lügen auszudenken.« Wolfe legte den Brieföffner weg. Es war ein dolchartiges Messer mit einem Horngriff, mit dem man ihm im Jahre 1954 in einem Fort an der albanischen Grenze um ein Haar den Garaus gemacht hätte. Der Attentäter war ein Mann namens Bua, und der Revolver, mit dem ich Bua erschossen hatte, ruhte in einer Schublade meines Schreibtisches. Er fuhr fort: »Außerdem könnten Sie die Anrufe ohnehin nicht entgegennehmen, weil Sie nicht hier sein werden. Es handelt sich um folgendes: Ich habe mich gefragt, wie es kommt, daß Alice Porter noch am Leben ist. Warum X die anderen drei ohne Zögern umgebracht, sie jedoch verschont hat. Und wieso sie so fest davon überzeugt ist, daß ihr keine Gefahr droht. Sie wohnt allein in jenem abgelegenen Haus ohne einen Gefährten, bis auf den Hund, der sich mit jedem Fremden sofort anfreundet, und trotzdem scheint sie nicht die geringste Furcht zu empfinden. Sie ist die Ruhe in Person, obwohl X praktisch von einer Minute zur anderen über sie herfallen könnte. Warum?«

Ich grinste. »Dafür gäbe es ein Dutzend Gründe, aber der einfachste ist immer der beste. Außerdem hat der Trick einen solchen Bart, daß ihn jedes Kind kennt. Sie setzt einen Bericht auf, in dem sie genau beschreibt, wie X und sie Ellen Sturdevant übers Ohr gehauen haben, wobei sie X vermutlich als Sündenbock und sich selbst als verführtes Unschuldslamm hinstellt. Sofern sie über irgendwelche Beweise, wie Briefe oder Schriftproben oder ein Manuskript von X, verfügt, legt sie das bei und steckt alles miteinander in einen Briefumschlag. Sie versiegelt ihn, schreibt drauf ›Erst nach meinem Tode zu öffnen‹, setzt ihren Namen darunter und deponiert ihn bei einem vertrauenswürdigen, zuverlässigen Menschen. Dann gibt sie X einen Wink mit dem Zaunpfahl, und X ist mit seinem Latein zu Ende. Der Trick ist so alt wie Methusalem und ebenso abgenutzt, aber er zieht immer noch. Er hat eine Unmenge von Erpressern das Leben gerettet.« Ich grinste wieder. »Vielleicht hat auch Alice Porter auf ihn zurückgegriffen. Jedenfalls gefällt mir die Erklärung am besten, aber es gibt natürlich noch andere.«

Wolfe grunzte. »Die anderen können wir links liegenlassen. Ich war bei meinen Überlegungen zu demselben Schluß gekommen. Jetzt fragt sich nur, wo dieser Briefumschlag sein kann.«

Ich zuckte mit den Schultern. »Vermutlich irgendwo in einem Staat der Vereinigten Staaten, und davon gibt's fünfzig. Soll ich ihn suchen?«

»Ja.«

»Brauchen Sie ihn noch vor dem Lunch?« Ich stand auf.

»Spielen Sie nicht den Clown. Falls ein solcher Brief existiert, und ich halte das für höchst wahrscheinlich, dann würde ich gern erfahren, wo er steckt. Wenn wir ihn in die Finger bekommen, um so besser. Aber es würde schon genügen, wenn wir wenigstens seinen Aufbewahrungsort kennen. Wo wollen Sie mit Ihrer Suche beginnen?«

»Tja, darüber hab' ich eigentlich noch nicht nachgedacht. Bei ihrer Bank, falls sie eine hat, bei ihrem Pastor, falls sie in die Kirche geht, bei einem Verwandten oder intimen Freund, falls . . .«

»Das ist viel zu weitläufig und würde Tage in Anspruch nehmen. Sie wenden sich am besten an Cora Ballard. Alice Porter trat 1951 dem Verband bei, wurde 1954 wegen Nichtbezahlung der Beiträge ausgeschlossen und trat 1956 erneut ein. Ich hatte den Eindruck, daß Miss Ballard über die Mitglieder ungewöhnlich gut informiert ist. Sie wird Ihnen sicher helfen, wenn sie dazu in der Lage ist. Setzen Sie sich mit ihr in Verbindung.«

»Okay. Hoffentlich haben Sie recht, was ihre Hilfsbereitschaft angeht. Schließlich gehört sie zu der Partei, die Sie abservieren wollte. Aber . . .«

An der Tür schellte es. Ich ging in die Halle, warf einen Blick durch die Spionglasscheibe und informierte Wolfe: »Inspektor Cramer!« Wolfe verzog sein Gesicht und knurrte: »Ich habe nichts für ihn.« Ich fragte, ob ich Cramer das ausrichten und ihn bitten sollte, morgen wiederzukommen. Er bejahte und fügte dann grollend hinzu: »Zum Teufel, nein! Dann rennt er mir den ganzen Tag lang die Bude ein, und Sie sind nicht da, um ihn abzuwimmeln. Lassen Sie ihn also schon 'rein.«

Ich eilte in die Halle, riß einladend die Tür auf und erlebte eine Überraschung oder vielmehr einen Schock, von dem ich mich erst allmählich erholte. Cramer sagte klar und deutlich »Guten Morgen«. Aber das war noch nicht alles. Anstatt wie gewöhnlich an mir vorbei ins Büro zu stürzen, warf er seinen Hut auf die Kleiderablage und wartete geduldig, bis ich die Tür zugemacht hatte. Dann begab er sich gesittet ins Büro, begrüßte Wolfe und erkundigte sich sogar nach seinem Wohlergehen. Ich fiel von einem Erstaunen ins andere und hätte ihm um ein Haar einen freundschaftlichen Knuff zwischen die Rippen versetzt. Anscheinend war heute Brüderschaftstag. Aber das Beste sollte noch kommen. Als er wie üblich seinen Stammplatz eingenommen hatte, erklärte er scherzend: »Ich hoffe, Sie erheben von mir keine Miete für die Benutzung dieses Sessels.« Wolfe erwiderte höflich, im Gegenteil, der Sessel wäre ja eigens für müde Gäste bestimmt. Worauf Cramer fragte: »Auch für durstige? Wie wär's mit einem Glas Bier?«

Jetzt wurde die Situation kitzlig. Wenn Wolfe das Biersignal gab, zwei lange und ein kurzes Klingelzeichen, dann würde Fritz in der Küche das notgedrungen falsch auslegen; Wolfe wäre gezwungen, eine umständliche und peinliche Erklärung von Stapel zu lassen; Cramer würde natürlich seinen Senf dazugeben, und mit der Brüderschaft wäre es Essig. Wolfe warf mir einen auffordernden Blick zu. Ich stand auf, verschwand in die Küche, schnappte mir ein Tablett, eine Flasche Bier und ein Glas, sagte Fritz, das Bier wäre für einen Gast, und ging ins Büro zurück.

Als ich in der Tür aufkreuzte, sagte Cramer gerade: ». . . aber ich hätte mir niemals träumen lassen, daß ich den Tag erleben würde, an dem Sie Ihren Bierkonsum einschränken. Danke, Goodwin.« Er schenkte sich ein Glas ein. »Also, ich bin hier, um mich bei Ihnen zu entschuldigen. Vorige Woche – ich glaube, es war am Freitag – hielt ich Ihnen vor, Sie hätten Jane Ogilvy als Lockvogel benutzt und damit praktisch ans Messer geliefert. Vermutlich hab' ich mich geirrt. Wenigstens haben wir bis jetzt keinen Menschen aufgestöbert, der irgendwas davon wußte. Außerdem wurde Kenneth Rennert in der gleichen Nacht umgebracht, und ich kann mir nicht denken, daß Sie gleich zwei Köder ausgelegt haben. Tut mir wirklich leid. Ich war vielleicht ein bißchen zu hitzig.« Er griff nach seinem Glas und nahm einen kräftigen Schluck.

»Sehr freundlich von Ihnen«, knurrte Wolfe. »Um so mehr, als Sie bei mir mit mindestens einem Dutzend Entschuldigungen im Rückstand sind. Wir wollen die eine für alle gelten lassen.«

»Sie sind immer so verdammt hochnäsig.« Cramer stellte das Glas weg. »Ich hätte mir die Mühe sparen können und Ihnen lieber sagen sollen, daß ich mir Ihre ewigen Einmischungen in meine Angelegenheiten energisch verbitte. Sie haben Goodwin nach Carmel geschickt mit dem Auftrag, sich einer Frau zu bemächtigen und sie hierherzuschleppen. Diese Frau stand unter polizeilicher Überwachung.«

»Von Zwang konnte keine Rede sein. Sie begleitete ihn aus freien Stücken.«

»Erzählen Sie das jemand anderem. Sie erschien heute morgen beim Sheriff in Carmel und forderte ihn auf, seine Leute von ihrem Grundstück abzuziehen. Sie sagte, Goodwin hätte behauptet, Sergeant Stebbins hätte die Ortspolizei auf sie gehetzt, weil man ihr einen Mord anhängen wollte. Außerdem hätte er ihr geraten, sich so schnell wie möglich mit Nero Wolfe in Verbindung zu setzen; er könnte ihr vielleicht helfen. Das ist schon kein Zwang mehr, das ist glatte Erpressung.« Er sah mich an. »Haben Sie ihr das wirklich weisgemacht?«

»Sicher. Warum nicht? Oder haben Sie sie inzwischen von der Verdächtigenliste gestrichen?«

»Nein.« Er wandte sich wieder zu Wolfe. »Bitte, er gibt es sogar zu. So was nenne ich gesetzwidrige Einmischung in eine Morduntersuchung, und jeder Richter würde mir ohne weiteres beipflichten. Jetzt habe ich die Nase endgültig voll. Ich habe Sie immer und immer wieder gewarnt, aber Ihnen ist anscheinend nicht zu helfen. Diesmal kann ich's beweisen, und wahrhaftig, ich werde dafür sorgen, daß man Sie zur Verantwortung zieht!«

Wolfe legte beide Hände auf die Armlehnen. »Mr. Cramer, ich weiß natürlich ganz genau, daß Sie nichts dergleichen tun werden. Sie haben keineswegs die Absicht oder den Wunsch, mich vor den Richter zu zitieren, denn damit wäre Ihnen nicht gedient. Ihnen kommt es einzig und allein auf Informationen an, und da Sie vermuten, ich könnte Ihnen vielleicht den einen oder anderen Wink geben, versuchen Sie mich erst mit Entschuldigungen zu ködern und danach mit Drohungen einzuschüchtern: ein höchst primitives Verfahren, das mir das Ausmaß Ihrer Ratlosigkeit verrät. Sie sind bei Ihren Nachforschungen offenbar in einer Sackgasse gelandet. Aber bitte, ich werde Ihnen den Gefallen tun. Sie sollen alles hören. Archie, wiederholen Sie für Mr. Cramer unser gestriges Gespräch mit Alice Porter. Aber genau!«

Ich schloß die Augen, um mich einen Moment lang zu konzentrieren. Ich habe ein gutes Gedächtnis, aber die vielen Namen und Titel und Daten und Wolfes Vorstöße und Finten in der richtigen Reihenfolge wiederzugeben, war gar nicht so einfach. Außerdem wollte ich nicht riskieren, von Wolfe mitten im besten Vortrag unterbrochen zu werden, weil ich ein unwesentliches Detail unterschlagen hatte. Ich begann langsam und steigerte das Tempo, sobald ich richtig in Fluß kam; einmal stolperte ich und sagte ›Erpressung‹ anstatt ›versuchter Erpressung‹, aber ich fing mich rechtzeitig und besserte den Fehler aus. Gegen das Ende zu, als ich wußte, daß nun nichts mehr schiefgehen konnte, lehnte ich mich bequem zurück und schlug die Beine übereinander, um zu zeigen, daß eine solche Gedächtnisübung für einen Mann von meinem Kaliber nur eine Lappalie war. Am Schluß gähnte ich. »Verzeihung, aber es wurde letzte Nacht ziemlich spät. Hab' ich irgendwas vergessen?«

»Nein«, erwiderte Wolfe. »Es war zufriedenstellend.« Er sah Cramer an. »Da haben Sie den gewünschten Bericht, Wort für Wort. Sie werden mir zugeben, daß von einer gesetzwidrigen Einmischung in ein schwebendes Verfahren nicht die Rede sein kann. Der Begriff Mord fiel nur am Rande und spielte bei dem Gespräch überhaupt keine Rolle. Sie können von den Informationen nach Belieben Gebrauch machen. Es sollte mich freuen, wenn ich Ihnen damit einen Dienst erwiesen habe.«

»Tja . . .« Cramer schien nicht überwältigt zu sein. »Sie hat Ihnen nichts, aber auch gar nichts gesagt, was wir nicht schon vorher gewußt hätten. Das leuchtet mir nicht ein. Aber das Merkwürdigste an der ganzen Sache ist, daß Sie sie so Hals über Kopf wegschickten. Warum haben Sie sie nicht unter Druck gesetzt? Sie hatten sie praktisch in der Hand. Wenn der Bericht stimmt, dann war sie so mürbe, daß nicht mehr viel dazu gehört hätte, um sie zum Sprechen zu bringen. Warum haben Sie sie gehen lassen?«

Wolfe zuckte mit den Schultern. »Aus einem sehr einfachen Grunde. Weil sie mir alles gesagt hatte, was ich wissen wollte. Sie hat X für mich identifiziert. Oder um genau zu sein, sie hat mir unabsichtlich einen so deutlichen Fingerzeig geliefert, daß ich mir über die Person von X nicht mehr im Zweifel sein konnte. Andererseits war mir klar, daß sich Miss Porter niemals dazu bekennen würde. Wenn ich weiter in sie gedrungen wäre, hätte sie mich mit einem Haufen Lügen abgespeist. Deshalb stellte ich mich dumm und schickte sie nach Hause.«

Cramer fischte eine Zigarre aus seiner Rocktasche und steckte sie zwischen die Lippen. Es hatte ihm offenbar die Sprache verschlagen. Ich war zwar nicht ganz so überrascht wie er, weil ich seit gestern abend mit einer günstigen Entwicklung rechnete, aber auf einen solchen Knalleffekt war ich doch nicht gefaßt gewesen. Da ich Cramer nicht auf die Nase binden wollte, daß mir Wolfes Eröffnung ebenso neu war wie ihm, warf ich den Kopf zurück und gähnte anhaltend.

18

Es gibt ein garantiert wirksames Mittel, um sich bei einer Frau ins rechte Licht zu setzen. Man lädt sie zu Rusterman ein. Ich habe das schon öfter ausprobiert und immer wieder festgestellt, daß ein Lunch oder ein Dinner bei Rusterman selbst das sprödeste weibliche Wesen zum Schmelzen bringt. Das Restaurant gehörte früher Marko Vukcic. Seit seinem Tode ist Wolfe einer der Treuhänder, und deshalb genieße ich den Vorzug, immer einen reservierten Tisch vorzufinden. Ein wahrer Segen, denn das Lokal ist meistens bis zum letzten Platz gefüllt. Als ich mich mit Cora Ballard durch die wartende Menge hindurchgearbeitet hatte und mich suchend umsah, erspähte uns Felix und geleitete uns zu einem abgelegenen Tisch linker Hand. Während wir Platz nahmen und unsere Servietten auseinanderfalteten, sagte Cora Ballard: »Falls Sie die Absicht hatten, bei mir Eindruck zu schinden, dann ist Ihnen das gelungen.«

Wolfes Grundsatz, beim Essen nicht über Geschäfte zu sprechen, hat viel für sich. Aber diesmal ließ sich das nicht machen, weil Cora Ballard schon um halb drei wieder in ihrem Büro sein mußte. Wir waren noch beim Cocktail, da pürschte ich mich bereits vorsichtig an mein Ziel heran, indem ich beiläufig äußerte, sie wäre wahrscheinlich über die Verbandsmitglieder recht gut orientiert. Nein, erwiderte sie, nicht über alle. Sehr viele lebten nicht in New York, und von denen, die in New York selbst oder in der näheren Umgebung wohnten, käme der größere Teil nicht regelmäßig zu den Sitzungen. Wie gut kannte sie eigentlich Alice Porter? Oh, ziemlich gut; sie hätte die Sitzungen pünktlich besucht, bis vor kurzem wenigstens, und als sich im Jahre 1954 der Verlag Best & Green entschloß, ihr Kinderbuch, *Die Motte, die Erdnüsse aß*, herauszubringen, wäre sie mehrmals ins Verbandsbüro gekommen, um sich des Vertrags wegen Rat zu holen.

Als die Kalbspasteten anrollten, legte ich eine kurze kulinarische Pause ein. Dann erklärte ich ihr, ich wäre auf der Suche nach einem Dokument, das Alice Porter vermutlich einer vertrauenswürdigen Person zu treuen Händen übergeben hätte. Könnten Mitglieder des Verbands wichtige Schriftstücke bei ihr im Büro deponieren? Nein, darauf wären sie nicht eingerichtet. Hätte sie eine Ahnung, bei wem oder wo Alice Porter ein wichtiges Dokument – zum Beispiel einen Brief, der nur im Falle ihres Todes geöffnet werden sollte – hinterlegen würde?

Sie war gerade dabei, sich eine Gabel voll Pastete einzuverleiben, ließ die Hand jedoch wieder sinken. »Ich verstehe«, sagte sie nachdenklich. »Das ist eine gute Idee, sofern ... Was befindet sich in dem Briefumschlag?«

»Ich weiß nicht. Ich weiß nicht mal, ob er überhaupt existiert. Detektive verplempern meistens einen Haufen Zeit mit der Suche nach Dingen, die es gar nicht gibt. Wolfe hielt es für möglich, daß sie Ihnen den Brief übergeben hat.«

»O nein. Wenn wir mit solchen Gefälligkeiten erst mal anfangen, dann ertrinken wir schließlich in all dem Papierkram und müssen uns womöglich einen Tresor anschaffen. Aber vielleicht kann ich Ihnen einen Wink geben ... Warten Sie mal ... Alice Porter.« Sie überlegte und beförderte zwischendurch eine Gabel voll Pastete in den Mund.

Schließlich nannte sie mir sechs Möglichkeiten, die ich mir kurz notierte:

1. Alice Porters Schließfach, sofern sie eins besaß.

2. Mr. Arnold Green vom Verlag Best & Green. Er gehörte zu den wenigen Verlegern, die einem Autor auch dann einen Ge-

fallen erweisen, wenn er sich als geschäftlicher Versager herausgestellt hat.

3. Ihre Eltern, die irgendwo an der Westküste lebten. Miss Ballard tippte auf Oregon.

4. Ihr Agent, falls sie noch einen hatte. Nach der Veröffentlichung ihres Kinderbuches hatte Lyle Bascomb für sie gearbeitet, aber er konnte sich inzwischen wieder von ihr getrennt haben.

5. Die Frau, die Collander House in der 82. Straße West leitete, das Wohnheim für unverheiratete Frauen, die sich nichts Eigenes leisten konnten. Alice Porter hatte mehrere Jahre dort gelebt. Die Frau hieß Garvin, Mrs. Soundso Garvin, und gehörte offenbar zu den Menschen, die unbedingtes Vertrauen einflößen. Eine der Stenotypistinnen aus dem Verbandsbüro wohnte schon seit über einem Jahr dort und konnte Mrs. Garvin gar nicht genug loben.

6. Der Anwalt, der Alice Porter bei ihrer Klage gegen Ellen Sturdevant vertreten hatte. Cora konnte sich an seinen Namen nicht mehr erinnern. Ich hatte ihn in dem Bericht über Alice Porter gelesen, und nach zwei Sekunden fiel er mir wieder ein. –

Ich kann wahrhaftig von mir behaupten, daß ich nicht zimperlich bin, obwohl Wolfe manchmal verdammt hirnrissige Einfälle hat. Aber der Auftrag, den er mir diesmal aufgehalst hatte, schlug so ziemlich alle Rekorde. Bei Licht besehen, lief er darauf hinaus, daß ich auf etwas Jagd machte, was womöglich gar nicht existierte, und wildfremde Leute mit Fragen löcherte, die sie nicht kapierten; und sollte ich zufällig doch an die Person geraten, der ein solcher Brief anvertraut worden war, dann konnte sie mir die Hucke voll lügen, ohne daß ich es merkte. Fünf Stunden lang sauste ich von Hinz zu Kunz und verwünschte dabei Alice Porter, Wolfe und den ganzen verflixten Fall in allen Tonarten.

Den Agenten Lyle Bascomb nahm ich mir zuerst vor, weil sein Büro nur ein paar Schritte von Rusterman entfernt lag. Seine Sekretärin sagte mir, er wäre beim Lunch, müßte jedoch jeden Moment zurückkommen. Ich wartete fast eine Stunde lang. Drei Minuten nach halb vier tauchte er schließlich auf und betrachtete mich mit glasigem Blick. Alice Porter? Keinen Schimmer. Nach einer Weile kam er endlich drauf. O ja, die! Stimmt, er hatte sie angenommen, als ein Buch von ihr veröffentlicht wurde, sich jedoch wieder von ihr getrennt, als sie damals den Schadenersatzanspruch anmeldete. Aus seinem Ton schloß ich, daß er jeden, der eine Plagiatsklage einreichte, für eine erbärmliche Laus hielt.

Im Büro des Anwalts brauchte ich nur eine halbe Stunde zu warten. Das war aber auch der einzige Fortschritt. Seine Begrüßung lautete, er würde mir mit Vergnügen behilflich sein, eine Floskel, die bei einem Anwalt lediglich bedeutet, daß er einem zwar die Würmer aus der Nase ziehen, selbst aber nichts preisgeben will. Anfangs behauptete er sogar, eine Frau namens Alice Porter wäre ihm gänzlich unbekannt. Als ich ihm mitteilte, ich hätte drei von ihm unterzeichnete Briefe an sie gelesen, meinte er, sie wäre möglicherweise einmal seine Klientin gewesen, aber das müßte schon eine Ewigkeit her sein. Ich bohrte weiter und entriß ihm mit Not und Mühe die Feststellung, daß er seit langem nichts mehr von ihr gehört hatte. Wie lange? Seit zwei Jahren? Oder drei? Er schüttelte tiefbekümmert den Kopf. Leider könnte er sich nicht mehr genau daran erinnern. Was die Informationen betrifft, die er aus mir herausholte, so fielen sie mindestens ebenso unbefriedigend aus wie seine.

Vor dem Verlagshaus von Best & Green langte ich erst kurz nach fünf an. Folglich war es reine Glückssache, ob ich Mr. Green noch erwischen würde. Die Empfangsdame zog gerade konzentriert die Lippen nach und unterbrach ihre Beschäftigung nur so lange, um mich darauf hinzuweisen, daß Mr. Green momentan eine Besprechung hätte. Als ich mich erkundigte, wie lange die Besprechung ungefähr dauern würde, sauste ein Mann durch die Schwingtür und auf den nächsten Fahrstuhl zu. Sie rief hinter ihm her: »Mr. Green, hier ist jemand, der Sie sprechen möchte!« Ich ging auf ihn zu und nannte meinen Namen. Aber er wedelte abwehrend mit der Hand, sagte: »Ich darf meinen Zug nicht verpassen«, zog die Fahrstuhltür zu und versank in die Tiefe.

Die Hälfte der Liste hatte ich abgeklappert. Von den restlichen drei Möglichkeiten konnte ich mir zwei vermutlich schenken. Banken mit Schließfächern, Safes und Stahlgewölben gibt es in New York an die tausend. Außerdem war es bereits nach

Geschäftsschluß. Die Eltern fielen auch flach, denn die Westküste ist weit, und einen Flug hin und zurück war mir die Sache keineswegs wert. Blieb nur noch Collander House und Mrs. Garvin.

Zu dieser Tageszeit in Manhattan ein freies Taxi aufzutreiben ist ein Kunststück. Aber ich ergatterte schließlich eins und gab dem Fahrer die Adresse in der 82. Straße West. Das Haus machte von außen einen sehr ordentlichen Eindruck, desgleichen von innen. Auf dem Schreibtisch im Büro stand eine Vase mit Maßliebchen, und in der Diele, wo ich auf Mrs. Garvin warten sollte, gab es außer mehreren bequemen Sesseln, einem Teppich und bunten Chintzvorhängen wiederum zwei Blumensträuße. Nach einer halben Stunde erschien Mrs. Garvin auf der Bildfläche. Ein Blick in ihre ruhigen, ernsten grauen Augen, und ich mußte Cora Ballard innerlich beipflichten. Mrs. Garvin wirkte in der Tat absolut vertrauenswürdig. Natürlich erinnerte sie sich an Alice Porter. Sie hätte vom August 1951 bis zum Mai 1956 bei ihr gewohnt, und die Daten wären ihr deshalb so geläufig, weil sich ein Polizeibeamter in der vergangenen Woche und eine Frau erst heute vormittag danach erkundigt hätten. Sie hätte Alice Porter seit drei Jahren nicht mehr gesehen und auch nichts von ihr in Verwahrung. Auch keinen Brief? Nein, nichts. Das Nein bedeutete natürlich gar nichts. Mrs. Garvin war offenbar eine vielbeschäftigte Frau. Deshalb war es für sie bequemer, mich kurzerhand mit einem Nein abzufertigen, als mir zu sagen, das ginge mich nichts an, und damit meinen Widerspruch herauszufordern.

Kurz, der Nachmittag hatte es in sich, aber es kam nichts dabei heraus. Die unmittelbare Zukunft hatte auch nichts Tröstliches: ein weiteres vegetarisches Mahl für Wolfe nach einem bierlosen Tag. Er würde hinter seinem Schreibtisch hocken, Löcher in die Luft starren und in Selbstbedauern schwelgen. Beim Gedanken daran verging mir die Lust am Essen. Als ich vor dem alten Backsteinhaus aus dem Taxi kletterte, überlegte ich, ob ich nicht zu Berts Imbiß um die Ecke gehen und ein paar Buletten futtern sollte. Aber ich entschied, daß ich Wolfe diesen Schmerz nicht antun konnte. Solange er den Märtyrer spielte, brauchte er einen Zuschauer. Folglich mußte ich mich eben opfern. Ich stieg die

Stufen hinauf, schloß die Haustür auf und blieb wie vom Schlag gerührt stehen. Wolfe kam aus der Küche und balancierte ein großes Tablett mit Gläsern vor sich her. Er verschwand damit im Büro. Ich zog meinen anderen Fuß herein, machte die Tür zu und eilte durch die Halle.

Neben meinem Schreibtisch stand ein gelber Stuhl, und sechs weitere standen in zwei Reihen Wolfes Schreibtisch gegenüber. Neben dem großen Globus standen noch mal fünf. Allem Anschein nach erwartete Wolfe ein ganzes Regiment. Die Batterie Flaschen auf dem Tisch an der Wand ließ jedenfalls auf einiges schließen. Wolfe war gerade dabei, die Gläser aufzubauen.

»Kann ich helfen?« fragte ich.

»Nein. Ich bin fertig.«

»Sie geben wohl eine Gesellschaft?«

»Ja. Die Gäste kommen um neun.«

»Sind schon alle benachrichtigt?«

»Ja.«

»Bin ich auch eingeladen?«

»Ich habe mich schon gewundert, wo Sie eigentlich bleiben.«

»Wieso? Ich bin hinter dem verdammten Brief hergejagt, gefunden habe ich ihn aber nicht. Was ist mit Fritz los? Ist er arbeitsunfähig?«

»Nein. Er grillt ein Steak.«

»Mich laust der Affe! Dann handelt es sich wohl um eine Art Siegesfeier?«

»Nein. Ich greife den Ereignissen nur um einige Stunden vor. Die Arbeit, die ich vor mir habe, nehme ich lieber nicht mit leerem Magen in Angriff.«

»Bekomme ich von dem Steak auch was ab?«

»Ja. Es sind zwei da.«

»Ausgezeichnet. Dann gehe ich mal schnell nach oben, um mir eine neue Krawatte umzubinden. Jetzt kann man sich doch endlich wieder aufs Essen freuen. Also bis gleich.«

19

Wolfe thronte hinter seinem Schreibtisch. Er setzte die Kaffeetasse ab und musterte den ehemaligen Vorsitzenden des vereinigten Komitees gegen literarischen Diebstahl mit einem ungnädigen Blick. »Ich muß Sie bitten, mich nicht zu unterbrechen, Mr. Harvey. Nachher können Sie Fragen stellen, soviel Sie wollen, falls Ihnen dann noch etwas zu fragen übrigbleibt.« Er wandte seinen Kopf von rechts nach links. »Ich könnte Ihnen einfach den Namen des Schuldigen nennen und mich auf die Mitteilung beschränken, daß das Beweismaterial gegen ihn erdrükkend ist und zu seiner Überführung ausreicht. Damit wäre mein Auftrag erledigt, Ihre Neugier jedoch zweifellos nicht befriedigt.«

Mortimer Oshin hatte von Amts wegen den roten Ledersessel inne. Die Komiteemitglieder sowie Cora Ballard saßen auf den zwei Stuhlreihen vor Wolfes Schreibtisch, und zwar vorn Amy Wynn, Philip Harvey, Cora Ballard, und dahinter Reuben Imhof, Thomas Dexter und Gerald Knapp. Dol Bonner, Sally Corbett, Saul, Fred und Orrie waren im Hintergrund um den großen Globus gruppiert, und abseits von den anderen, neben meinem Schreibtisch, saß Alice Porter. Sie war die Ruhe selbst und labte sich am Bier. Ich trank Kaffee. Die übrigen Gäste hatten sich für Gin mit Soda, Scotch und Soda, Scotch und Wasser, Rum mit Ingwerbier und Bourbon auf Eis entschieden. Oshin trank als einziger Kognak. Er war anscheinend ein Kenner. Nach dem ersten Probeschluck fragte er mich, ob er die Flasche sehen könnte. Er studierte das Etikett, nahm einen zweiten Schluck und rief: »Phantastisch! Haben Sie davon noch mehr?«

Wolfe ließ seine Augen noch einmal von rechts nach links schweifen. »Vielleicht sollte ich auch noch ein Wort zu dem Auftritt sagen, den Miss Porter vorhin gemacht hat. Er war insofern berechtigt, als ich sie unter einem Vorwand hierherlockte. Sie mußte annehmen, daß es sich lediglich um eine Unterredung unter vier Augen handeln würde, bei der eine von Miss Wynn und Mr. Imhof unterzeichnete Garantie gegen eine von ihr selbst ausgestellte Verzichterklärung ausgetauscht werden sollte. Ihre

Entrüstung beim Anblick dieser illustren Gesellschaft war deshalb verständlich. Als ich ihr sagte, ich wäre im Begriff, den Anwesenden zu demonstrieren, daß sie sich eines Verbrechens schuldig gemacht habe, entschloß sie sich, zu bleiben.«

Alice Porter platzte heraus: »Dabei haben Sie eben selbst zugegeben, daß Sie ein Lügner sind!«

Wolfe beachtete sie nicht. »Sie erinnern sich vermutlich noch daran, daß Mr. Goodwin Ihnen vor genau acht Tagen von vier kurzen Gesprächen berichtete, die er mit Simon Jacobs, Jane Ogilvy, Kenneth Rennert und Alice Porter geführt hatte. Ich weiß nicht, ob Ihnen dabei auffiel, daß eines dieser Gespräche, und zwar das mit Miss Porter, einen recht merkwürdigen Verlauf nahm. Mr. Goodwin stellte sich als Abgesandter einer großen New Yorker Zeitung vor und bot ihr für den Vorabdruck ihrer Kurzgeschichte ein hohes Honorar. Wie reagierte Miss Porter darauf? Gar nicht. Zuerst sagte sie, sie würde darüber nachdenken, und später erklärte sie schroff, das wäre ihr egal. Sie kennen sich mit Schriftstellern besser aus als ich, aber daß ihr Verhalten unnatürlich war, sagte mir meine Menschenkenntnis. Miss Porter ist keine Autorin von Rang; ihr einziges Buch war ein Mißerfolg, und ihre Kurzgeschichten sind bestenfalls mittelmäßig. Jeder andere wäre an die Decke gesprungen vor Freude über diese einmalige Chance. Was tut sie? Sie erkundigt sich nicht einmal nach dem Namen der Zeitung. Sie stellt überhaupt keine Fragen. Ich fand das sehr sonderbar, und es wundert mich eigentlich, daß es keinem von Ihnen aufgefallen ist.«

»Doch, mir ist es aufgefallen«, erklärte Cora Ballard. »Aber ich dachte, sie hätte einfach Angst.«

»Angst? Wovor? Wenn sie Mr. Goodwin nicht traute, wenn sie sein Angebot für einen Vorwand, vielleicht sogar für eine Falle hielt, warum hat sie ihm das nicht auf den Kopf zugesagt? Warum hat sie ihn nicht ausgehorcht oder ihm wenigstens den Namen der Zeitung entlockt? Miss Porter gehört nicht zu den Menschen, die sich leicht ins Bockshorn jagen lassen, und ich würde sie auch nicht gerade schreckhaft nennen. Nein, der Grund für ihre seltsame Interesselosigkeit war ein anderer. Sie *wußte*, daß Mr. Goodwin log. Sie wußte, daß das Komitee mich engagiert hatte und daß es ihm lediglich auf das Manuskript ankam, auf das sich ihre Klage gegen Miss Wynn stützte. Ich ...«

»Aber woher sollte sie das wissen?« fragte Harvey. »Wer konnte es ihr gesagt haben?«

Wolfe nickte. »Eben. Das ist natürlich der springende Punkt bei der ganzen Angelegenheit. Ich schenkte der Sache zunächst wenig Beachtung. Aber als am folgenden Tage der Mord an Jacobs ans Licht kam, wurde ich stutzig; und der Tod von Jane Ogilvy und Kenneth Rennert machte meine Vermutung fast zu einer Gewißheit. Trotzdem zweifelte ich noch immer daran, daß sie der große Unbekannte sein könnte. Ich konnte mir nämlich nicht recht vorstellen, warum sie sich für ihre ersten drei Geschichten einen neuen Stil zugelegt hatte, um dann bei ihrem letzten Betrugsversuch zu ihrem eigenen Stil zurückzukehren. Gestern abend jedoch ...«

»Moment mal«, warf Mortimer Oshin ein. »Das könnte doch auch Berechnung gewesen sein.« Er nippte an seinem Glas, ließ den Kognak genießerisch über seine Zunge gleiten und schloß verzückt die Augen. Sein Anblick machte mir Spaß.

»Ganz recht, Mr. Oshin. Gestern abend hatte ich eine lange Unterredung mit Miss Porter, und danach stellte ich mir dieselbe Frage. Ich hatte sie während unseres Gespräches sehr genau beobachtet und kam zu dem Schluß, daß man ihr einen solchen hohen Grad von Raffinesse durchaus zutrauen konnte. Auf jeden Fall erschien es mir lohnend, diese Möglichkeit näher ins Auge zu fassen. Nachdem sie gegangen war, verbrachte ich über eine Stunde am Telefon und setzte fünf meiner Mitarbeiter auf ihre Spur. Heute morgen um acht Uhr hatten wir eine Lagebesprechung, und den ganzen Tag benutzten meine Mitarbeiter zu weiteren Ermittlungen. Die fünf Leute sind anwesend, und ich würde sie Ihnen gern vorstellen. Dazu muß ich Sie allerdings bitten, sich umzuwenden.«

Acht Köpfe drehten sich nach hinten, und acht Augenpaare nahmen die Gruppe neben dem großen Globus aufs Korn.

Vorn links sitzt Miss Theodolina Bonner. Neben ihr Miss Sally Corbett. In der zweiten Reihe links Mr. Saul Panzer. Neben ihm Mr. Fred Durkin und ganz rechts Mr. Orrie Cather. Ich möchte noch hinzufügen, daß sie alle mit einem Foto versehen wurden, bevor sie sich auf den Weg machten. Mr. Panzer hatte es sich über eine Zeitung verschafft. Sie werden Ihnen jetzt nacheinander Bericht erstatten. Mr. Cather, bitte!«

Orrie erhob sich und baute sich neben Wolfes Schreibtisch auf, mit dem Gesicht zu den Zuhörern. »Ich hatte den Auftrag bekommen, Miss Porters Beziehungen zu Simon Jacobs nachzuspüren. Die beste Informationsquelle war natürlich Jacobs' Witwe. Ich begab mich zu der Wohnung in der 21. Straße, traf jedoch niemanden an. Daraufhin zog ich bei den anderen Mietern Erkundigungen ein . . .«

»Kürzer, Orrie. Nur das Wesentliche.«

»Ja, Sir. Ich stöberte Mrs. Jacobs schließlich bei einer Freundin in New Jersey auf. Zuerst machte sie mir ziemliche Schwierigkeiten, aber als ich ihr dann das Foto zeigte, erkannte sie die fragliche Person sofort wieder. Sie hatte sie vor zirka drei Jahren zweimal kurz hintereinander gesehen, und zwar in ihrer Wohnung. Beide Male hatte sie sich über zwei Stunden mit ihrem Mann unterhalten. Mrs. Jacobs hatte keine Ahnung, worum es bei diesen Gesprächen gegangen war. Ihr Mann hatte ihr nur gesagt, es handele sich um seine Mitarbeit an einer Zeitschrift. Ich versuchte, sie auf eine genaue Zeitangabe festzulegen, aber sie erinnerte sich nur noch daran, daß die beiden Besuche im Frühjahr 1956 stattgefunden hatten und etwa zwei Wochen auseinanderlagen. Ihr Mann hatte ihr den Namen der fraglichen Person nicht genannt.«

»Hat sie das Foto einwandfrei identifiziert?« fragte Wolfe.

»Ja, auf Anhieb. Sie sagte, sie . . .«

Alice Porter beugte sich vor und fauchte empört: »Sie lügen! Ich habe Simon Jacobs in meinem ganzen Leben nicht besucht! Ich kannte ihn überhaupt nicht!«

»Dazu können Sie sich nachher äußern, Miss Porter«, entgegnete Wolfe. »Danke, Orrie, das genügt. Miss Corbett, bitte!«

Als ich Sally Corbett und Dol Bonner vor ein paar Jahren kennenlernte, wurde mir klar, daß ich meine bis dahin nicht sehr günstige Meinung über weibliche Spürhunde revidieren müßte. Sie waren beide vom Typ her grundverschieden. Aber beide gehörten zu den Frauen, die man auch außerberuflich bewundert; daß sie dazu noch enorm tüchtige Mitarbeiterinnen waren, versteht sich von selbst. Sonst hätte Wolfe sie nicht beschäftigt. Sally nahm Orries Platz ein und warf Wolfe einen fragenden Blick zu. Er nickte, und sie legte los.

»Ich hatte denselben Auftrag erhalten wie Mr. Cather, nur sollte ich die Familie von Jane Ogilvy aufsuchen. Es gelang mir erst heute vormittag, bis zu Mrs. Ogilvy vorzudringen. Ich zeigte ihr das Foto und erkundigte mich, ob sie die fragliche Person jemals gesehen hätte. Sie betrachtete es sich genau und meinte dann, sie wäre ziemlich sicher, daß diese Frau vor etwa zwei Jahren bei ihrer Tochter gewesen sei. Zuerst wären die beiden zur Klause hinübergegangen, aber schon nach einer halben Stunde ins Haus zurückgekehrt, weil drüben die Heizung nicht funktionierte. Sie hätten dann noch mindestens drei Stunden in Janes Zimmer gesessen. Janes Mutter kannte weder den Namen der Frau, noch sah sie sie jemals wieder. Auf dem Foto konnte sie sie nicht hundertprozentig identifizieren, meinte aber, daß sie die Dame bei einer Gegenüberstellung sofort wiedererkennen würde.«

Alle Köpfe wandten sich Alice Porter zu, die sprungbereit auf der Stuhlkante hockte und Wolfe mit kriegerischer Miene musterte. Sie ließ ihn nicht einen Moment lang aus den Augen und kümmerte sich weder um die neugierigen Blicke der anderen noch um Sally oder Fred, der nun an der Reihe war. Fred trat von einem Fuß auf den anderen und räusperte sich.

»Ich sollte mich mit Kenneth Rennert beschäftigen, und der Haken dabei war, daß ich mich weder an eine Witwe oder Mutter noch sonst einen nahen Verwandten halten konnte. Ich knöpfte mir den Hausverwalter, ein paar Mieter und einige Freunde und Bekannte vor, insgesamt etwa zwanzig Personen, und zeigte allen das Foto. Aber keiner von ihnen hatte Rennert jemals in Begleitung dieser Frau gesehen. Drei oder vier nannten mir ein Lokal in der 52. Straße, wo Rennert regelmäßig zum Lunch hingegangen war. Dort sagte mir einer der Kellner, der immer an Rennerts Tisch bedient hatte, er glaubte sich zu erinnern, daß die fragliche Person zweimal mit Rennert dagewesen wäre, einmal zum Lunch und einmal zum Dinner. Er wollte nicht recht mit der Sprache heraus. Vielleicht wäre er redseliger gewesen, wenn ich ihm einen Zwanziger in die Hand gedrückt hätte. Aber das kam natürlich nicht in Frage. Anscheinend hatte er Rennert gern gehabt, und er rückte mit den paar Informationen nur heraus, weil er glaubte, wir kämen dadurch dem Mörder eher auf die Spur. Er meinte, er hätte die beiden Ende des letzten oder Anfang dieses Jahres gesehen. Er war seiner Sache ziemlich sicher. Meiner Ansicht nach würde er bei einer Gegenüberstellung ...«

Wolfe unterbrach ihn. »Danke, Fred, das genügt. Auf reine Vermutungen wollen wir uns gar nicht erst einlassen. Mr. Panzer, bitte!« Während Fred abzog und Saul an seine Stelle trat, erklärte Wolfe dem Auditorium: »Ich möchte vorausschicken, daß mein Auftrag für Mr. Panzer etwas heikler Natur war. Er mußte dazu in ein Privathaus eindringen. Bitte, Saul!«

Das Komitee sah nur Sauls Profil, weil er mit Blickrichtung auf Alice Porter sprach. »Gestern abend fuhr ich auftragsgemäß nach Carmel und traf zwölf Minuten nach zehn Uhr vor Miss Porters Haus ein. Ich öffnete die Tür mit einem Schlüssel, den ich zu diesem Zweck mitgebracht hatte, und durchsuchte das ganze Haus. In einem Fach im Büfett entdeckte ich ein maschinegeschriebenes Manuskript von fünfundzwanzig Seiten mit dem Titel *Auch zu dir kommt das Glück*. Darunter stand ›von Alice Porter‹. Es handelte sich nicht um einen Durchschlag, sondern um das Original. Ich habe es Mr. Wolfe übergeben.«

Er warf Wolfe einen Blick zu, und Wolfe sagte: »Ganz recht. Es befindet sich im Moment in meiner Schreibtischschublade. Ich habe es gelesen und festgestellt, daß es inhaltlich mit dem Manuskript übereinstimmt, das im Archiv der Victory Press zum Vorschein kam. Wie Sie wissen, war das Manuskript, das Mr. Imhofs Sekretärin fand, in Miss Porters normalem Stil verfaßt. Das ergab sich durch einen Vergleich mit ihrem Buch und wurde von Miss Porter auch nie bestritten. Als ich nun gestern abend das Manuskript prüfte, das Mr. Panzer aufgestöbert hatte, machte ich die überraschende Entdeckung, daß es stilistisch mit den drei Geschichten identisch ist, die bei den Plagiatsklagen eine so ausschlaggebende Rolle spielten. Miss Porter hatte also ihre letzte Geschichte in zwei Fassungen geschrieben – wir wollen sie A und B nennen – und sich bei ihrer Schadenersatzforderung gegen Amy Wynn aus mir unerfindlichen Gründen für B entschieden. Was haben Sie sonst noch entdeckt, Saul?«

Saul wandte sich erneut Alice Porter zu. »Im Haus selbst nichts mehr. Aber als ich mir ihren Wagen näher ansah, fand ich unter dem rechten Vordersitz, in Zeitungspapier eingewickelt, ein Messer. Ein gewöhnliches Küchenmesser mit schwarzem Griff. Die Klinge war siebzehn Zentimeter lang und zwei Zentimeter breit. Ich habe es Mr. Wolfe übergeben, und wenn er es mit ...«

Er hielt inne und machte einen Satz nach vorn. Alice Porter hatte sich mit ausgestreckten Armen und krallenförmig gekrümmten Fingern auf Amy Wynn gestürzt. Da ich in Reichweite saß, erwischte ich ihren rechten Arm eher als Saul, der sie eine halbe Sekunde später am linken Arm zurückriß. Das Ärgste konnten wir verhüten. Aber sie war so schnell von ihrem Stuhl hochgeschossen, daß sie Amy Wynn doch noch einen ordentlichen Denkzettel verpaßte, bevor Saul und ich sie am Wickel hatten. Harvey und Imhof, die neben und hinter Amy Wynn saßen, waren aufgesprungen und beugten sich schützend über sie. Wir bugsierten Alice Porter rückwärts auf Wolfes Schreibtisch zu, und als sie bemerkte, daß sie gegen uns nicht aufkam, gab sie ihre Gegenwehr auf und begann Amy Wynn mit wüsten Beschimpfungen zu überschütten. »Du gemeines Biest! Du erbärmliche Betrügerin! Du Heuchlerin, du! Das werde ich dir heimzahlen ...«

»Drehen Sie sie herum«, fauchte Wolfe. Saul und ich gehorchten. Er musterte sie ärgerlich. »Was ist los mit Ihnen? Haben Sie den Verstand verloren?«

Keine Antwort. Miss Porter schnappte keuchend nach Luft.

»Warum fallen Sie über Miss Wynn her? Sie hat Ihnen doch nichts getan. Nicht sie hat Sie in die Enge getrieben, sondern ich. Folglich müßten Sie mir an die Gurgel fahren.«

»Niemand hat mich in die Enge getrieben«, stieß sie hervor. »Sagen Sie Ihren Leuten, sie sollen mich loslassen.«

»Werden Sie sich ruhig verhalten?«

»Ja.«

Saul und ich ließen sie los, postierten uns jedoch vorsichtshalber zwischen sie und Amy Wynn. Sie ging zu ihrem Stuhl zurück, setzte sich und sah Wolfe verächtlich an. »Ich weiß nicht, ob Sie mit ihr unter einer Decke stecken. Wenn ja, werden Sie Ihr blaues Wunder erleben. Sie hat drei Morde auf dem Gewissen und bildet sich jetzt ein, sie könnte sie mir in die Schuhe schieben. Aber da irrt sie sich. Ich lasse mich nicht zum Sündenbock machen. Daß ich diese Leute aufgesucht haben soll, ist eine Lüge. Ich kannte sie überhaupt nicht. Wenn Ihr Mr. Panzer das Manuskript und das Messer bei mir gefunden hat, dann hat's die Wynn dort hingelegt. Oder vielleicht auch Ihre Leute, Mr. Wolfe. Ich habe jedenfalls nichts damit zu tun.«

»Wollen Sie damit behaupten, daß Miss Wynn Simon Jacobs, Jane Ogilvy und Kenneth Rennert getötet hat?«

»Ja. Ich wollte, ich wäre ihr nie begegnet. Sie ist eine Lügnerin und Betrügerin und Mörderin, und das kann ich beweisen.«

»Wie?«

»Keine Sorge, ich kann's. Ich hab' noch die Schreibmaschine, auf der sie die Geschichte *Ewig währt die Liebe* schrieb, mit der sie mich zu der Klage gegen Ellen Sturdevant verleitete. Ich weiß auch, wie sie das Manuskript in Ellen Sturdevants Sommerhaus schmuggelte. So, und mehr sage ich Ihnen nicht. Aber wenn Sie glauben, Sie könnten mich 'reinlegen, dann sind Sie auf dem Holzwege. Das wird Sie teuer zu stehen kommen, verlassen Sie sich darauf!« Sie erhob sich und rannte mich beinahe über den Haufen. »Machen Sie Platz. Ich gehe.« Aber Saul und ich rührten uns nicht von der Stelle.

Wolfes Ton wurde schärfer. »Wenn hier jemand auf dem Holzweg ist, dann sind Sie's, Miss Porter. Ich arbeite nicht mit Miss Wynn zusammen. Ich möchte Sie noch etwas fragen. Haben Sie eine Erklärung über Ihre Beziehung zu Miss Wynn niedergeschrieben und diese Erklärung in einem Briefumschlag einer vertrauenswürdigen Person übergeben mit der Anweisung, den Brief erst nach Ihrem Tode zu öffnen?«

Sie starrte ihn verblüfft an und sank auf ihren Stuhl zurück. »Woher wissen Sie das?«

»Ich wußte es nicht, aber ich dachte es mir. Sie wären sonst wohl nicht mehr am Leben. Wo ist der Brief? Sie können mir das ruhig verraten, denn sein Inhalt ist ohnehin kein Geheimnis mehr. Wo befindet er sich?«

»Bei einer Frau namens Garvin. Mrs. Ruth Garvin.«

»Danke, Miss Porter. Das genügt mir.« Wolfe lehnte sich zurück und holte tief Luft . »Sie hätten mir diesen ganzen Hokuspokus erspart, wenn Sie schon gestern abend mit der Wahrheit herausgerückt wären. Miss Wynn hat weder ein Manuskript in Ihrem Haus noch ein Messer in Ihrem Wagen deponiert, und Mr. Panzer war gestern abend auch nicht in Carmel. Er verfaßte im Schweiße seines Angesichts eine Kurzgeschichte, um sie Ihnen notfalls unter die Nase halten zu können. Desgleichen kaufte er ein Küchenmesser von der Art, wie er es Ihnen geschildert hat. Wir hatten uns vorsichtshalber mit allem eingedeckt, um Sie vom Augenschein zu überzeugen.«

Sie sah ihn verwirrt an. »Jetzt kapiere ich überhaupt nichts mehr. Sie arbeiten also doch mit ihr zusammen.«

Wolfe schüttelte den Kopf. »Nein. Ich habe Ihnen zwar eine Falle gestellt, aber das geschah nur, um Sie zum Sprechen zu bringen. Was Mr. Cather, Miss Corbett und Mr. Durkin betrifft, so haben die nicht gelogen. Sie haben lediglich bei Ihnen den Eindruck hervorgerufen, daß es sich um ein Foto von Ihnen handelt. Diese Täuschung war von mir beabsichtigt. Tatsächlich handelte es sich jedoch um ein Foto von Amy Wynn. Und jetzt wollen wir uns den Bericht von Miss Bonner anhören. Sie brauchen Ihren Platz nicht zu verlassen, Miss Bonner. Fassen Sie sich bitte kurz.«

Dol Bonner richtete sich gerade auf. »Ich hatte den Auftrag, Mrs. Ruth Garvin, die Leiterin von Collander House in der 82 Straße West aufzusuchen. Ich zeigte ihr das Foto von Miss Wynn. Sie sagte, Amy Wynn hätte im Winter 1954/55 drei Monate lang bei ihr gewohnt, zur gleichen Zeit wie Alice Porter. Genügt das?«

»Für den Augenblick, ja.« Er betrachtete die sechs Mitglieder des Komitees, die völlig verdattert dasaßen. »Ich habe meinen Auftrag erfüllt. Sie haben Miss Porter ja gehört. Außerdem habe ich nachgewiesen, daß zwischen Miss Wynn und ihren vier Komplicen eine Verbindung bestand. Das Beweismaterial ließe sich ad libitum vergrößern, aber das wäre reine Zeit- und Geldverschwendung. Man wird Miss Wynn nicht wegen Erpressung vor Gericht stellen, sondern wegen Mordes, und das ist Sache der Polizei und des Distriktsanwalts. Deshalb ...«

Reuben Imhof explodierte plötzlich. »Ich kann's nicht glauben! Das ist doch ... Das ist doch absurd!« Er wandte sich hilfesuchend an Amy Wynn. »Um Himmels willen, Amy! Sagen Sie doch was! Sitzen Sie nicht so stumm da! Sagen Sie doch was!«

Ich hätte Amy Wynn mit ausgestrecktem Arm erreichen und anstoßen können. Sie hatte die ganze Zeit über mucksmäuschenstill dagesessen, die Hände im Schoß gefaltet, die Schultern leicht hochgezogen wie eine brave Schülerin. Auf ihrer rechten Wange zogen sich vom Auge bis zum Kinn zwei leuchtendrote Kratzer, die Alice Porter ihr verpaßt hatte. Imhofs Worte hatte sie anscheinend gar nicht gehört. Sie starrte wie hypnotisiert auf Wolfe. Ihre Lippen bewegten sich, aber sie brachte keinen Laut heraus. Irgend jemand murmelte etwas. Mortimer Oshin ging mit seinem leeren Glas zum Tisch hinüber, goß sich eine dreifache Portion Kognak ein, nahm einen Schluck und kam zurück.

Schließlich sagte Amy Wynn mit so leiser Stimme, daß sie kaum vernehmbar war, zu Wolfe: »Sie haben es vom ersten Tage an gewußt, nicht wahr?«

Wolfe schüttelte den Kopf. »Nein. Ich hatte keine Ahnung. Ich bin ja kein Hellseher?«

»Wann wurde es Ihnen klar?« Sie sprach wie in Trance.

»Gestern abend. Alice Porter gab mir unwissentlich einen Fingerzeig. Als ich ihr mit einer Anzeige von Ihnen drohte, antwortete sie ganz kühl, Sie würden sich hüten. Aber als ich Mr. Imhof und die Victory Press erwähnte, bekam sie es plötzlich mit der Angst zu tun. Daraufhin schickte ich sie nach Hause und tat etwas, was ich schon viel früher hätte tun müssen. Ich nahm mir Ihren Roman *Klopf an meine Tür* vor. Da hatte ich dann schwarz auf weiß den Beweis, daß Sie die Verfasserin der drei Manuskripte sein mußten. Das Weitere ergab sich von selbst.«

Sie bewegte ganz langsam ihren Kopf hin und her. »Das glaube ich Ihnen nicht. Sie wußten es schon, als wir zum drittenmal hier waren. Damals sagten Sie, daß auch ein Mitglied des Komitees der Täter sein könnte.«

»Möglich. Aber das war eine reine Vermutung, eine von vielen und sie besagte zu dem Zeitpunkt gar nichts.«

»Ich bildete mir ein, Sie wüßten es«, wiederholte sie. »Ich war fest davon überzeugt, Sie hätten mein Buch gelesen und mit den drei Manuskripten verglichen. In dem Moment wurde mir erst klar, was für einen blödsinnigen Fehler ich gemacht hatte. Ich hätte die drei Kurzgeschichten natürlich niemals in meinem eigenen Stil schreiben dürfen. Aber ich habe bis zu diesem Augenblick eben nicht gewußt, daß ich einen ausgeprägten Stil habe, sonst hätte ich mich besser in acht genommen. Trotzdem war das eine furchtbare Dummheit von mir, finden Sie nicht auch?«

Wir alle starrten sie fassungslos an, und ich fragte mich, wer hier nicht bei Troste war, sie oder wir. Man hätte meinen können, wir säßen alle miteinander in der Schule und Wolfe erteilte einer besonders wißbegierigen Schülerin Unterricht in der Kunst des Satzbaus und der Komposition.

»Ich würde es nicht als furchtbare Dummheit bezeichnen«, antwortete Wolfe. »Es war vielleicht ein wenig gedankenlos, aber mehr auch nicht. Schließlich war die ganze Zeit über kein Mensch auf die Idee gekommen, die Manuskripte miteinander zu vergleichen, und ich wiederum hätte sie wohl kaum mit Ihrem Roman verglichen, wenn Miss Porter mir nicht den Hinweis gegeben hätte. Meiner Meinung nach haben Sie sich sogar ungewöhnlich gut aus der Affäre gezogen, Miss Wynn.«

»Wie können Sie so etwas sagen!« Sie war aufrichtig empört. »Ich war mein ganzes Leben lang eine Törin, und meine größte Torheit war es, daß ich überhaupt mit der Schriftstellerei anfing. Aber damals war ich natürlich noch zu jung und zu naiv, um zu begreifen, auf was ich mich da einließ. Es macht Ihnen hoffentlich nichts aus, wenn ich darüber spreche. Ich möchte Ihnen gern davon erzählen.«

»Bitte. Aber vergessen Sie nicht, daß vierzehn Menschen Ihnen zuhören.«

»Das ist mir egal. Ich wollte schon die ganze Zeit mit Ihnen sprechen, und ich wünschte, ich hätte es getan. Dann wäre ich nicht gezwungen gewesen ... Dann wäre all das Schreckliche nicht passiert. Ich begreife nicht, wie Sie behaupten können, ich hätte keine Fehler gemacht. Zum Beispiel war es blöd von mir, daß ich Alice von Ihnen erzählte. Hätte ich den Mund gehalten, dann hätte sie sich Mr. Goodwin gegenüber nicht verraten, und niemand wäre auf die Idee gekommen, sie zu verdächtigen. Aber mein folgenschwerster Fehler bestand darin, daß ich mich gegen ihre Plagiatsbeschuldigungen nicht zur Wehr setzte. Dabei war mir natürlich völlig klar, daß ich das verdient hatte. Es war so etwas wie ausgleichende Gerechtigkeit. Aber ich verlor einfach den Kopf. Ich war so glücklich gewesen über meinen Erfolg nach all den Jahren der Zeilenschinderei und des ewigen Pechs, und der Gedanke, daß mein Roman auf der Bestsellerliste an dritter Stelle stand, berauschte mich förmlich. Deshalb war ich wie vernagelt, als plötzlich Alices Brief mit der Schadenersatzforderung eintraf. Ich hätte ihr klipp und klar sagen sollen, daß ich ihr nicht einen Cent zahlen würde. Ich hätte es einfach darauf ankommen lassen sollen. Aber ich hatte solche Angst, daß ich klein beigab, und das war ein Fehler, oder nicht?«

Wolfe grunzte. »Nicht unbedingt. Sie hatte Sie in der Hand, vor allem, nachdem das Manuskript im Archiv der Victory Press aufgetaucht war.«

»Aber das ist es doch gerade. Ich hatte es ja selbst dort versteckt, und dazu hätte ich mich nicht hergeben dürfen. Sie zwang mich dazu. Sie drohte mir, daß sie alles verraten würde – und wenn erst einmal der Betrug an Ellen Sturdevant bekannt war, dann mußten ja auch die anderen Schwindelmanöver herauskommen, und dann war ich ...«

»Meine Güte!« stöhnte Reuben Imhof. Dann packte er sie am Arm. »Amy, sehen Sie mich an. Zum Teufel, so sehen Sie mich doch schon an! *Sie* haben das Manuskript in den Ordner gelegt? Unmöglich!«

»Sie tun mir weh«, sagte sie.

»Wollen Sie mir nun antworten oder nicht, verdammt noch mal!«

»Ich spreche mit Mr. Wolfe.«

»Unglaublich!« Er stöhnte wieder und ließ ihren Arm los. »Ich werd' verrückt! Das kann doch nicht möglich sein!«

Wolfe nickte ihr zu. »Fahren Sie fort, Miss Wynn.«

»Alice hatte mir auch von dem Brief erzählt und daß sie ihn jemandem übergeben hätte mit der Anweisung, ihn erst nach ihrem Tode zu öffnen. Aber auch das war zum Teil mein Fehler. Ich hätte ihr die Schreibmaschine niemals überlassen dürfen. Wir hielten das damals für eine gute Idee, weil die Geschichte ja angeblich von ihr verfaßt worden war und die Maschine als Beweis dafür gelten konnte. Ich machte mir damals nicht klar, daß ich Alice damit eine Waffe gegen mich in die Hand gab, denn ich hatte sie gekauft. Sie war zwar schon gebraucht, aber Schreibmaschinen haben ja auch eingeprägte Seriennummern, und mit ihrer Hilfe hätte man den Käufer bestimmt ermitteln können. Im Grunde genommen habe ich eine Dummheit nach der anderen begangen. Deshalb verstehe ich wirklich nicht, wie Sie sagen können, ich hätte mich gut aus der Affäre gezogen.«

»Es ist mein Ernst, Miss Wynn. Sie haben in mancher Hinsicht wahre Wunder an Klugheit und Wendigkeit verrichtet.«

»Wieso? Das müssen Sie mir genauer erklären.«

»Soviel Zeit haben wir nicht. Ich will nur ein paar Punkte erwähnen. Der Plagiatsschwindel zum Beispiel war von der Idee her einfach brillant und seine Ausführung technisch absolut einwandfrei. Bei der Wahl Ihrer Komplicen bewiesen Sie eine geniale Menschenkenntnis, und Ihr Verhalten in den letzten Wochen war bewunderungswürdig. Ich bin noch nie einer besseren schauspielerischen Leistung begegnet. Als Sie zum erstenmal vor zwei Wochen mit dem Komitee hier bei mir erschienen; als Mr. Oshin seinen Vorschlag machte und Sie aufforderte, zehntausend Dollar für Simon Jacobs beizusteuern; als das Manuskript entdeckt wurde, das Sie selbst ins Archiv geschmuggelt hatten; als hier im Büro über meine Arbeitseinstellung diskutiert wurde und gestern bei der Sitzung, als die gleiche Frage aufs Tapet kam – bei allen diesen Gelegenheiten haben Sie sich erstaunlich geschickt und geistesgegenwärtig verhalten.«

Wolfe drehte eine Hand um. »Ihr Meisterstück vollbrachten

Sie jedoch zweifellos an jenem Freitag, vor vier Tagen, als Miss Porter nach New York fuhr, um Sie aufzusuchen. Der Zweck ihres Besuches war vermutlich, Sie unter Druck zu setzen und zur Zahlung der Entschädigung zu zwingen. Sie drohte Ihnen natürlich damit, Sie als Mörderin zu entlarven. Stimmt das?«

»Ja. Deshalb war sie gekommen. Aber wieso habe ich mich dabei so besonders geschickt benommen?«

Wolfe schüttelte den Kopf. »Sie sind wirklich unglaublich, Miss Wynn. Sie haben wahre Geniestreiche verrichtet, ohne es zu wissen. Ich habe keine Ahnung, wie Ihr Verstand operiert, aber er hat jedesmal richtig geschaltet. Sagte Ihnen Miss Porter bei ihrem Besuch, daß sie beschattet würde?«

»Nein. Aber ich befürchtete, es könnte der Fall sein.«

»Phantastisch! Folglich riefen Sie Mr. Imhof sofort an und teilten ihm mit, Miss Porter wäre bei Ihnen und hätte Ihnen ein Vergleichsangebot unterbreitet. Nennen Sie das vielleicht nicht brillant?«

»Natürlich nicht«, antwortete sie erstaunt. »Das war nur vernünftig, mehr nicht.«

Wolfe schüttelte von neuem den Kopf. »Das geht über meinen Horizont. Zu allem anderen verübten Sie noch drei Morde, ohne auch nur das Krümchen eines Beweises zu hinterlassen, so daß die Polizei bis heute im dunkeln tappt. Ich mache Ihnen einen Vorschlag: Bitten Sie den Distriktsanwalt darum, daß Ihr Gehirn kompetenten Wissenschaftlern übergeben wird. Ich werde mich bei Mr. Cramer von der Mordkommission auch dafür einsetzen. Was halten Sie davon?«

Cora Ballard stieß einen Seufzer aus. Kein Wunder, denn das war eine verdammt kräftige Spritze gewesen. Aber auf Amy Wynn war ihre Wirkung gleich Null. Anscheinend hielt sie Wolfes Vorschlag sogar für ein Kompliment.

»Das sagen Sie nur aus Höflichkeit«, erwiderte sie vorwurfsvoll. »Wenn ich genügend Grips im Kopf hätte, dann säße ich jetzt nicht hier. Ich war so dumm, daß ich mich prügeln könnte.«

Wolfe grunzte. »Sie haben nur einen einzigen wirklich folgenschweren Fehler gemacht, und auch der ist verzeihlich, denn Sie kannten mich noch nicht. Sie hätten verhindern müssen, daß man mich engagiert. Ich habe keine Ahnung, wie sich das hätte bewerkstelligen lassen, aber Sie hätten es zweifellos durchgesetzt, wenn Sie sich über die Folgen klar gewesen wären. Ich will hier nicht mein Eigenlob singen. Ich glaube jedoch nicht, daß es jemand anderem gelungen wäre, Ihnen auf die Spur zu kommen und Sie festzunageln. Haben Sie sonst noch etwas zu sagen?«

Ihre Nase zuckte. »Sie haben mir niemals die Hand gegeben.«

»Das tue ich grundsätzlich nicht, und deshalb muß ich Sie bitten, nicht darauf zu bestehen.«

»Oh, jetzt erwarte ich das auch nicht mehr von Ihnen.« Sie erhob sich. »Nein, sonst habe ich nichts weiter zu sagen. Ich muß noch etwas erledigen, bevor ... Ich muß noch etwas erledigen.« Damit schickte sie sich zum Gehen an.

Amy Wynn war wirklich unglaublich. Ich klebte wie angeleimt auf meinem Stuhl und glotzte sie an. Sie ging ruhig an Philip Harvey vorbei, zwängte sich zwischen Cora Ballard und Mortimer Oshin durch die Stuhlreihe, und ich rührte noch immer keinen Finger. Erst vier Schritte vor der Tür wurde sie von Saul, Fred und Orrie aufgehalten. Sie wandte sich um und sah Wolfe schweigend an. Kein Wort. Kein Laut. Nichts. Nur ihre Nase zuckte.

Wolfe drehte den Kopf zu mir. »Benachrichtigen Sie Inspektor Cramer, Archie.«

Cora Ballard seufzte wieder auf. Es klang fast wie ein Wimmern. Ich drehte mich auf meinem Stuhl herum und nahm den Hörer ab.

ROTE KRIMI
Zyankali
nimmt den Schmerz
MARSH
Der Tod im Frack
4908
MARSH
Mylord mordet nicht
4910
MARSH
Mord im Atelier
5000
WOODS
Eine glatte Lüge
4985
CHRISTIE
Das Haus an der Düne
0098
SAYERS
Es geschah im Bellona-Klub
3067
SAYERS
Geheimnisvolles Gift
3068
HILL
Welke Rosen muß man schneiden
4996
STOUT
Orchideen für sechzehn Mädchen
3002
KNOX
Die Spur nach Teneriffa
5011
WOODS
Ruf das Gestern zurück
4977
CHRISTIE
Alibi
0012
KRISTAN
Fehltritt im Siebengebirge
5003
MOLSNER
Die Euro-Ermittler
Der ermordete Engel
5002
WERY
Auf dünnem Eis
4830
UPFIELD
Bony übernimmt den Fall
2031
FREELING
Tsching bumm!
5261
SIMON
Das Geschäft mit der Macht
4979
GOLDMANN

G
GOLDMANN KRIMI
SARA
WOODS
Ruf das Gestern zurück

G
GOLDMANN KRIMI
SARA
WOODS
Eine glatte Lüge

G
GOLDMANN KRIMI
SARA
WOODS
Kommt nun zum Spruch

G
GOLDMANN KRIMI
SARA
WOODS
Das Haus zum sanften Mord

GOLDMANN VERLAG

Goldmann Krimis ...der Spannung schönste Seiten!

4981

5261

4976

5657

5262

4983

66

3067

4358